夫婿找上門 1

文創風 442

微雨燕 著

風文創 442

目錄

自序

微雨燕

決定寫《夫婿找上門》這本書，是因為小燕某一天靈光一現，突然不想寫高大上的霸道總裁冷酷王爺，就想接接地氣，寫寫最普通、最純真的故事，然後就有了這本書的構思啦！

不過因為是第一次寫種田文，真正開始落筆寫之後才發現小燕有好多東西都不懂。但小燕是個不屈不撓的人，既然決定要寫了，那就絕對不會放棄。所以，查資料、打電話問在農村生活的爸媽……各種可以想到的法子都想到了，好不容易才定下這本書的基調。

這本書的男主是小燕心目中最理想的男性形象。高大、威武、勤勞肯幹，雖然默默不言，卻早把妻兒放在心裡，也主動把這個家給扛在肩上。只是人稍稍悶騷了點，但這也是萌點之一啊！寫書的時候，小燕漸漸就帶入了小燕爸爸的角色，越寫越覺得心裡好暖呢！

女主則是最平凡、最普通的女子形象。她們溫柔善良、有男人在身邊時小鳥依人，而沒有男人的時候就堅定地用一雙柔弱的肩膀扛起了家的重擔。當然，小燕也有私心，就偷偷給她開了個金手指。所以，咱們的女主也就越來越迷人啦！

寫書的時候，小燕不知不覺就想到了自己小時候在農村生活的點點滴滴。樸實憨厚的鄰居、一起玩耍的小夥伴，在不知道的時候就把他們的形象都代入到書裡，這也相當於是對小燕童年生活的一個回顧吧！

至於反派，在生活中也是有原型的。畢竟在這個世界上，不可能百分百都是好人。人性之惡，有時候是我們都不能想像的。但不管怎麼說，我們要相信身邊大多數人都是善良的。正因為有這麼多善良的人和我們一起努力，我們的世界才會越來越美好。

嘿嘿，這本書小燕一直寫得很開心。小燕最喜歡的就數靈兒、毓兒這對雙胞胎，他們倆和秀娘、溪哥夫妻組成了小燕心目中最理想的家庭。要是小燕以後能有這麼一雙兒女，湊成一個好字，小燕作夢都能笑醒！

不過……想想小燕這壞脾氣，只怕養不出這麼乖巧聽話的娃娃，現在也就只能作作美夢了。

現在，小燕祝願所有的讀者也都能和書裡的秀娘一樣，找到一個有能力有擔當，最重要的是深愛你們的另一半，生幾個漂亮活潑的小娃娃，一家人幸福地生活在一起。嗯嗯，這樣的祝福也送給小燕自己——

最後，謝謝大家喜歡小燕的書，也謝謝大家對小燕的支持。小燕以後會再接再厲，寫出更多更美好的書給大家，讓大家也能體會文字之美，享受生活的美好滋味。

第一章

忙完了張大戶家的活計，秀娘踩著月色帶著一雙兒女回到家門口，便見一盞乞賜風燈飄飄蕩蕩到了跟前。

「三更半夜的，你們三個死哪兒去了？不知道最近村子裡不太平嗎？要是出了什麼事，你們沒了命倒是小事，要是連累我們老鍾家丟了臉面，我和你們沒完！」

響亮的大嗓門驟然響起，即便已經聽過無數遍了，秀娘還是又被嚇了一大跳，連忙將兒女們攬到身後，她小聲叫道：「娘，妳來了。」

「喲，原來妳還記得有我這個娘呢？我還以為你們攀上張大戶，就忘了自己姓什麼了呢！」鍾老太太尖聲尖氣地冷笑。

秀娘咬唇。「娘妳說什麼呢？我只是去張家幫工，賺點米菜養活靈兒、毓兒而已。」

「妳這話什麼意思？埋怨我這個婆婆不幫妳養孩子？」一聽這話，鍾老太太又叫上了，竟是乾脆一屁股坐到地上就開始呼天搶地。「老天爺呀，祢睜開眼看看吧！世上竟然還有這麼不孝順的媳婦，自己不奉養老人家就算了，居然還死不要臉地想榨乾我這把老骨頭！我不活了，這日子沒法過了！老天爺呀，祢趕緊打道雷劈死我吧！人老了，再賴活著就是被人嫌棄的命啊！我還活著幹什麼呀？祢趕緊讓我死了算了！」

「娘，妳別這樣。」秀娘不耐煩地皺緊眉頭。每次她不過隨口一說，這老太婆就上躥下跳，表現得格外誇張，其實也不過是為了掩飾她的心虛罷了。

可是鍾老太太根本不聽她的話，逕自又哭又喊，越嚎越帶勁，平日說過無數遍的話又搬出來翻來覆去說個不停。

「娘，妳夠了！這大半夜的，當心嚇到村裡人！」好一會兒，和鍾老太太一道過來的年輕人才忍無可忍地低吼。

鍾老太太果然不嚎了，俐落地翻身起來。「算了，看在妳弟弟的面子上，我不和妳多計較。走，進屋去，我有話和妳說。」

聽到這話，秀娘的眉頭頓時皺得更緊了。

這鍾老太太一向是無事不登三寶殿。今天既然能大晚上在門口堅守這麼久，那麼說明此事事關重大——或者說，是對他們那一家子十分要緊！換言之，也就是這老太婆又不知想出什麼么蛾子來折騰他們這一家子了！

想到這裡她心裡就一陣煩躁，平日對他們母子三個不聞不問，她認了，誰叫自己男人根本不是老兩口親生的呢？再加上男人早已經過世，他們就當沒這門親，互相冷淡對待也沒問題。一旦有事，這一家子卻一定會拖他們下水，而且動不動就將主意打到她身上，這就叫人無法忍受了！

只是看看老太太的架勢，秀娘就知道如果自己不點頭，這一位馬上又能祭出她撒潑打滾的絕招，將整個村子都鬧得不得安寧，到頭來沒臉的還是自己，便咬咬牙。「好，我們進屋去。」

推開簡陋的木門，點燃桌上僅有的一盞油燈，鍾老太太母子倆已經各自拉過屋子裡僅有的兩把椅子穩穩當當地坐好了。

「我說秀娘，妳在張家也幹了好幾年，手頭也有不少銀子了吧？既然有錢了，幹麼不把屋子裡的東西換換？這破桌子破椅的，要是坐塌了傷了我們，你們賠得起嗎？」照例，鍾老太太又開始挑東挑西。

秀娘只當作沒聽見她的話，逕自問道：「娘妳有什麼事，說吧！」

鍾老太太一怔，馬上又想發火，卻忍住了，反而擠出一抹難看的笑。「是這樣的，秀娘，既然峰哥已經去了，妳一直為他守著也不是個事，所以我們就又給妳尋了門親事。」

話音一落，秀娘便覺得想笑。搞了半天，原來這對母子大半夜地找上門來就是為了這事？

「是誰？」她問。

「唉唷，這個妳還用問我嗎？當然是村東頭的張大戶家呀！」鍾老太太陰陽怪氣地笑道。「都是一家人，妳還在我們跟前裝什麼裝？你們私底下不是該幹的都幹了嗎？」

「是嗎？」秀娘心裡倏地一冷。為了從心理上打壓她，這老太婆竟然連這麼不要臉的話都說出來了。

只可惜，她說得出，她還扛不住呢！

「娘妳不是最在乎老鍾家的臉面嗎？如果真知道我做了見不得人的事，妳怎麼沒一鋤頭打死我？」

鍾老太太臉上的得意一頓，馬上捏著嗓子又開始叫：「妳以為我不想嗎？啊？妳知不知道，妳死不要臉地往張大戶身上貼，這事全村都快傳遍了！妳害得我這張老臉都快丟盡了！可是我又能怎麼辦？妳是峰哥的媳婦，還給他養育了一雙兒女，又守了這麼些年，沒有功勞也有苦勞。現在既然妳守不住了，那就放妳走吧！從今往後，妳和我們老鍾家再也沒有關係就是了！」

功勞？苦勞？這麼久了，她可算是聽到這位老太太誇自己一句了，只可惜時機不對。

秀娘低頭看看身後的一雙兒女。「那靈兒、毓兒怎麼辦？」

「這個好說。他們本來就是我們老鍾家的人，我們老鍾家還會少了他們一口飯吃？」

鍾老太太一拍手，就跟說家裡多養了一頭豬一樣隨意，但兩個小娃娃卻忍不住放聲大哭起來。

「我不要去爺爺奶奶那兒，我要娘！」女兒靈兒抱著秀娘便扯開嗓子大哭。

兒子毓兒好些，可雙眼也紅彤彤的。「娘，妳去哪兒我們就跟去哪兒，我們一輩子都不離開妳身邊！」

「哎喲，你們這是幹什麼？我們老鍾家哪裡對不起你們了？我還沒和你們算這些年都沒在我老婆子跟前盡孝的帳呢！」鍾老太太看見這一幕，老臉立時拉得老長。只是當看到兩個小傢伙拿在手裡的東西時，她噌一下站起來，劈手便把東西從兩個孩子手上奪過來。「你們哪來的糕點？說，是不是偷的？」

「我們沒有偷東西！糕點是隔壁蘭花姊姊給的！」靈兒哽咽地大叫。

「蘭花會把這麼好的東西給你們？」鍾老太太瞇起眼，看看手裡做成花瓣狀的糕點，又點點頭。「這麼好的東西，肯定是你們偷的！這個你們小孩子吃了會折壽，還是孝敬給長輩的好。就算有罪，也只好讓我們做長輩的給你們擔著了。」說完，便將其中一塊揉進自己嘴裡，另一塊遞到兒子嘴邊。「剛兒你快吃，這糕點味兒不錯，甜絲絲的，比上個月在隔壁王嬸家吃的麻糖還甜。」

鍾剛也毫不客氣地一口便吞了，末了還留戀地舔舔嘴角，臉上卻滿是不屑。「也不是什麼太好的東西。等兒子以後有錢了，買一座山那麼多回來給娘吃。」

「我就知道我的剛兒最孝順了！」鍾老太太聽得笑瞇了眼，忙又瞪向靈兒、毓兒姊弟倆。「以後這些東西都不許吃，拿回來孝敬奶奶，知不知道？」

秀娘都被這對母子不要臉的表現給驚呆了，忙將淚汪汪的兒女摟在懷裡，她冷眼看向那對有滋有味地吃著糕點的母子。「我不嫁。」

「妳說什麼？」剛被糕點弄得心情好點的鍾老太太立即又跳起來了，粗糙的手指直接點向秀娘的鼻子。「李秀娘，妳別忘了當初妳就是我們家花十個銅板買回來的！這些年妳白吃白喝我們的，現在還帶著這兩個小鬼一起白吃白喝，老娘還沒找妳算帳呢！我看妳是白吃上癮了，打算一輩子纏著我家了是不是？我告訴妳，妳作夢！妳以為妳是個什麼東西？妳就是個物件，妳這條命都是我們鍾家的！我叫妳嫁，妳就得乖乖給我嫁！換點彩禮錢，也算是報答我們鍾家這十多年來對妳的養育之恩了！」

終於，一切真相大白。

秀娘輕笑。「你們是打算賣了我，好拿錢給小叔娶媳婦嗎？」

「是又怎麼樣！」話已出口，鍾老太太乾脆把下巴抬得高高的。「要不是看妳能生兒子，妳以為人家張大戶會要妳？這村子裡多少年紀輕輕的大姑娘哭著喊著要給他當小老婆呢，妳就知足吧！」

「這麼說來，我是不是還得感謝你們的大恩大德？」秀娘笑問。

鍾老太太眼珠子骨碌碌一轉，立即又擺出一副施恩般的嘴臉。「大恩大德就算了，誰叫菩薩一直叫我們積德行善呢？以後妳進了張家，要是能幫襯剛兒的，多幫襯幫襯他就行了。畢竟峰哥去了，咱們老鍾家就只剩下剛兒這一條血脈，以後都要靠他來頂立門戶。我們也不要多的，妳隨便一個月給個幾兩銀子什麼的就行了。」

幾兩銀子？虧她也說得出來！

張大戶雖說在月牙村算是首富，其實名下也就五、六百畝地，外加一個魚塘。他在鎮上還有一間鋪子，便是專賣自家地裡的產物，一個月最多也不過賺上十來兩銀子。不過在鄉下，他們一家子加上丫頭奴僕一個月的嚼用，二、三兩銀子也就夠了，餘下的銀子大都花在給福哥治病上。就這樣，姓鍾的竟還指望她把剩下的那點銀子給掏出來，貼補給他們家？他們是嫌棄她死得不夠快是吧？

秀娘終於忍不住冷笑。「不可能。」

「妳妳妳……」鍾老太太便又要指著她的鼻子開罵。

秀娘抬起頭，冷冷看著她的眼。「別說我是死也不會嫁給張大戶做妾。即便是嫁了，我也絕對不會給你們家半文錢！」

「好啊，李秀娘，妳是要反了天是不是？妳這個狼心狗肺的死女人，當初要不是我們老鍾家收留，妳早活活餓死了，妳知不知道？現在妳大了，翅膀硬了，敢和我們作對了是不是？妳簡直就是條養不熟的白眼狼！看我不打死妳！」鍾老太太氣急敗壞地扯著嗓子大喊，一邊喊，一邊就捋起油膩膩的袖子要搧她巴掌。

秀娘摟著兒女一動不動，此時，卻是鍾剛攔下鍾老太太。「娘，算了。」

鍾老太太氣得半死。「你怎麼也被這個女人給迷惑了？她不是個好東西，你離她遠點！」

「娘，妳胡說什麼？」鍾剛不高興地板起臉。「我攔妳，是不想妳打壞了她的臉！她馬上就是張大戶的人了，要是給張大戶知道妳動了她，誰知道張大戶會不會生氣？要是因為這樣少給了錢，我娶不到媳婦怎麼辦？」

聽到這話，鍾老太太臉色一變，終於收回胳膊，但還是忍不住瞪了秀娘母子一眼。「聽到了沒有？妳弟弟對你們一家這麼關心，妳捨得讓他打一輩子光棍嗎？要是我們老鍾家斷子絕孫了，那都是妳的錯！」

一頂大帽子扣下來，尋常人只怕早就嚇得跪倒在地了，秀娘不言不語，只拿眼睛冷冷瞧著她。

鍾老太太被看得渾身直發毛，但也不肯在兒媳婦跟前露怯，便死命抬著下巴，一面快步朝外走一面小聲嘟囔：「爹要兒死，兒子就得去死，這是孝道！現在我要妳嫁人，妳不嫁就是不孝！妳幹的這些事，說出去全村子一人一口唾沫就能淹死妳，我好心讓妳改嫁妳還裝模作樣，哼，當了婊子還想立牌坊，也不看看妳自己是個什麼東西！」

聽鍾老太太嘟囔的聲音越走越遠，鍾剛才終於捨得站起來，腆著笑臉往秀娘身邊蹭。「嫂子。」

秀娘厭惡地帶著孩子往後退。「二弟，娘都走了，你還不趕緊跟上去？」

「嫂子，妳又生我氣了？」鍾剛一臉委屈。「我知道妳是因為剛才我說的話不高興。我本來也不想的，可是妳也知道咱娘這脾氣，咱們要是和她對著幹，她肯定又會罵妳，或許連靈兒、毓兒也會挨揍，妳說這又是何必呢？妳看現在不就挺好？她才說了兩句就走了。」

呵，這對母子的腦迴路都是一樣的，不管他們做了什麼，那都是為了自己和孩子好，必須感恩戴德，否則就是對不起他們，就是自己和孩子們的錯！

秀娘受夠了這對母子，正要拿起扁擔趕人，不想鍾剛忽地一個箭步上前，雙手牢牢抓住她的手。「不過妳放心，這是最後一次了。今天回去我就和娘說，我不要什麼媳婦，我就要妳！除了妳，我這輩子誰都不娶！」

「誰說要嫁給你了？」秀娘噁心地甩開他。

「妳不嫁我，難道還真要嫁給張大戶嗎？他家那婆娘凶得要死，當初納回去的小妾十個死了六個，誰不知道都是被他婆娘折磨死的？跟著我難道不比進張家好？再說了，和我成親了，靈兒、毓兒也就能名正言順地回到鍾家，你們也就不用再吃苦了，這不是一舉兩得嗎？」

這人居然還知道一舉兩得什麼意思？

秀娘輕笑。「我誰都不嫁。」

「哎，我知道妳還在生我的氣。算了算了，我不說了，妳先歇歇消消氣吧，我這就去和娘說我們的事。妳放心，娘那麼聽我的話，她不會不同意的，妳就等著我的好消息吧！」鍾剛只當她在說氣話，繼續柔情款款地道。

秀娘都快被他的一廂情願氣笑了。好你妹！我要是嫁給你，才是又蹚進水深火熱之中了！

她斜眼看著他，鍾剛卻以為她是被自己的話感動了，忙又信誓旦旦道：「我說到做到，妳就乖乖等著做我的新娘子吧！到時候我一定八抬大轎重新把妳抬進我們鍾家的大門！」說完，便轉身跑了。

人一走，兩個小娃娃頓時跟開了閘的洪水一般，一邊一個抱著她的大腿嚎啕大哭。

「娘，妳不要改嫁，不要啊！」

她可憐的孩子。

秀娘的心都疼得揪起來了，趕緊將兩個都擁進懷裡。「你們放心，娘不嫁。娘哪裡都不去，以後娘就陪你們姊弟倆，咱們一家人一輩子都不分開！」

「真的嗎？」聽到這話，小傢伙們終於不哭了。四隻紅通通的大眼睛一瞬不瞬地看著她，眼珠子還在眼眶內打轉，彷彿只要她敢說出一個否定的回答，他們立刻又會水淹金山。

秀娘定定地點頭。「當然是真的。我的靈兒、毓兒這麼乖巧聽話，娘怎麼捨得扔下你們不管？」

兩頭小傢伙才終於破涕為笑，紛紛撲進她懷裡。

經過這麼一場鬧騰，秀娘疲乏得不行。隨便收拾一下屋子，燒了一鍋熱水給兒女們洗漱了，母子三人便一齊躺在房內唯一的木板床上，伴著屋外的蛙鳴聲沈沈睡去。

只是，隨著窗外的月亮漸漸爬上當空，秀娘卻是睡意全無。看看身邊一雙兒女帶著淚痕的睡顏，她的胸口悶悶的，難受得幾乎呼吸不過來。

猶記得前世，自己事業有成，和丈夫也門當戶對，可謂是愛情事業雙豐收。可誰也沒想到，婚後五年，自己卻遲遲沒有懷孕，去醫院檢查卻半點問題都沒有。漸漸地，丈夫就開始在外面養小三，甚至小三還挺著肚子找到自己的學校，當眾罵她是不下蛋的母雞！丈夫和婆婆也偏幫著小三，婆婆甚至還把小三接回家去照顧！

是可忍孰不可忍，她提出離婚，結果丈夫卻不同意，反而和她爭吵。一次吵得太過厲害，丈夫一氣之下把她推下樓……

當再睜開眼時，自己就出現在這個地方，身邊躺著的是一雙正餓得哇哇大哭的兒女。看著兒女大口大口吸吮著自己的乳汁，一種為人母的自豪感由心底生出來，她瞬間覺得自己融入了這個家庭。

男人死在邊關了？挺好，沒了男人，孩子就是她一個人的，誰都別想和她搶！

婆家嫌棄他們是累贅，將他們趕出家門？沒事，她有手有腳，養得活孩子。

可是，幾年下來，她也漸漸看清了這個世道：不管在這時代還是在現代，女人永遠是弱勢族群。尤其她一個帶著孩子的寡婦，那就更是群狼眼裡的一塊鮮肉，一不小心便會被他們分食乾淨。這些年她時時小心、步步在意，卻不想最終還是在婆家這邊栽了跟頭！

想把她賣了換錢，然後將她的兒女帶回去給他們姓鍾的做牛做馬嗎？他們作夢！

替孩子把露出來的小肚皮遮好，秀娘的眼神漸漸變得陰沈下來。

第二天一早，秀娘照樣早早起來了，將孩子託付給隔壁家的蘭花爹娘，便和蘭花一道去了村東頭的張大戶家。

一如往常，張大戶他婆娘早就站在大門口等著她們了。

見著她們倆，張大戶他婆娘兩手扠腰豎起眼睛就開始罵：「一個個懶蟲、飯桶！沒看太陽都快曬屁股了？老娘花錢請妳們是來做事的，不是叫妳們來當祖宗的！一個個騷裡騷氣的，活兒不會做，飯倒是一吃一大碗，請妳們老娘虧大了！」

兩人都對她的罵罵咧咧習以為常。蘭花撇撇嘴，便彎腰往張大戶的傻兒子福哥房裡去了。

秀娘微微對那邊福了福身，也要往廚房去，誰知張大戶他婆娘笑嘻嘻地上前拉住她。

「秀娘，妳來得正好，快快跟我走，我有話要和妳說。」

看著她一臉不懷好意的笑，秀娘便豎起了汗毛。「夫人有事等等吧！我還要去廚房準備早膳。」

「哎呀，馬上就是一家人了，我哪還捨得叫妳幹這種粗活？老爺知道了還不心疼死？」

張大戶他婆娘親熱地說著話，死命拽著秀娘就走。

這女人多年養尊處優，人長得又圓又胖，噸位是秀娘的兩倍不止，一雙胳膊肥嘟嘟的，力氣奇大，秀娘根本掙脫不開。無奈，她只得隨著張大戶他婆娘往她的院子裡去了。

張大戶他婆娘今天格外反常。不僅一路對她和顏悅色，進了屋還拉著秀娘坐下，然後一迭連聲叫小丫頭端茶上來給秀娘喝。

秀娘耐不住她的殷勤，接過茶杯呷了一口，身體便微微一僵——這裡頭加了曼陀羅粉，也就是俗稱的蒙汗藥，而且分量不輕，一口便足以讓人昏迷小半個時辰。

「好妹妹，喝茶呀！妳怎麼不喝了？」見她不動，張大戶他婆娘目光閃閃，連聲催促。

秀娘又喝了一口，便放下杯子。「夫人，無功不受祿，我實在是坐不下去了，您還是讓我回廚房幹活去吧！」

張大戶他婆娘看她連喝了兩口，也覺得差不多了，便立即收起笑臉。「說得也是。妳一個寡婦帶著孩子，家裡又沒地，能不餓死還是託了我們家的福。雖說以後就是一家人了，可現在不還不是嗎？咱們是該守著上下尊卑才行。」

秀娘聽了，只是淡淡一笑，便轉身出去。

但才出了張大戶他婆娘的屋子，前頭的路就被人給堵了。

「秀娘，妳這是要去哪兒？一晚上不見，我怎麼看妳越來越水靈了？」來人正是張大戶他婆娘的娘家姪子，名喚劉天，是個五毒俱全的紈袴少爺，整日不是在鎮上吃喝嫖賭，就是勾搭村子裡的俏寡婦。而自從上個月見到去給張大戶送菜的秀娘後，他那雙眼就跟看到雞蛋的蒼蠅一樣，死死地黏了上來。

秀娘連忙後退一步。「公子。」

「哎呀，妳躲什麼？」劉天端著一臉猥瑣的笑，上前一步握住她的手。

秀娘本就不是什麼窈窕淑女。她生過孩子，身子豐腴圓潤，又因為多年幹活，肌肉緊實，手感極佳。雖然長年勞作，一身肌膚卻是賽雪欺霜，白皙細膩得跟胭脂鋪子裡上好的雪花膏一般，摸在手上滑滑膩膩的。一頭烏髮不用刻意保養，隨意盤在頭頂，用一條青布裹了，也烏壓壓的格外好看。襯著白嫩的肌膚，在這炎熱的初夏就生生讓人生出幾分涼意來。

劉天一摸就上了癮。「秀娘，好秀娘，妳快讓我親親，這些天我都快想死妳了！」

「你……你放手！」

秀娘連忙掙扎，只是不一會兒，她的手腳便癱軟下來。

「怎麼回事？為什麼會這樣？」她不解地睜大眼，低喃幾句，便閉上眼昏死過去。

劉天看著懷抱裡的秀娘，淫笑了幾聲，便抱著人往一旁的耳房裡跑去。

前腳將秀娘放上床，後腳張大戶他婆娘就跟了進來。

「人已經倒了，現在就看你的了。」張大戶他婆娘又妒又恨地盯著床上不省人事的秀娘看了半晌，早不復方才和秀娘親熱的模樣，伸手就在她身上掐了好幾把。

劉天心疼得不行。「姑姑妳別呀！要掐等完事之後隨便妳怎麼掐。她就這身子摸著最舒服，這多了幾道傷痕影響興致。」

「喲，這就開始心疼了？」張大戶他婆娘冷冰冰地看過來。

「沒有沒有！」劉天連忙搖頭，笑嘻嘻地對她拱手作揖。「姑姑妳放心好了！今天我一定叫她老老實實跟了我，從今往後再也別想勾搭姑父！這張家的財產都是福哥的，別的女人休想帶著野種來霸占張家家產！」

張大戶他婆娘這才滿意地點頭。

劉天頓了頓，往張大戶他婆娘身邊靠一靠。「不過姑姑，咱們早先說好的……」

「不就是你要娶鎮上盧秀才家閨女的事嗎？這個容易，到時候我給你二十兩銀子當聘禮，保證盧秀才一家子哭著喊著把他們閨女嫁過來！」張大戶他婆娘不耐煩地打斷他。「你先給我把這件事辦好了再說！」

「這個姑姑妳就不用擔心了，妳只管等著到時候喝姪子的喜酒就行了！」劉天喜孜孜地道。只要一想到過不久自己就能娶上媳婦，而且是左擁右抱、妻賢妾美，他因縱情聲色而變得蠟黃的臉上，笑意就越發猥瑣起來。

其實張大戶他婆娘也不過是隨意催促幾句而已。這得了便宜還能賣乖的好事，換了她也會給辦得妥妥當當，更何況現在她都已經把一切佈置得這麼完美無缺了。

正這麼想著，她突然覺得不對勁！

怎麼回事？為什麼她能清楚察覺到力氣正從自己骨子裡抽離。一陣暈眩的感覺襲來，她的身體開始搖搖晃晃。

劉天也是一樣。

更令姑姪二人驚慌的還在後頭——就在他們即將支撐不住的時候，原本昏迷躺在床上的秀娘突然翻身站起來了。

「妳、妳怎麼會……」張大戶他婆娘不可置信地低叫。

秀娘冷笑。「一包普通的蒙汗藥，也想弄倒我？再說夫人，妳方才的戲唱得也太假了點。」

「妳……」妳到底什麼來頭？

張大戶他婆娘很想問，但已經來不及了。眼前一黑，她一頭栽倒下去。隨後，劉天也倒地不起。

秀娘冷眼俯視這對姑姪，眼中一抹詭異的光芒一閃而逝。

不多時，便聽到外頭張大戶他婆娘的丫頭桃花的尖叫。「老爺，就在這邊！」

這麼快人就來了？

秀娘眼神一冷，再度觀察一番自己的傑作，滿意地點頭，便拿起一旁茶壺裡的水往這對姑姪臉上一潑，隨即轉身從後頭窗戶跳了出去。

雙腳才剛落地，秀娘便聽到背後砰的一聲巨響，房門被踹開了。緊接著，張大戶的怒吼聲、張大戶他婆娘的尖叫聲、以及劉天的求饒聲接連傳入耳中。

秀娘側耳細聽一會兒，待那邊已經鬧得差不多了，才躡手躡腳地繞回前頭。

此時張大戶正叫人將劉天按住痛打。張大戶他婆娘一臉的茶水和眼淚交雜，頭髮也散亂成一團，狼狽地坐在地上，臉上兩個通紅的巴掌印清晰可見。

見她出現，張大戶他婆娘立時坐不住了，噌地一下跳起來，指著秀娘破口大罵：「小賤人，是妳！是妳害得我……」

啪！又一個凶狠的巴掌搧過來，打斷了她的叫罵。

把自家婆娘打趴在地，張大戶還覺得不解恨，便對丫頭吼道：「沒看到她發瘋了嗎？還不趕緊將她帶走，請李大夫來給看看！」

桃花冷不防看到秀娘出現，人都嚇得快蹦起來了。她原本還在納悶呢，明明說好是要來將秀娘和劉天抓姦在床，可怎麼她推開門的時候，看到的卻是自家夫人和劉天抱在一起？

當聽到開門聲，兩個人一同回過頭來，那迷離的眼神，兩人凌亂的衣衫，讓人不多想都難。

她當時就傻在了那裡。老爺則是勃然大怒，逕自上前抓起夫人就搧了兩個耳光，又把劉天從床上拖下來，狠狠踹了幾腳。這還不解恨，他回頭又叫人將劉天按住重打，往死裡打！

直到聽見自家夫人的尖叫，以及劉天的大呼小叫，她才反應過來。

夫人甚至哭著喊著叫她幫忙解釋清楚。可她怎麼解釋？說她們合夥來算計秀娘？須知秀娘可是張大戶早就看上的人，一門心思想要將她抬進門來，就等著她給生兒子呢！要是這麼說了，她還活不活了？

如今又見原本該在房裡的秀娘光明正大地出現在這裡，甚至還對她微微一笑！她就忍不住一個激靈，一陣寒意從脊椎處生出來，瞬息傳遍全身。

「是，奴婢這就去！」

不敢再往秀娘那邊看第二眼，她捂上張大戶他婆娘的嘴死活把人給拖了出去。

張大戶這才又揚起油膩膩的笑迎了上去。「秀娘，妳怎麼到這裡來了？」

「我來找老爺您有點事。」秀娘柔聲道，秀眉微皺。「不過看這邊的情況，我似乎來得不是時候？」

「誰說的？是時候，很是時候！妳有什麼事儘管說！」張大戶連忙搖頭，一雙瞇縫眼死死盯著秀娘鼓起的胸脯不放。

自秀娘進門做活的那天起他就瞧上她了，又知道她才和她丈夫過了一夜就懷上了，而且還是龍鳳胎，他就更覺得這個女人根本就是老天爺為自己準備的！

哪像現在後院裡的那些女人，他整天好吃好喝養著，卻連個蛋都不下。那死婆娘倒是下了個蛋，卻是個只知道吃喝拉撒的傻子！他祖祖輩輩辛辛苦苦創下了偌大的家業，怎麼能沒有人傳承呢？

為了自家的後代著想，他還特地觀察了她許久。越看，他越肯定這個女人一定能給自己生兒子，才終於採取了行動。如今看著白淨溫雅的秀娘，他就彷彿看著自己的所有物一般，萬般柔情都出來了。

秀娘佯作沒有看到他那雙綠豆眼中發射出來色迷迷的光芒，輕聲細語地道：「我是想來和您說辭工的事。您也知道，現在……我不適合在這裡繼續做下去了。」

「對對對，妳說得很對！」張大戶連連點頭。她馬上就是自己的小老婆了，的確不適合再在這裡做下去了，便張口道：「這樣吧，妳現在就去夫人那裡——」

「算了。」他搖搖頭，從袖子裡掏出一錠銀子塞進秀娘手裡。「這就算是把妳的工錢都結清了，妳回家去吧！」

「多謝老爺！」秀娘連忙接了銀子，屈身行個禮。

暗地裡掂一掂，這銀子至少有五、六錢重，可抵得上她好幾年的工錢了！果然男人出手就是大方。要是換作他婆娘，只怕又會萬般剋扣，最後能給她十個銅板就不錯了！

瞧這凹凸有致的身段對自己盈盈下拜，白嫩的面龐上還恰到好處地蒙上一抹暈紅，張大戶都快要醉死在其中了。

瞧瞧，秀才的女兒就是不一般！和她比起來，自己後院裡那幾個女人都粗俗得很，真不知道自己當初是怎麼把她們娶進門的！當下，他更堅定了要娶秀娘生兒子的決心，看她的眼神也越發溫柔。

「好了，妳趕緊回去吧！好好收拾收拾。」

「是。」秀娘溫順地點頭，又行了個禮才施施地退下。

等走出張大戶的視線範圍，秀娘立刻一改方才的小碎步，一路小跑著朝外頭奔去。好不容易跑到距離門口不遠處，不想旁邊突然伸出一隻手來，將她往旁一拉！

秀娘大驚失色，回頭去看，她才鬆了口氣。「蘭花，妳怎麼跑到這裡來了？」

「我來送送妳。」蘭花小聲道，順勢將一個油紙包塞進她手裡。「這是幾塊綠豆糕，妳拿著，回頭用得上。」

「那怎麼行？」秀娘低呼。

蘭花是在張大戶的傻兒子福哥身邊做事的，說白了就是做牛做馬，還整天被張大戶他婆娘找碴。每日唯一的好處也就只有偷幾塊糕點回去給家人改善口味，就這樣她還時不時給靈兒、毓兒分個兩塊打打牙祭，但這些都是偷偷地做，東西不多，還能敷衍過去。

可現在，這麼一大包東西，張大戶他婆娘那麼精明的人，發現了肯定又會大呼小叫。蘭花這個照管福哥房裡一切事物的人必定會遭殃。

「什麼行不行的？妳趕緊把東西收下。走吧！天晚了山路就不好走了！」

秀娘一怔，默默低下頭。「蘭花，謝謝妳。」

「哎，鄉裡鄉親的，說這些幹什麼？以往妳也沒少幫我。」蘭花笑笑，一把將她推出去，便轉身急急走了。

秀娘也知此地不宜久留，不過略略停頓了一下，就把油紙包揣進衣裳裡，低頭走了出去。等出了張家大門，她更是拔腿狂奔，跑了約莫一炷香的工夫，她在村子裡繞了大半圈，才抄著小路到山腳下。

「娘！」

兩個孩子早已經在這裡等著了。見到她來，連忙從草叢後蹦出來，一左一右拉上她的手。

秀娘看看這一雙兒女，惴惴不安的心漸漸堅定下來。

「交代你們的東西都帶上了嗎？」

「都在這裡呢！」毓兒連忙遞上一只小包袱。

秀娘接過來看看，發現東西都齊備了，便拉上兒女的手，母子三個往大山深處走去。

月牙村之所以得此名，全是因為村子背靠一座名叫月牙山的大山。據說，這山裡狼群出沒，老虎、野豬等野獸也不少，還時常有猛獸襲人的事情發生。

不過山裡出產也不少。秀娘早些年沒少帶孩子們進去挖野菜、採野果維持生計。當然，他們都在山腰以下晃悠晃悠罷了。

只是今天，他們母子三個的目的卻是——那村子裡最強健的年輕人尋常都只敢在大白天成群結隊的前往大山深處。

順著蜿蜒的小徑走了許久，母子三人都累得氣喘吁吁。眼看前頭的路越變越窄，越變越難走，秀娘長吁口氣。「先別走了，咱們在溪邊坐下歇口氣吧！」

兩個孩子頓時腿兒一軟，一屁股坐在地上。

秀娘忙拿出帕子沾了溪水給孩子擦臉，正給毓兒擦著，卻見靈兒站起來，指著上游大喊：「娘，那裡有個人！」

秀娘心口猛地一縮！

該不會張大戶已經發現她不見了，直接叫人追上來了？

第二章

待秀娘抬頭看去，發現是一個穿著緇衣的身影趴伏在上頭。幾隻蒼蠅在他身上盤旋，四周似乎還能看到淺淺的血腥。除此之外，別無動靜。

眉頭微皺，她連忙按住了想要上前看個究竟的孩子。「你們都在這裡別動！讓娘先去看看。」

孩子們果然不動了。

秀娘慢慢走過去，發現那人一動不動地趴在溪邊，半邊腿都浸在溪水裡了卻似乎渾然不覺。緇衣仔細一看，卻發現幾乎一半都已經被血滲透，而且都已凝固結塊了！

看情形，他似乎受了很重的傷？

「娘，這是誰呀？」兩個孩子終究還是沒有按捺住好奇心，手牽著手跑過來。

秀娘搖頭。「不認識，或許是別村過來打獵的，結果被野獸傷了。咱們還是別管了，他們村子裡的人發現人不見了，自然會來找。」

說著她拉上兒女就要走，但馬上她便覺得小腿部一緊，竟是被人給抓住了！

秀娘低下頭，便對上了一雙幽深的、冒著血光的眼。一股濃烈的殺氣撲面而來，心跳暫時都停了。

兩人對視，許久那人才艱難地吐出兩個字：「救我！」

秀娘被看得害怕，半點不敢反駁，只得點頭道：「好好好，我救你就是！」

那人聽到她的回答，才終於滿意地閉上眼。

就這樣，沒聲了？

秀娘一怔，蹲下去推了推他，發現那人早已經昏了過去。

也是，流了這麼多血，而且看他身上的痕跡，也不知之前經歷了多久的折騰，他能堅持到現在已經很不容易了。

「娘，咱們要救他嗎？這位叔叔看起來好可憐。」女兒的聲音在耳畔響起。秀娘猶豫一下，終究還是咬咬唇。「救！」

說句心裡話，這人一看就不是什麼簡單人物，自己一個普通農婦，聰明點的話就該遠遠地和他拉開關係才是。更何況這個人都已經昏迷了，自己就算逃了也沒關係。

但是，她怎麼都忘不掉剛才盯著自己看的那雙眼。

陰鷙、凝重，就像是看著自己的死敵一般。彷彿只要她敢搖頭，他就能跳起來殺了她！她承認，自己沒種，她更害怕這個男人一旦運氣好逃出生天，回頭會不會來找他們算帳？她一個人是無所謂，可是兩個孩子……

算了，就當日行一善好了！秀娘默默在心裡安慰自己。

也但願，張大戶他們沒這麼快反應過來吧！

還好這半山腰上有一間破茅屋，是多年前的獵戶留下的。自從最後一任獵戶過世後，村子裡再也沒有獵戶，這裡便成了上山打獵、摘蘑菇的村人暫時休憩的地方。

秀娘帶著兩個孩子艱難地將人拖到茅屋裡，替他剪開被血浸透的衣服，才發現這個人受的傷比自己想像的還要嚴重。除了手臂上一道深可見骨的傷痕外，他胸前、後背上還有數條刀劍砍傷的痕跡，就連腿上也不能倖免，那身上林林總總的已經痊癒的疤痕更是數不勝數。

秀娘後悔了。

這男人絕對不是什麼良善之輩！她一開始就不該湊過去看的！可是只要一想到那雙眼……

小心房又禁不住狠狠一蹦，她咬咬牙，低頭從茅草床下搬出一只罐子，裡頭存了些藥材，是專門給在山裡受傷的村人用，但相比這個人身上的傷，這點傷藥完全不夠。

秀娘無奈，只得叫孩子出去採些藥材回來，自己從溪邊擔了水，給他清理過後，簡單進行一下包紮。

雖說是簡單包紮，但母子三人也累得夠嗆。等一切弄完，天色早陰暗下來，兩個孩子睏得直點頭。秀娘無奈，只好拿出早上蘭花給的綠豆餅，給他們一人一塊吃了，三個人抱在一起湊合一夜。

然而這還不夠，等到半夜，秀娘醒來時卻發現——這男人開始發燒了，真是屋漏偏逢連夜雨！

秀娘急得不行，只好又去打來溪水，給他不停擦拭身體。一直忙了大半夜，直到天色放亮，高燒才終於退下去。

秀娘累得都快虛脫了，趕緊乘機閉上眼再睡一會兒。

她原本打算只小睡一會兒，醒來就趕緊帶著孩子走！至於這個男人……她已經做完了自己該做的，接下來一切就看他的造化了，但秀娘怎麼都沒想到，自己是被孩子的哭叫聲驚醒的。

「娘，快跑！妳快跑啊！」

靈兒、毓兒的哭聲從外頭傳來，瞬間驅走所有的疲憊。

秀娘猛地睜開眼，一個激靈跳起來跑出去，就看到張大戶身邊的兩個打手一人一個把孩子高高舉起，正冷眼瞧著她這邊。

一瞬間，秀娘的心跳都停止了。

「你們幹什麼？別動我的孩子，趕緊把他們放下！」

「放下？六夫人，妳當我們是傻子嗎？昨天妳就騙了老爺，自己跑了。今天我們可是奉老爺的命令過來帶妳回去的！」

果然還是沒有逃過嗎？

秀娘絕望地閉上眼，深吸口氣，她又睜開眼。「你們把孩子放下，我跟你們回去就是。」

見兩個打手還是不放，秀娘握緊拳頭。「你們兩個大男人，對付我一個弱女子，難道還沒有信心嗎？我就算想逃，你們覺得我又能逃到哪裡去？」

兩個人想想也是，終於將孩子放下了，卻還是把他們的衣領牢牢抓在手心裡。「六夫人您別著急，老爺說了，您太聰明了，他不放心，所以叫咱們先把這兩個小崽子帶回張家。等您嫁進去了，一家人就可以團圓了不是嗎？」

那個人居然那麼毒！

眼看兩個嬌弱的孩子被兩個彪形大漢如此對待，秀娘心疼得眼眶直發紅。

就在這個時候，卻聽一個低沈的男音在背後響起——

「放開他們。」

秀娘詫異地回頭，便見那個原本應該躺在床上昏睡不醒的男人，不知何時已經出現在她背後，精壯的上半身未著寸縷，一塊塊肌肉高高鼓起，蓄滿了力量。下面雙腿一樣光溜溜的，只在腰間紮了一圈破爛的被單。

清晨的陽光透過樹枝樹葉照射下來，落下斑駁的光影，也給他的周身蒙上一層神秘莫測的神彩。那雙幽黑的眼不帶半分感情，只瞬也不瞬地瞧著那兩個抓著孩子的打手，就跟看兩個死物一般。

秀娘心中一動，不知為何突然有種莫名的踏實感，腳下不由朝他那邊移了移。

對面兩個打手見狀，也心中大凜，互相交換一個眼神，一人大喊：「你是誰？你和她什麼關係？你知不知道她是我們老爺馬上要娶進門的六姨娘，識相的你就趕緊滾蛋，不然給我們老爺知道了，保證讓你這輩子都走不出月牙村！」

男人臉上爬上一絲不耐。

根本連話都懶得和他們說，他逕自走上前，大掌一伸。秀娘都還沒反應過來他想幹什麼，就聽到打手撕心裂肺的慘叫聲響起。隨即，他又一拳揮向另一人，便又是一聲慘絕人寰的尖叫聲劃破晴空。

不過眨眼的工夫，兩個方才還趾高氣揚的打手便橫七豎八地倒在地上，身體縮成一團哀嚎不斷。

兩個孩子早從他們手中掙脫出來，爭先恐後地飛撲到秀娘身邊。

秀娘連忙將他們都抱在懷裡，但就在這個時候，她又聽到許多雜亂而急促的腳步聲朝這邊靠攏過來。

「不好，他們都往這邊來了！」

男人聞言，卻只回頭淡淡瞧了她一眼。「進去。」

簡單兩個字，無頭也無尾，但秀娘聽懂了。她連忙抱著孩子躲回茅屋裡。

而後不久，透過茅屋牆上那扇小小的窗戶，她看到一、二十個人從四面八方圍攏過來。兩個打手見來了幫手，立刻指著男人大呼小叫，嚎叫著讓同伴們把他給打死！

男人也不含糊，大步向前，一手抓起一個扔出去，再一腳踢飛一個……

明明都是五大三粗的漢子，但在他跟前就跟小蘿蔔似的，隨隨便便就從坑裡拔出來再隨手扔出去老遠。

兩個小娃娃看得直拍手。「叔叔好厲害、好厲害！」

秀娘也目瞪口呆。

以前老看張大戶和他婆娘吹噓自家養的打手們多麼厲害，這些人也整天在他們跟前裝模作樣，她都一度被他們的虛張聲勢給嚇到了。現在看來，這些人根本就是不堪一擊！又或者說……是這個人本領太強？

想到這一點，她心口又狠狠一揪，一種複雜的感覺浮上心頭。不過走神的工夫，那人已經將十幾個打手都解決得一乾二淨。將近二十個人居然都打不過他一個身受重傷的，打手們深受打擊之餘也好歹有點自知之明，便趕緊下山去向張大戶報告了。

也直到這個時候，秀娘母子才敢躡手躡腳地從茅屋裡出來。

反觀那個男人，他還是面無表情。鐵塔般的身子矗立在大門口，將他們的光影都給遮擋得嚴嚴實實。

聽到背後的聲音，他回過頭來，乾澀的唇一咧。「我餓了。」

秀娘一怔，趕緊點頭。「我這就去做早飯！」

「娘，我幫妳！」靈兒、毓兒連忙舉手，蹦蹦跳跳地跟在她屁股後頭忙碌起來。

雖說屋子裡也儲備了些許糧食，但秀娘知道，這個人的肚子就和他昨天身上的傷口一樣，這裡現存的東西根本就不夠用。

她將瓦罐裡的半罐糙米全煮了粥，又從外頭摘來不少野菜加進去煮了一大鍋，足夠他們母子三個吃上兩天的分量，可現在他們一人也不過喝了半碗，餘下的都被那個人呼嚕呼嚕喝了個精光。而後秀娘又將綠豆餅拿出來，這個人也毫不客氣地一掃而空，如此強悍的戰鬥力再次令母子三人瞠目結舌。

好不容易等他吃完最後一點東西，秀娘把碗筷都收拾好了，便牽上孩子們。「看來你現在已經無礙了。既然如此，我們就此別過吧！」

那人淡淡瞧了她一眼，也不說話，只回頭從角落的工具箱裡翻出一把斧子，一把鐵鍬，還有一把弓，又走到她跟前，猿臂一伸——

秀娘嚇了一跳，下意識拖著孩子就後退。

不怪她害怕，而是這個人實在是太嚇人了！昨天忙著為他清理傷口沒仔細觀察，現在一看才發現：他的胳膊簡直有她的腿粗！古銅色的皮膚下是一條條排列有序的肌肉，單是看著就已經能猜到這個人爆發起來有多厲害，難怪剛才他一拳就能把人送出四、五公尺去！

但是現在，就是這隻手臂，卻硬生生將女兒從她懷抱裡奪去！

「不要！你還我女兒！」秀娘連忙抓住他的胳膊大叫。

男人瞥她一眼，淡然的眼神彷彿有一種魔力，讓秀娘瞬息就鬆開手。而後，他二話不說又將兒子也給搶過去。

「你幹什麼！」秀娘都要哭了。但被這個男人看著，她的眼淚只敢在眼眶裡打轉，怎麼也掉不下來。

男人用一種莫名其妙的眼神看著她，末了眉頭一皺。「走。」便一手抱著一個孩子朝外走去。

秀娘一怔，瞬時明白了他的意思——這個人是要和他們一起走的意思嗎？可是……沒有可是。她才愣神一會兒，這個人已經帶著她的兒女們走出老遠了！

秀娘不敢再耽擱，趕緊擦擦眼角，快步追了上去。

這個男人長得跟鐵塔一樣又高又壯，雙腿也長得可怕。他的一步幾乎等於秀娘的將近兩步，秀娘一路小跑著才能勉強跟上。
跟著這個人前行了足足一個時辰，他才停下腳步，將孩子還給秀娘，自己拿起斧頭，乒乒乓乓忙碌不過半個時辰，一間簡易的小木屋便赫然出現在眼前。
「進去。」他道，還是言簡意賅的兩個字。
秀娘早已經臣服在他強悍的能力下，趕緊聽話地拉著孩子們鑽了進去。
「娘，他為什麼不進來呀？他還要做什麼？」扒著小木屋的門，女兒小聲問。
「他，應該是還要做陷阱吧！」秀娘道。
話音才落，便見到這個男人回過頭來，淡漠的雙眼中一抹異樣的神采讓她的小心房禁不住狠狠一跳！
秀娘趕緊別開頭，只是微微發紅的耳朵還是洩漏了她的真實心境。
男人見狀挑挑眉，便回頭去繼續忙活了。
差不多一個時辰過去，附近的山林裡又熱鬧起來，隨處都能聽到村裡人的大呼小叫。
秀娘抱著孩子們蜷縮在木屋裡，聽著聲音逐漸靠近，一顆心又漸漸揪成一團。
這次來的人數可比方才還要多得多，不知他還扛不扛得住？
兩個孩子又忍不住從她懷裡探出小腦袋，女兒靈兒奶聲奶氣地道：「娘，叔叔他不進來躲嗎？」
秀娘搖頭。「不，他要在外面保護我們。」
「可是他只有一個人，那邊卻那麼多，他要是被他們打哭了怎麼辦？」兒子毓兒也道，澄澈的雙眼中滿是擔心。

秀娘心裡又是咯噔一下！

是啊，都說雙拳難敵四手。雖然他的雙拳不只能敵得過四隻手，可如果張大戶把能叫的人都叫上了，他區區一個人又能如何？單是車輪戰都能戰死他了！更別提他身上還帶著傷呢！

只是很快，秀娘發現她再一次小瞧了他。

這一次來的足足有五十人之多。他們手持棍棒，殺氣騰騰地從四面包抄過來，大有要將他們四個人一網打盡的架勢。但包圍圈才剛形成，就聽撲通撲通幾聲響，七、八個人掉進了一人多深的陷阱裡！

再往前走幾步，地上看似自由生長的藤蔓也彷彿長了眼睛一般，忽地纏上他們的腳踝，直接將人給吊到樹上。再往下，還有各類原始捕獸器、稀奇古怪的箭陣伺候他們。

一時間，只聽見空曠的林子裡慘叫聲不絕於耳。

從一開始的氣勢洶洶，到後面的驚慌失措，以及最終的小心翼翼。等到最終來到小木屋前時，這群人已然折損了大半，只是餘下的這些人也沒好到哪裡去。

不說各種撞傷擦傷，就算僥倖毫髮無傷，在眼睜睜地看到自己的同伴被各種出其不意的陷阱打倒後，極少有人還能保持鎮定自若。

而且，還沒見到人呢，他們的士氣就已經被打擊得只剩下一點渣渣。這要是見到人了，那還得了？這是許多人內心深處的想法。

甚至，他們開始懷疑回去報信的人說話的真假：只一個人，一口氣打敗之前那二十人，還能在這麼短的時間裡弄出這麼多陷阱？打死他們都不信！

但很快他們就信了。因為就在他們將小木屋包圍的瞬間，這個男人出現了。手持一柄彎弓，手中拿著剛剛削好的木箭。對準、拉弓、發射——

咻！

只聽一聲刺破空氣的銳響後，一個人便被連人帶衣服釘在背後的樹上。而後，又聽咻咻咻接連幾聲響，那些人都還沒反應過來，就已經全都被釘在樹上。

「哇，叔叔好厲害、好厲害！」兩個娃娃再度雙眼發光，抑制不住地拍手大叫。

秀娘一顆懸在嗓子眼裡的心也漸漸落到實處。只是目光一掃，她立即扯著嗓子尖叫起來。「那邊還有一個，釘住他！不能讓他跑了！」

男人二話不說，扯開弓又一枝箭射過去。而後，便聽到接連兩聲尖銳的慘叫，劉天以奔跑的姿勢被牢牢釘在樹上，至於另外一個……

秀娘再也坐不住了，連忙跑出木屋，頓時驚呼出聲。「少爺？」

這個和劉天被釘在一起的人，不是張大戶家的傻兒子福哥是誰？

福哥自生下來就被人好吃好喝地伺候著，何曾受過這等苦？當即便大聲哭嚷起來。「這裡不好玩，我要回家！我要回家！」

劉天肩膀被木箭擦傷，正疼得齜牙咧嘴。聽到福哥哭聲煩人，隨手一巴掌搧過去。「你給我閉嘴！」

原本帶這個傻子出來是當擋箭牌的。可誰知現在擋箭牌沒當成，反而成了莫大的拖累，他後悔死了！

一巴掌下去，福哥不僅沒有閉嘴，反而哇的一聲哭得更響亮了，哭聲幾乎衝破山林去。

男人見了，眉頭又是一皺，立即又要上前。但這個時候，秀娘卻一把拉住了他。

男人回頭，秀娘趕緊搖頭。「讓他再哭一會兒，說不定有點意外之喜呢！」

男人眼中浮現一抹疑惑，但腳下的步子還是聽話地停了。

兩人就這樣並肩站在一起，不一會兒靈兒、毓兒也跑過來。四個人站成一排，看著福哥哭得臉紅脖子粗，滿頭滿臉的眼淚鼻涕糊在一起，可憐又可悲的模樣。

哭了約莫一頓飯的工夫，下頭林子裡果然又傳來響動。

一個氣急敗壞的聲音大吼：「誰在欺負我兒子？不想活了嗎？嗯？」

居然是張大戶！呀，這次可是釣到一條大魚了！

秀娘聞聲大喜，連忙推了把男人。「快點，把這兩個人都綁起來！」

男人眼中的不解仍在，只是雙手卻異常俐落地將劉天和福哥的衣裳都撕了，就用這碎布條把他們給結結實實地捆在一起。

當張大戶聞聲尋上來的時候，看到的就是自己的寶貝兒子被五花大綁的情景，頓時他心疼得臉都變形了。「你你你……你們想幹什麼？趕緊放了我兒子！」

「想讓我們放了他容易，只要你答應我一件事。」秀娘冷聲道。

張大戶眼睛一瞪。「妳休想要我的錢！我沒錢！」

秀娘唇角泛開一抹淺笑，狠狠在福哥胖胖的臉上掐了一把。

福哥立刻又放聲大哭起來，張大戶的臉也白了。雖說這兒子傻，但好歹也是他唯一的兒子，說不心疼是不可能的。尤其現在看到兒子這般被人虐待，他就跟自己被欺負了一樣難受。

「好，我答應！妳要多少錢，說！」

「我們不要錢。」秀娘搖頭。

「那妳想要什麼？」

「很簡單，我要你寫一份保證書，保證不納我為妾，而且以後也都不會再騷擾我。」秀娘朗聲道。

話音才落，她便察覺到四道目光不約而同地落在自己身上。其中兩道是張大戶的，她可以理解。至於剩下的兩道……順著目光投射過來的方向看去，卻是那個惜字如金的男人。

兩人目光相接，男人立刻酷酷地扭開頭，胳膊上稍一使力，就把福哥給提了起來，淒厲的哭喊霎時刺穿所有人的耳膜。

張大戶實在扛不住了，滿布血絲的綠豆眼惡狠狠地瞪著秀娘。「妳這水性楊花的破鞋，老子現在不稀罕穿了！只是不想嫁可以，妳先把彩禮還了再說！」

秀娘一愣。「什麼彩禮？」

「我呸！都這個時候了，妳還裝什麼三貞九烈？當初要不是妳婆婆拍著胸脯說妳肯定能給老子生兒子，老子會給她十兩銀子做彩禮？這麼一大筆銀子，老子得賺大半年才賺得回來！」張大戶扯著嗓子大喊。

他的意思是說，鍾老太太早已經連錢都收了？

秀娘驚詫之餘，又不覺失笑。也是，以鍾老太太母子的尿性，這唾手可得的好處他們會放過才怪。只是這事鍾剛肯定是知道的吧？可他卻一個字都沒有告訴她，反而繼續在她跟前做深情狀，想想她就噁心得慌！

「錢是他們收的，你該找他們要去才對。」

「要是能找他們要回來，妳以為老子會找妳？」張大戶繼續大喊。「今天一大早，姓鍾的一家子就捲鋪蓋跑了！」

跑了？

秀娘再次被這殘酷的現實給當頭敲了一棒子。這鍾家人真是越來越沒下限了。

「好吧，彩禮我還給你便是。只是現在我手頭沒錢，等我攢夠了一定原數奉還。」

「等妳攢夠？那得猴年馬月了吧？老子可不能白白把錢給你們，得算利息！」張大戶眼中忽地精光閃現。「老爺我也不要多的，就五分利吧！」

五分利？他搶錢呢！

秀娘懶得理他，直接回頭對男人發號施令。「把他掛到樹上去。」

男人二話不說，提起哇哇大叫的福哥就跳上樹。

「別！你放了我兒子！」張大戶一看急了，趕緊改口。「四分利……不，三分半總可以了吧？看在你們孤兒寡母無依無靠的分上，老爺我就不和你們多計較了。」

「一分利。」秀娘一口咬定。

「那怎麼行？外頭錢莊放錢也不止這點利息。不行不行！」

「那張大戶你就等著看你唯一的兒子被掛在樹梢當旗子吧！」秀娘輕笑，對男人使個眼色。

男人點頭，隨手將福哥一甩，竟是將人揹在背上。這麼大大的一坨肉掛在他身上，卻彷彿沒有半點重量，他兩三下就躍上去一丈有餘。

張大戶看得臉色發白。「你下來！下來！一分利就一分利，我答應還不行嗎？」

「口頭答應不作數，你寫一份保證書。」秀娘可不信他的隨口一說。

張大戶雙眼瞪得跟牛一般。「我男子漢大丈夫，難道還會騙人不成？再說這裡哪來的紙筆？不然妳先把福哥放了，回去我就寫了叫人送給妳。」

「不行。你現在叫人下山去取筆墨紙硯，寫好了畫押給我。」秀娘堅持道。

張大戶死死瞪著秀娘不語。

秀娘抬手指了指上頭。「張老爺，我勸你還是趕緊叫人去做準備吧，不然福哥真要成旗子了。」

就在兩個人說話間，那個人居然已經爬到樹幹中間，還在快手快腳地繼續往上爬。

福哥嚇到不行，手腳亂揮哭得嗓子都啞了，那個人卻置之不理。

對兒子的心疼終究蓋過了一切，張大戶恨恨地咬牙。「寫就寫！但妳先把老子昨天給妳的銀子還來！」

「那不是你給我結算的工錢嗎？那是我應得的！」秀娘道。

「誰說是給妳的工錢？那明明是……」張大戶聲音一滯，肥胖的臉頰抖動幾下，終究沒有把餘下的話說出口。

「算了算了！就當老爺我做回好人，打發叫花子了。那錢賞給你們了！」

秀娘側頭冷笑，就知道這個人雖然愛錢，但更死要面子。當著這麼多人的面，他絕不可能將內心齷齪的想法說出來。只是這樣想著，心頭也浮現一絲悲涼──想當初，自己何曾為錢發過愁？可是現在，她居然為了這五、六錢的銀子各種算計，如今更是被人看低到了泥裡。

又過了約莫一個時辰，筆墨紙硯送到，秀娘終於拿到了張大戶親筆簽名畫押的書函，一顆心也終於落到實處。

張大戶死死瞪著她看了又看，終究沒能將那錠銀子看回去，只好帶著兒子罵罵咧咧的走了。

「姑父，您等等我、等等我呀！」在父子倆上了竹轎後，一直趴在地上做死人狀的劉天終於爬起來，大聲喊著追了出去。

張大戶本就憋了一肚子的氣沒處發，沒想到就蹦出一個來自投羅網的，立即指著他的鼻子大吼：「小兔崽子你還敢跑出來？來呀，給我打斷他的腿！」

劉天一聽不好，連忙扭頭就跑，一邊跑一邊叫：「姑父你錯怪我了，我和姑姑只是躺在一起，什麼都沒幹。都是那個女人害我，本來姑姑是要讓我和她睡覺的！」

真不想什麼來什麼。自己的女人和姪子衣衫不整地躺在一張床上，這丟人現眼的事他還死命地想捂住呢，沒想到這蠢貨不老老實實躲起來當縮頭烏龜也就算了，居然還借自己兒子的力偷跑出來，甚至還把自己兒子送入虎口！而且，這小王八羔子什麼意思？他本來都唾手可得的女人，就因為他們這麼一打岔，到口的鴨子直接飛了！這叫他怎麼不生氣？

張大戶氣得臉都紅了，呼哧呼哧喘得跟拉風箱似的。「給我打！狠狠地打！打死這個王八犢子算老子我的！」

「啊，不要啊！救命……救命……啊！」

一群打手們在男人跟前吃了大虧，也正想找個機會證明自己依然勇猛。現在聽了張大戶的吩咐，自然是拚命使出十八般武藝對劉天圍追堵截，拳頭雨點似的往下落。劉天被打得哇哇大叫，跟沒頭蒼蠅似的到處亂竄，結果一不小心，他便從一個小山坡邊上摔下去，啊啊啊的慘叫聲隔得老遠都聽得到，而且是越聽越淒慘。

竹轎上的福哥見狀，鼻涕眼淚糊得到處都是的臉上抖開一層層的笑，胖胖的雙手歡快地拍個不停。

張大戶也才終於覺得解恨了些，但心裡更恨的還是秀娘和那個男人。

恨恨地回頭，正好和秀娘身旁那個人高馬大跟鐵塔一般的男人目光對上，冰冷的殺意隔著空氣也準確無誤地傳達進他的心底。

張大戶冷不防一個哆嗦，連忙勒緊身上的衣服。「走走走，趕緊走！」

目送張大戶一行人遠遠地走了，秀娘母子幾個也終於鬆了口氣。

「娘，他們走了！以後妳是不是就不走了，永遠陪著我們？」兩個孩子連忙一邊一個抓住她的手，異口同聲地問。

看著身邊兩雙閃爍著希冀的稚嫩眼眸，秀娘含笑點頭。「是啊，你們再也不用擔驚受怕了，娘一輩子都是你們的娘。」

不用擔驚受怕了，只是身上卻多了十兩銀子的負債。

十兩銀子！對小康人家都足夠一家三口好好地活一年了。對一窮二白的他們來說，那更是一筆天文數字。再加上那一分利……她得攢多少年才能還得上？

兩個孩子卻不懂這些，立刻歡快地蹦跳起來。「好喂！娘，妳是我們的，妳這輩子都是我們的，永遠都不會丟下我們了！」

說著姊弟倆又蹦蹦跳跳地跑到那個男人跟前，由靈兒帶頭，似模似樣地拱手對他行了個大禮。「叔叔謝謝你！」

秀娘才又抬頭看去，卻見那個男人依然是面無表情地站在那裡，精壯的身子就跟一棵直立的大樹一般。巍峨、挺拔，即便不言不語，但只是讓人看著心中就充滿無法言喻的信任感，心頭又禁不住一跳，她也快步上前。「今天多謝你了。」

男人淡漠的目光在她身上轉了一圈，便轉過身，大步朝木屋走去。

雖然早知道這個人不愛說話，但現在自己也被他這般對待，秀娘心裡還是覺得有些尷尬。

這時候，卻聽咚的一聲響！

「娘，叔叔摔倒了！」

靈兒站得最近，立刻扯著嗓子大喊起來。

秀娘忙不迭拔腿跑過去，便見這個人正面朝下，直挺挺地撲倒在地上。雙手碰觸上他的胳膊，才發現他身上滾燙滾燙的。摸摸額頭，更是燙得可怖。趕緊檢查他身上的傷口，果然看到紮在胳膊上的粗布裡滲出血跡來，分明是傷口又裂開了。血跡已經將粗布浸濕了大半，可見事情發生早不是一時半會兒，可是這個人卻半聲都沒有吭過，害得她還以為……

秀娘心口一緊，也知道現在不是驚慌失措的時候，便定定神，對兒女吩咐道：「靈兒、毓兒，你們趕緊去附近找一找，看有沒有之前你們流血時，娘採的那種草藥。」

「好！」孩子們連忙點頭，便手拉著手飛也似的跑了出去。

很快夜幕再次降臨，但這注定又是一個不眠之夜。

而且這一次的情況比之上一次還要嚴重得多。男人的傷口感染，高燒不止，秀娘用溪水給他降溫，又從山林裡採來許多草藥，不間斷地給他敷在傷口上，一直折騰足足三天，他的狀況才算是穩定下來。

這三天的時間裡，秀娘幾乎沒有睡過一覺。

「娘，娘！」這時候，兩個孩子回來了，毓兒率先跑進來，將手裡紅彤彤的果子捧到她跟前。「這是我們在山裡摘到的果子，妳嚐嚐，好好吃！」

「是嗎？」秀娘笑咪咪地撿起一個嚐了，發現味道的確不錯。

再看看床上那個依然雙眼緊閉的男人，他現在肯定也餓了吧？那天只吃了一頓飯，卻忙了那麼久，然後又高燒不斷，好幾天水米不進。

想著，她拿起一個果子，剝了果肉正打算塞進他嘴裡。就在剛剛靠近的時候，卻見那緊閉的雙眼陡地睜開，一雙眼中冷芒刺出。

秀娘心裡咯噔一下！還沒反應過來，這個男人就已經一躍而起，反手將她給按在地上！

「娘！」

兩個孩子見狀，雙雙大喊一聲，隨即飛撲過來，一左一右抓住男人的胳膊使勁拉扯。

「你放了我娘，不許動我娘！」

男人立即回頭，森寒的目光在兩個孩子身上掃過。

秀娘心中大凜！

「靈兒、毓兒別管我，趕緊走！」竭盡全力一聲大吼，她抬腳往他胯下一踢。

男人疼得雙眼一瞇，但抓著她的雙手卻只是稍稍放鬆了些力道。

秀娘心裡頓時掀起驚濤駭浪。

這男人到底是什麼人？這斷子絕孫腳她童年頑皮的時候沒少用過，幾乎是屢戰屢勝。即便有人扛住了，那臉色也是極端痛苦。可是這個人，他卻像只是被蚊子叮了一口似的，那痛苦的神色也是轉瞬即逝，看來，現在只能和他拚了！

一咬牙，她乾脆雙手抓住男人的肩膀，張口就往他脖子咬了上去！

秀娘這下可是將全身的力氣都灌注在牙齒上。不多一會兒，她的舌尖便嚐到腥甜的血腥味，繼而整個口腔都逐漸被鮮血灌滿，可是那個男人卻再也沒有後續的動作。她咬了好久，直到自己的牙床都酸了，才略略轉過目光，卻發現這個男人眼中的冷芒早消失無蹤。整個人跟被抽乾力氣的木偶一般，呆呆地坐在她對面一動不動。

秀娘眉頭微皺，卻不敢疏忽大意。悄悄鬆開手，她趕緊後退，帶著孩子們一直退到門口。

到了這個時候，男人才緩緩抬起眼，乾枯的兩瓣唇動了動，秀娘聽到他低沈沙啞的嗓音說：「對不起。」

秀娘的小心房再次受到前所未有的衝擊！

原本那次兩人合作無間，她還以為兩人之間是有點默契的。可是經過剛才的事情，她卻發現自己根本就搞不懂這個人。對他的感激退去，更多的理性思考湧上心頭，她再次意識到這個人的危險，自然不敢再以身涉險。

垂眸思索一下，她便拉著孩子們走開了。

「娘，咱們去哪兒？」女兒靈兒嬌聲問。

「回家。」秀娘道。

「那，咱們不管叔叔了嗎？」

不管？秀娘一怔。

兒子毓兒立刻板起小臉。「妳沒看到他剛才怎麼欺負娘的嗎？他是壞蛋！欺負女人的壞蛋！壞蛋，咱們不用管！」

「喔。」靈兒點點小腦袋。「那咱們不管了。」

真想不管，可能嗎？秀娘失笑。不管怎麼說，這個人對他們母子三人的救命之恩是實打實的，她再沒心沒肺也不至於這般忘恩負義。

下山不過兩個時辰，秀娘又回到山上的木屋裡，卻見那個男人還是保持著她離開時的姿勢呆呆地坐在那裡，彷彿這半天都沒有動過半分。渙散的眸光呆愣地看著前方不知何處，那從眼底透出的一抹蒼涼讓她的心口再度揪緊。

秀娘趕緊低下頭，將手裡的陶鍋放在門口。「我煮了些粥，現在還熱著，你趕緊喝了吧！」

男人聽到聲音抬起頭，一臉茫然地看著她，卻問出一句讓秀娘膽戰心驚的話。「妳是誰？」

秀娘心裡咯噔一下，不由自主地扶住了門框。

男人卻彷彿沒有察覺到她的反應，又喃喃自語：「我是誰？」

秀娘聽著，越來越覺得不對勁。「你連自己是誰都不記得了嗎？」

男人緩緩抬起頭，眼中的迷茫看得她心裡既害怕又心疼。

兩相權衡許久，她還是保守地選擇躲在門後，只將陶鍋往裡推了推。「你幾天沒吃飯了，趕緊吃點東西墊墊肚子吧！」

男人默默地捧起陶鍋，仰頭便呼嚕呼嚕喝了起來。

呃……

秀娘眼睜睜看著這個男人豪邁的吃相，硬生生將到嘴邊的話又給吞嚥下去——原本她還帶了碗勺來給他分盛的。不過現在看來，那些精緻的小玩意兒是用不上了，不一會兒，一罐稀粥就被他喝了個乾乾淨淨。

填飽肚子的男人周身的肅殺之氣也淡去不少，眼睫微垂，竟有幾分溫馴的味道出來了。

秀娘看在眼裡，心底又不由自主浮現一絲柔軟。她咬咬唇，轉身拿出一個布包袱。「這裡有些草藥，對你身上的傷很有好處。你一會兒擦擦身，然後把藥敷上去吧！」

男人抬眼看著她，依然一動不動。

秀娘連忙低下頭，轉身提著籃子走了。

她卻不知，看著她窈窕的身段緩步地走遠時，男人眼中一抹異樣的光亮一閃而逝。

秀娘走出去沒幾步，靈兒、毓兒便迎了上來。「娘，他沒再打妳吧？」

秀娘搖頭。「時間還早，咱們去山裡摘點野菜回家吧！」

「好！」兩個孩子脆生生地應著，歡蹦亂跳地在前頭奔跑起來。

看著孩子們活潑的背影，秀娘也不由唇角泛開一抹淺笑。

只是，眼前又不覺閃過那個高壯卻落寞的身影，以及十兩銀子的負債……哎！頭疼，連忙甩甩頭，還是先走一步算一步吧！

母子三人都不是什麼強悍之輩，他們也不敢往深處走，不過在山腰下走了一圈，採了些常見的野菜和草藥就回家了。

一夜好眠。

第三章

第二天一早，秀娘早早地就醒了。睜開眼，看著依偎在身旁依然睡得熟的孩子們，她淺淺一笑，低頭在他們額頭各印下一個輕吻。忽地，她聽到低低的腳步聲在外頭響起。

秀娘心中一凜，連忙站起身，卻聽到聲音只在外頭廳裡待一下，便漸漸遠去了。

是誰？

悄然起身，透過門縫往外看去，只見外頭幾隻野雞、野兔正掙扎著亂叫，除此之外別無他物。慢慢將薄薄的木門拉開了，她才終於看到那個熟悉的寬厚背影出現在遠處，不過也已經漸行漸遠。

門口有四隻野雞、五隻野兔，都用藤蔓捆得結結實實地放在那裡。旁邊還放著一只刷洗得乾乾淨淨的陶罐，赫然便是她昨天用來送粥的那一只。

秀娘呆呆地站在那裡，半晌不知該作何反應。

「咦？小兔子！小雞？娘，這些東西是哪來的啊？」不多時，孩子們也醒了，見到這些活物很新奇。

秀娘連忙回頭。「是啊，小兔子和小雞，你們喜不喜歡？」

「喜歡！」兩個孩子齊刷刷點頭。

「那，今天咱們就宰了牠們燉肉吃好不好？」看看兩個孩子餓得瘦削的小身板，秀娘脫口便道。

聽她這麼說，兩個孩子眼中都閃過一抹亮光，但終究他們只是嚥了嚥口水，堅決地搖頭。「還是算了，娘，妳把牠們拿去賣了吧！賣了錢，還給張大戶，我們不餓，真的！」

秀娘連忙將他們摟進懷裡。「沒關係，有這麼多呢！咱們就殺一隻吃，剩下的都賣了。」

「這樣可以嗎？」靈兒眨眨眼，晶亮的眼中滿是希冀。

秀娘定定地點頭。

「好！」這下，兩個孩子才放下心來。「咱們有肉吃了！有肉吃了！真好！」

可憐的孩子，才吃點肉就高興成這樣。

秀娘艱難地一笑，將最瘦的一隻野雞揀出來。「好了，咱們今天就吃牠了！剩下的先養著，等明天早上，咱們一起去鎮上給賣了。」

「哇，去鎮上！娘，我和姊姊都可以去嗎？」毓兒頓時激動得渾身發抖。

秀娘含笑地點頭。「當然是咱們一起去了。」

兩個孩子頓時又高興得手舞足蹈。

看到孩子們歡快的笑臉，秀娘也打從心裡歡喜起來。

隨後，母子三個就在後頭紮了個茅草棚子，將野雞、野兔的腿用藤蔓繫住後，養在裡頭，並從菜園子裡摘了幾顆小菜剁碎餵食。之後，便將挑出來的野雞宰殺，雞油熬出來用小罐子裝上，再將野雞剁塊，用自己從山裡摘來晾乾的調料混著土豆燉了，再炒了個小白菜，涼拌了一碗馬齒莧，三個人大快朵頤了一頓，兩個孩子吃得滿嘴是油，直到小肚子塞得圓鼓鼓後才戀戀不捨地放下筷子。

雖說是最瘦的一隻野雞，這拔毛、去內臟後也有一斤多，母子三個一頓飯根本吃不完。秀娘於是給隔壁蘭花家送了一碗，還餘下不少，她又想到那個山上的男人。

現在，他應該還在吧？

想了想，她便將餘下的盛了一大半出來，又用陶罐盛裝，送去山上。

忙碌了一天，第二天一早，當秀娘起床時，果然發現陶罐又被洗乾淨送回到門口。與陶罐一起送來的，還有幾隻野雞和毛色鮮亮的鳥兒。

第二次見到這些東西，孩子們不免又嘰嘰喳喳猜測了一番，秀娘抿唇依然沒有透露一個字。一家子尋來一個小籠子把野雞、野兔等物都塞進去，又把這兩天摘到的野菜捆好了提著，秀娘便牽著孩子們走到村口，正巧遇到人趕著牛車去鎮上，他們搭了個順風車。

孩子們從小就在村子裡長大，去鎮上的機會五根手指頭數得出來，因而坐在牛車上，他們晃動著小腳丫子便開始東張西望，嘰嘰喳喳別提多開心了。

「娘，妳看！」突然，靈兒白嫩嫩的手指頭指向前方。

秀娘順著看過去，也立即收斂了笑意。

只見就在前方不遠處，一輛破牛車正搖搖晃晃地朝這邊駛過來。

後面車上坐著一位老太太，手裡抱著一個花布包袱，背後堆得高高的破被子、破褥子等物，還有各色鍋碗瓢盆等等，看起來跟搬家一般。

老太太一手護著包袱，一手不停地在被褥等物上摸來摸去，雙眼還不住地掃視著前頭的車把式，唯恐人過來搶走她的東西，嘴裡還在不斷地罵罵咧咧。

這老太太，不是她的婆婆鍾老太太是誰？

看來，是聽說事情了結，就又帶著她的全部家當回來了？

秀娘冷笑一聲。「別理她，咱們走咱們的。」

「喔。」孩子們點點小腦袋，但還是收起方才的興高采烈，不約而同往她身邊依偎過來。

秀娘看在眼裡，心裡更難受到不行：自己真不是一個好母親。這些年，孩子們不知道在鍾老太太跟前吃了多少虧，她卻常常護不住。現在他們甚至已經到了遠遠看著那老太太都嚇得跟隻小鵪鶉似的，瑟縮的小模樣怎麼看怎麼讓她揪心。看來，以後不能再任由那一家子為所欲為了。

所幸鍾老太太一門心思都放在照管自己並防備車把式上，並沒有發現他們母子。隨著雙方距離越拉越遠，他們也終於鬆了口氣。

到了鎮上，秀娘拿了一把野菜謝過車主，便牽著孩子們去東邊的市場。

這年頭野雞、野兔等活物還是少見，尤其秀娘提來的比其他人籠子裡的還要肥上幾分，看起來就讓人更有食慾；那一捆捆的野菜也都收拾得乾乾淨淨，整整齊齊地綁放著；加之價錢也公道，才擺沒一會兒就有人來問。

兩個孩子也沒閒著，一個奶聲奶氣地幫娘親吆喝，一個抓住客人的手就不放，哥哥姊姊叔叔爺爺的叫得格外親熱，在收完錢後還用小手抓上一把新鮮的小菜放進客人籃子裡，讓客人花錢也花得高高興興。

七、八隻野雞野兔，外加一背簍的野菜，不一會兒就賣光了。只是那幾隻鳥兒卻是看著稀奇，大家也認不出品種，便有人建議秀娘往那邊的鳥市看看。

秀娘一聽有理，便揣好了錢，先帶著孩子們去一旁麵館。

麵館就在菜市邊上，不少賣菜的人忙完了都會在這裡吃上一碗麵。攤主是一對中年夫妻，手腳勤快，即便忙得腳不沾地，也依然把店面收拾得十分乾淨。

秀娘母子三個找到一個位置坐下，老闆娘便樂呵呵地迎上來。「幾位要吃點什麼？」

秀娘看了看牆上掛著的牌子，便道：「給我來一碗鱔魚麵，一碗肉絲麵，還有一籠小籠包。」

話音才落，兒子毓兒便悄悄在桌下拉了把她的手。「娘，肉絲麵三文錢一碗，鱔魚麵要四文，好貴好貴的！咱們一起吃一碗素的就夠了！」

女兒也把小腦袋點得跟小雞啄米似的。「我和弟弟吃不了太多。就要一碗，娘妳先吃，吃剩下的我們吃就行了。」

秀娘眼眶微酸，一旁的老闆娘聽見便笑了。「大妹子妳真好福氣，有一雙這麼聽話的兒女。」

秀娘含笑地摸摸孩子們的小腦袋瓜。「是啊，我的孩子最乖了。」

「我也是第一次見到這麼乖巧懂事的孩子。也是難得，小小年紀就懂得心疼娘了，這樣好了！我一碗麵少收你們一文錢便是了！」

「那可真是謝謝大姊了！」秀娘感激不盡，連忙從草編的籠子裡抓出一隻鳥來。「我們手頭確實沒什麼錢，但大姊的好意卻不能不心領。這裡有隻鳥，也不值幾個錢，大姊妳收下，就當個玩物好了。」

豈料，當目光落在這隻鳥兒身上時，老闆娘的臉色立刻就變了。

「妹子，妳這鳥是從哪兒弄來的？」

秀娘見狀，心裡微微有些訝異，便道：「那天去山上挖野菜，結果碰到這麼一窩鳥，便設了個陷阱捉了幾隻，也不知道是什麼種類。正巧今天上街來，就一起帶著，看能不能賣幾個錢。」說著她又看了眼老闆娘。「大姊妳可認識這種鳥？」

「哎，我一個開麵館的，哪裡知道這些？不過是看這鳥毛色鮮亮，和平日經常見到的麻雀、喜鵲不一樣，所以問一句罷了。」老闆娘笑道，手腳俐落地把鳥兒藏進袖子裡，才彎腰對秀娘小聲道：「我看妹子妳也是個明白人，那麼大姊就給妳指一條明路好了：咱們鎮上的吳老爺最愛鳥了，聽說前些天他養了好些年的畫眉鳥死了，正傷心呢！吳家大少爺這兩天帶著人到處找鳥，要不妳也去試試？要是真給吳老爺看上一隻，你們就賺了！」

「是嗎？那可真是多謝大姊了。」秀娘連忙道謝。

老闆娘擺擺手。「不謝不謝，妳送了我這隻鳥，我也是要好好拾掇拾掇，送去吳老爺那兒試試的。要是不行，再拿回來宰了燉了，也不虧。」

「那倒是。」秀娘笑著點頭。

很快兩碗麵和小籠包上桌了，母子三個拿起筷子又吃得飽飽的，才告別了老闆娘，提著鳥籠子往西街的鳥市去了。

孩子們跟在她身後，毓兒左看看右看看，白嫩嫩的小臉上滿是疑惑。「娘，咱們不去吳老爺家嗎？」

「傻孩子，吳家高門大戶，哪是咱們說去就能去的？而且那樣投機取巧的事，咱們還是別做的好，踏踏實實掙幾個錢就夠了。」秀娘低聲道。

「喔。」毓兒點點頭。雖然不是很明白她的意思，但心裡也知道聽娘的話準沒錯，便繼續乖乖跟在後頭。

秀娘其實自穿越過來，也沒有來過鎮上幾次。這鳥市更是頭一次去，心中難免有些惴惴。

進了市場，迎面便看到一排排的鳥籠子，各色鳥兒嘰嘰喳喳吵得人耳朵疼。她趕緊牽緊孩子，一手提著籠子，慢吞吞越過人群往前走，才走了幾步，不想就有人主動迎上來。

「小娘子這是要賣鳥嗎？」一個穿著油綠長衫的男人笑嘻嘻地迎上來，又是拱手又是作揖，殷勤得不得了。

秀娘防備地退後一步，誰知那個人又主動上前兩步，精明的雙眼骨碌碌圍著籠子裡的鳥轉。「小娘子妳這鳥兒不錯啊，不如賣給我家吧！保證價錢公道合理，不讓妳吃半點虧！」

秀娘眼看躲不過，只得釋出一抹淺笑。「不知道大哥如何稱呼？」

「我姓鄒，排行老二，妳管我叫鄒二哥就行了！」

「原來是鄒二哥。」秀娘連忙改口。「前些天我男人上山去打獵，捉了幾隻鳥，也不知是什麼種類，今日特地叫我帶來這邊找人問問，不知鄒二哥你知不知道？」

「這個呀，我當然是知道的。」鄒二哥聞言眼珠子又一轉，笑得更殷勤了。

秀娘一見，心裡大叫不好。她看看四周，那些人雖然都朝這邊探頭探腦，但都同他們保持著一定距離，分明就是打算冷眼旁觀。看來，這個人在這裡也算是一霸。

鄒二也彷彿有恃無恐，伸手就要來拿秀娘的鳥籠。

秀娘連忙後退一步。鄒二臉上笑意一僵，眼中一抹冷色閃過，但隨即又被燦爛的笑意覆蓋。「小娘子妳這是幹什麼呢？我沒打算搶妳的鳥，只是想要拿近點好好看一看，沒別的意思。」

秀娘賠笑道：「鄒二哥不好意思，你也知道我一個婦道人家，手無縛雞之力，難免對陌生人多了幾分防備。」

她話都說得這麼明白了，鄒二心裡雖不高興，但實在放不下那幾隻鳥，便佯作理解地點頭。「妳這話說得沒錯，防人之心不可無嘛！只是妳可以去打聽打聽，放眼整個花鳥市場，誰不知道我鄒二的大名？這鎮上乃至城裡的高門大戶就沒有我進不去的，就連這一次的吳家大爺都在央求我幫忙尋摸出色的鳥兒呢！」

「那是，鄒二哥你一看就不是尋常人。」秀娘低聲附和。

「那是自然。」鄒二滿意地點頭，眼神又往鳥籠子那邊瞄去。

秀娘連忙將籠子送到他眼前。「既然如此，那就麻煩鄒二哥你幫我掌掌眼，看看這裡頭都是幾隻什麼鳥兒，能賣得什麼價錢？」

如此低聲下氣的姿態，總算讓鄒二滿意了點，他裝模作樣地繞著籠子走了幾圈，才點點頭。「妳這裡頭有一隻鳳鳥，三隻白眼圈，都是市場上難見的鳥兒，只是——」

凡事就怕一個只是，尤其當這個人皺起眉頭擺出一副苦惱的面孔時，秀娘的心都不由高高揪起。

「只是什麼？」

「只是這鳥兒的品相差了些，又是野生的，怕是難以馴服。再加上都不成雙成對，這價錢上肯定是要大打折扣的。」

果然，做生意的人都是這樣，給一顆甜棗，然後再狠狠地敲上一棒子，這樣才方便壓價。

秀娘緊張地問：「那大概能給個什麼價？」

「這樣吧！」鄒二想了想道：「我看小娘子妳也是個實誠人，辛辛苦苦帶著兩個孩子到鎮上來賣也不容易，那麼我就當幫妳跑一趟腿好了，一隻鳥十個銅板，若是有貴人看得上眼，我也不過賺一、兩個銅板的辛苦錢。」

一隻鳥十個銅板，四隻鳥就四十個銅板，這筆錢對窮困潦倒的秀娘母子來說著實不是一筆小數目。須知她在張家做事，一個月除去吃喝，能拿到手的也不過一百個銅板。隨便賣了幾隻鳥兒，就能抵上自己辛辛苦苦忙上近半個月的錢，這簡直就跟撿來的一樣！

不過，秀娘也不是傻子。她雖然對鳥認識不多，但那些普通的鳥兒品種還是知道的。現在籠子裡這幾隻單從毛色以及體型上看就絕非凡品，豈是區區十個銅板就能買到的？這個人要是拿到手，轉手還不知道要翻幾倍的價錢給賣出去！她除非傻了，才會真就這樣把鳥給這個人！

鄒二故作大度地演了老半天，誰知卻沒有得到秀娘感恩戴德之下的點頭應允，便趕緊又逼近一步。「小娘子，我這個價錢已經給得很公道了，不然妳去別的地方問問，看他們給不給得出這個價。」

「鄒二哥你的人品我自然是相信的。」秀娘連忙點頭。「只是你卻不知，我家男人為了捉這幾隻鳥，把腿都給摔斷了，請醫問藥的就花了好多錢。我們原本還說這幾隻鳥看著好看，說不定能多賣點錢。可是現在看來，竟然連醫藥費都不夠！既然如此，我還不如把牠們給帶回去，拔了毛燉了，給我男人補補更好。」

說著，她提著鳥籠就往回走。

「哎哎哎，妳先等等！」一聽這話，鄒二的心都快蹦到嗓子眼，趕緊跑過去將人攔下。

秀娘卻皺起眉頭。「鄒二哥，你就不要擋我的路了。我知道你是一片好心，可是我們的時間實在耽擱不起了，我男人還等著我拿了賣菜的錢去給他抓藥呢！」

「這個我當然知道。」鄒二看她一本正經的模樣，急得額頭上汗都出來了。「這樣吧，五十文！怎麼樣？這個價錢著實不低了，妳男人就算去碼頭上給人搬行李，一天也沒這個價吧？」

「可是五十文只能給他買幾天的藥材，我還指望著能餘下點錢買幾斤肉和骨頭燉湯喝呢！」秀娘小聲道。「這些鳥雖然品相不好，不受貴人們喜歡，可我覺得滋味必定比麻雀要好些。」

「別呀，這麼好看的鳥，拔毛燉湯了多可惜！」鄒二趕緊搖頭，話剛出口，他就發現自己說漏嘴了。

而秀娘也沒有放過他，當即瞪大眼看著他。

靈兒、毓兒兩個孩子也把眼睛睜得大大的，一個大聲問：「叔叔你一會兒說鳥不好，一會兒又說好，到底是好還是不好啊？」

另一個點頭附和說：「叔叔說話自相矛盾了喔！」

鄒二心裡暗道：這女人不好對付也就算了，怎麼兩個小娃娃也一個比一個機靈？只是這幾隻鳥他今日是志在必得，便咬咬牙。

「一百文！這個價錢你們總該滿意了吧？」

這架勢，搞得像他施捨給他們似的。

秀娘眉頭微皺，正要說話，就聽一個清朗的聲音從旁傳來。「呀，這鳥市裡居然也有鳳鳥和繡眼鳥？真真是難得，多少錢，我全要了！」

回頭去看，便見一個穿著月白綢衫的年輕男子大步朝這邊走來。在他身後還跟著兩個穿著青灰色短打的小廝。

見到這個人，鄒二立即變了副嘴臉，搖頭擺尾地迎上去。「吳大少爺，您今兒怎麼來得這麼早？小的正打算尋摸幾隻鳥兒給您送去呢！」

「哎，我爹昨晚一晚沒睡，就看著畫眉的屍體唉聲嘆氣，今兒一早又病了，嘴裡不住地念叨著鳥兒鳥兒，我實在看不過去了，便想著來鳥市上碰碰運氣，誰知還真就碰上了！」吳大少笑道，拿著扇子的手指向秀娘手裡的鳥籠子。「這幾隻鳥怎麼賣的？」

「一兩銀子！」不等秀娘開口，鄒二立刻大聲喊道。

說著話，他還一邊不停地對秀娘擠眉弄眼。

秀娘溫順地低下頭一言不發。

吳大少彷彿沒有看到他們的互動，又仔細看了看籠子裡的鳥。「這幾隻鳥品相都還不錯，只可惜不是成雙的。不過一兩銀子卻是絕對值得的。」

說完，他便對身後的小廝道：「把錢給了這位大姊吧！」

小廝連忙從錢袋裡拿出幾塊碎銀子遞到秀娘跟前。「這裡有四兩銀子，大姐妳可要秤一秤夠不夠數？」

「不用了、不用了！吳家在鎮上可是赫赫有名的積善之家，哪裡會因為這點蠅頭小利矇騙我們這樣的升斗小民？」秀娘連忙搖頭，接過碎銀將鳥籠遞了過去。

這話說得漂亮，小廝滿意地接了籠子。

那邊吳大少聽了她的話，卻不由抬起眼看了秀娘一眼。

秀娘連忙對他展顏一笑，吳大少便抿抿唇，親手提起籠子離開了。

鄒二笑嘻嘻地把吳大少送到花鳥市場門口，才收斂臉上的笑意，心裡大叫晦氣：自己分明都已經要把鳥弄上手，轉頭就能大賺一筆，可沒想到就差了這麼一點，到手的一大筆錢就這麼飛走了！

他恨恨地回頭，不想就對上秀娘柔柔的笑顏。「鄒二哥，今天不管怎麼說，多謝你了。我們能賺這麼多銀子也都多虧了你，這裡有點碎銀子，你拿去喝口茶吧！」

看見送到跟前一顆黃豆大小的碎散銀子，鄒二心頭的惡氣才散去些許。他也不和他們多客套，伸手就把銀子給抓緊。「今天算你們運氣好，吳大少向來是個心善的，尤其見不得孤兒寡母在外頭吃苦。只是你們也別以為他給你們一兩銀子，那些鳥就真值個一兩銀子了。說不定進了吳家，吳老爺看不上，轉頭那些鳥就都被拔毛下鍋燉了！」

「鄒二哥你說得是。」秀娘連連點頭。「在這方面你才是行家，以後若是再捉了鳥，我們也得仰仗你給幫忙轉手才行。」

「這話說得沒錯！」雖然心裡還是為失了那麼一大筆錢而隱隱作痛，但好歹秀娘會做人，鄒二心裡舒服了不少，至少看著他們母子三個的笑臉不那麼刺眼了。

秀娘也趕緊乘機告辭，拖著孩子們出了市場。

「娘，那些錢明明是咱們的，妳為什麼要給他呀？」女兒很不解，心裡更為損失了一大筆錢而心痛。

秀娘摸摸她的小腦袋。「傻孩子，不知道什麼叫做閻王好過、小鬼難纏嗎？有些人，能不交惡就不要交惡，不然以後會後患無窮。」

話音才落，就聽一個聲音大聲道：「說得好！」

秀娘嚇了一跳，趕緊回頭，竟發現那人正是方才買鳥的吳大少！

吳大少是專程在這裡等她的。現在聽到她說的話，看向她的眼神更加深邃。「妳真是普通的農婦嗎？我還從未見過哪個農婦能如此出口成章。」

秀娘心裡猛一個激靈，趕緊賠笑。「我不過是小時候跟著父親讀過幾本書、認得幾個字而已。」

「原來如此。」吳大少頷首，又問：「這幾隻鳥真是妳自己捉的？」

秀娘呼吸微微一頓，竟不敢和他對視，便垂頭小聲道：「是啊！運氣好，在山上看到了，費了好大勁才捉到的呢！」

吳大少又點頭。「以後若是再捉到什麼稀罕的鳥，都送到城北的吳家去吧！這種地方就不要來了。」

秀娘聽話地點頭。「是，我知道了。」

吳大少再看她一眼，終於轉身走了。

秀娘總算鬆了口氣。

兩個孩子卻歪歪頭，兒子毓兒小聲道：「娘，這位叔叔真好，都知道讓咱們直接把鳥送去他們家，這樣就不怕被剛才那個壞人欺負了！」

「可是，他也是背地裡才敢這樣和我說，不是嗎？」秀娘道。

毓兒一滯，秀娘含笑地搖頭。「你還小，這些事情說了你也不明白。不過沒關係，以後你再多看多學，慢慢就知道了。」

得緊。

「喔。」兩個孩子一道點頭，小臉都因為不理解的糾結而皺成一團，跟麻花似的，可愛

秀娘見狀心情大好，連忙拉上他們。「好了！東西都賣光了，今天咱們賺了不少錢呢，所以娘決定——買兩斤麵，再一斤肉，回去烙餅吃，你們說好不好？」

「好啊、好啊！」

一聽說有肉吃，孩子們立刻不糾結了，圍著秀娘歡快地跳起來。

這四兩銀子的收入大大出乎秀娘的意外。原本她和鄒二討價還價，也只打算漲到二百文錢頂天了。可沒想到，吳大少出手這麼大方，直接就來了四兩！雖然轉手就給了鄒二差不多五錢銀子，但還剩下三兩半呢！

自從穿越到這裡，她還沒見過這麼多錢，一瞬間，她都覺得自己成了有錢人。雖然隨即就想到欠的那十兩外債，但她還是決定先把那些事情拋到一邊，一家人先好好享受享受賺到大錢的愉悅再說。

於是，母子三個又尋到米店。買了二十斤糙米、兩斤白麵。看看兩個孩子盯著那邊的精白米直嚥口水的小模樣，秀娘咬咬牙，又讓店家給秤了五斤大米，再去割一斤肥瘦相間的五花肉，便高高興興地回村子了。

一天下來，雖然很累，但母子三個卻是格外開心。尤其看到袋子裡沈甸甸的米麵等物，想到馬上就能吃到香噴噴的大餅，他們更興奮得不像樣。

可是，當母子三個回到家門口時，笑意便僵在他們臉上，呈現在他們面前的是被糟踐得

一場糊塗的菜園子。

原本水靈靈的小白菜、綠油油的韭菜，還有已經開花的玉米、開始結小果子的黃瓜、冬瓜，全都被連根拔起扔得到處都是，不少菜苗都已經被踩成好幾段。

靈兒忍不住哭了起來。「我的菜！誰拔了我的菜！」

毓兒咬緊下唇，默默走進去，一株一株將倒下的菜苗扶起來。

秀娘閉上眼深吸口氣。當再睜開眼時，她眼底早有一片詭譎的風雲在醞釀。她將米麵等物拿進屋子裡放好，再出來將尚完好的菜苗種回去，便拉上孩子們。「咱們走！」

「娘，去哪兒？」

「找那個毀了咱們菜園子的人，算帳去！」

月牙村從東邊開始，越往西邊走，房子就逐漸破敗起來。好巧不巧的，秀娘家的小茅屋就在村子的最西邊。

鍾家的屋子在中間，不算富裕，但也算不上窮，不然當年也拿不出十個銅板將秀娘買回去做燒火丫頭。

當母子三個來到鍾家灰撲撲的大瓦房門前時，鍾老太太正搬著小板凳坐在門口剝豆子。她一邊剝著新鮮的毛豆，嘴裡還一邊不停地罵罵咧咧。待見到秀娘母子，她立即噌地一下站起來，抬起手指就要開罵。

然而秀娘卻搶先一步問：「我家的菜園子是妳糟蹋的？」

老太太到嘴邊的罵語頓時噎在喉嚨裡。

秀娘見狀，心裡的懷疑便落到實處，立時眼神一冷。「為什麼？」

「哈，妳還問我？我還沒問妳呢！」

秀娘的先發制人之策終究只得到短暫的效果，馬上鍾老太太又拿出她的看家本領——一哭二鬧三上吊，於是手裡的毛豆扔回笸籮裡，便一屁股坐到地上，又開始扯著嗓子哭嚎。

「鄉親們都來評評理啊！這個小娼婦，自己死了男人，就天天叫著身上不爽利。好好的地不種，孩子也不帶，死乞白賴的非要進張家去做工。你們真以為她是去做工？她分明就是勾搭野男人去了！才三、四年的工夫，也不知道勾搭了多少人，撈了人家多少銀子，還把人家張大戶迷得死去活來的。結果呢？好不容易哄得張大戶要娶她回去當小老婆了，她又和外頭來的一個野男人好上了！

「哎喲，我的天！妳個小賤蹄子，妳自己不正經，關我們家什麼事？為什麼要拖累我們？可憐我們老鍾家祖祖輩輩清清白白，現在不都被妳個小娼婦給害了！我的天哪，老天爺，祢怎麼沒把她和那個野男人給收回去呢？這年頭好人到底還有沒有好報了啊！老天爺啊！……」

她叫得格外大聲，嚎得也分外賣力。不一會兒，四周便圍攏了不少鄉親，有人便開始對秀娘指指點點起來。

兩個孩子都羞得躲到秀娘身邊。秀娘也氣得不行。

「娘，妳說句實在話，到底是誰害了誰？當初要不是妳非要把我賣給張大戶，還收了別人的銀子，他們會來砸你們家的房子？若是妳乖乖把錢還了，妳現在什麼事都沒有！」

「我呸！我收了錢又怎麼樣？要不是妳先勾引張大戶，人家怎麼就認定妳要嫁過去了？要不是妳給過人家甜頭了，人家會眼巴巴地往咱們家送彩禮錢？十兩銀子啊！那可是十兩銀子！你們出去問問，又不是鎮上的富家小姐出嫁，人家誰拿過十兩銀子當彩禮錢？憑妳這隻破鞋嗎？就妳也配！」鍾老太太又蹦又跳，幾口濃痰差點吐到秀娘身上。

不明真相的村民們聽到彩禮居然是十兩銀子，看著秀娘的眼光立刻就不一樣了。

和秀娘家隔了兩戶的李大家的陰陽怪氣地笑了起來。「這也難怪了，秀娘可是咱們村裡的一枝花啊，就算生了孩子，這大屁股大胸脯的，一看就是好生養的，哪個男人不喜歡？這三天兩頭的，我幾次半夜起來都看到有人往她屋裡去呢！」

這話一出，那些人看秀娘的眼神就更透出幾分鄙夷。不少年輕男人甚至都開始上下掃視，專盯著屁股和胸口看個不停。

自己親娘被這般誣衊，毓兒小臉脹得通紅，立刻站出來大叫。「妳胡說八道！我娘天天晚上都和我還有姊姊一起睡的，我們從沒見過別人！」

「哎呀，你們小孩子家的，天一黑就睡得跟頭豬一樣，哪知道你娘背著你們又幹了些什麼好事？」李大家的笑得一臉猥瑣。「再說了，要不是這樣，你娘哪來的錢把你們姊弟倆養到這麼大？」

「你別說了！」旁邊的李大尷尬得不行，連忙拉她一把。

李大家的馬上不樂意了，拉長了臉大叫：「幹什麼、幹什麼？你心疼了？心疼了是不是？我就知道，這兩年你三天兩頭往他們家跑，不是給挑水就是給劈柴，比忙活自家的事還上心，還不就是為了多看這小寡婦一眼？只可惜啊，你也不撒泡尿照照，就你這死德行，你拿得出幾文錢？人家隨便陪人睡上一晚，就比你一年掙的銀子都多！人家就把你這傻大個當驢使喚呢！就你蠢，還樂得顛顛的，給人賣了還幫人數錢！」

「妳、妳胡說八道什麼？妳給我閉嘴！」李大被說得臉上紅一陣白一陣的，抬起胳膊來。

李大家的一看，趕緊又扯著嗓子叫起來。「好你個李大，居然為個寡婦要打自己媳婦？你到底還有沒有良心啊你？這些年是誰跟著你吃苦受累，是誰給你生兒育女你都忘了是不是？你打呀！乾脆把我打死算了！也好給你的小寡婦騰地方，叫你們趕緊雙宿雙飛去！」

「妳妳妳……」李大本就笨嘴拙舌，對著自家婆娘大呼小叫，根本半個字都說不出來。

秀娘見狀，幽幽低嘆了聲。「李大嫂，我想問妳一句話，妳可能如實回答我？」

「哼，我和妳沒什麼可說的！」李大家的恨恨瞪她一眼。

秀娘不置可否，逕自問道：「妳說妳三天兩頭地看到晚上有人往我家裡鑽，那麼我想問問，妳三天兩頭的晚上不睡覺，跑出來看我家的狀況幹什麼？」

「我……」李大家的一噎，馬上眼睛一瞪。「我出來撒尿不行嗎？」

「是嗎？」秀娘輕笑。「為什麼我記得就在這個月初，像是初三那天吧，我回來得晚了些，經過妳家門口的時候，卻見妳家的門虛掩著，我隱約看到妳和一個人在一起，小聲說著一貫錢什麼的……」

「妳胡說八道！我一個婦道人家，怎麼可能和一個男人關起門來說話？」李大家的臉色大變，趕緊扯著嗓子打斷她。

秀娘無辜地眨眼。「我說過妳是在和一個男人說話嗎？」

李大家的一滯，頓時知道自己上當了。

秀娘便又淺淺一笑。「李大嫂，妳好好想想，妳果真見過有人大晚上的往我家去嗎？」

李大家的趕緊搖頭。「沒有、沒有，是我看錯了！妳家沒人去過，我家也一樣！」說著，連忙拽著自家男人跑了。

秀娘連忙鬆了口氣。這鍾老太太的得力助手走了，自己肩上的壓力立刻輕了一半不止！

「哎，蓮香妳別走啊！我話還沒說完呢！」鍾老太太一看這樣，臉上的得意不見了。

這李大家的閨名喚作蓮香，和鍾老太太是同一個村子嫁過來的，兩個人自然而然就抱成團了。

再加上秀娘從小就在村子裡長大，和李大也算是青梅竹馬。李大人如其名，人生得人高馬大，在做活上是一把好手，只是卻應了四肢發達、頭腦簡單這句話，人有些憨憨的，心腸卻不錯。

早些年秀娘一個人包攬鍾家所有洗刷做飯之類的活計，李大便常常幫她挑個水、劈個柴什麼的，後來見她沒了男人，孤兒寡母的日子艱難，也時常過去幫個小忙。有時候進山裡捉到幾隻野雞野兔什麼的也會分他們半隻。秀娘也曾婉拒過，但李大堅持鄉里鄉親的互相幫助本就是應該。秀娘無奈，只好每次得了他的東西後便從菜園子裡摘些菜送過去。

她養的菜，不知怎的就是比村子裡別人家養的水靈，味道也好得多，這些也是母子三人的一部分經濟來源。
李大家的每次菜照收，卻不給秀娘半點好臉色，總覺得自家吃了大虧，又唯恐自家男人因為那點青梅竹馬的情誼對秀娘動心，再加上鍾老太太的挑唆，所以私底下沒少編排秀娘的壞話，間接就成了鍾老太太的一桿槍。雖然不大靈活，但威力卻是很猛。
這麼猛的一桿槍，卻有一個致命的弱點，那就是她的娘家。
蓮香娘家也不富裕，當初正是因為看中李大有一把力氣，能幹活，才將閨女嫁給她。成親之初他們便要了李大家一頭豬做聘禮，後來這些年李大家的林林總總貼補娘家的也不少，當然這些都是背地裡的。
只是她娘家還有一個不爭氣的哥哥，四體不勤，卻五毒俱全，動不動就向妹妹要錢。蓮香就這麼一個哥哥，自然也不忍心拒絕。她也不敢多給，一次幾十、一百個銅錢的，但絕對不會讓李大知道這事就是了。
上次秀娘遇到的便是她娘家哥哥來要錢的一幕，而且也是蓮香給得最多的一次。現在冷不防當著這麼多人的面被提出來，她嚇得膽都破了，自然不敢多說，趕緊就跑了。
鍾老太太見狀就不爽了，她才剛準備出手呢，這桿槍怎麼就跑了？而且瞧秀娘看自己的眼神，冰冷中還帶著一絲犀利，她怎麼看怎麼覺得心裡有些發慌。
老太太活了這麼多年，別的沒有，人生閱歷還是有一點的。再加上女人的第六感，當即便決定腳底抹油——溜！
可秀娘怎麼可能讓她如願，兩三步上前攔下她的去路。「娘，咱們該好好談談了。」

「談什麼談？我和妳沒話說！」

「可是我有話說。」秀娘道，從懷裡掏出一張紙。「這是我和張大戶簽的契書，上頭把一切都講得明明白白。」

「妳給我看幹什麼？我又不認識字！」鍾老太太大叫。

「妳不認識，我唸給妳聽。」

鍾老太太臉一變，趕緊又坐地上哀嚎起來。「老天爺啊，這媳婦是要逼死我啊！我不活啦！我現在就一頭撞死！」

豈料，話音才落，秀娘輕柔和緩的聲音便隨之響起——

「妳放心，妳要是撞死了，我立刻也撞死在這裡，給妳陪葬！」

「娘不要啊！要死一起死，我們也陪妳！」兩個孩子立刻爭先恐後地跟著叫起來。

秀娘抿唇，昂首看過去。「娘妳看，我們三個陪妳一個，下了地府也不孤單。」

「妳妳妳……妳是在逼我去死！」鍾老太太被嚇壞了。

她哪裡捨得死？她還沒活夠呢！

這本是她用慣了的殺手鐧。每次只要這句話一出，秀娘便會跪在跟前苦苦哀求，自己再指著她的鼻子大罵一頓，罵到心情好了才放過他們。不承想，今天秀娘就跟鬼上身似的，一出現就給她來個先發制人不說，現在居然直接咒她去死！又哀又怒，這次她是真的傷心了。

「世上怎麼會有妳這麼狠心的媳婦，我要去找里胥，讓里胥來評評理！」

「好啊，妳儘管去，我也正好有事要找里胥，咱們一起好了。」秀娘道，牽上孩子作勢要跟在她身後。

鍾老太太剛抬起的腳趕緊又放了回去。「妳想幹什麼？」

秀娘冷冷看著她。「我只是覺得，既然我們一家子已經分家出來了，那屬於我們的田是不是得分給我們？這事還必須去找里胥來分配才行。」

「妳作夢！」一聽她居然要搶自家的地，鍾老太太立刻一蹦三尺高。「那地是我們老鍾家的，以後都是剛兒的，和你們沒關係！」

「我相公也姓鍾，靈兒、毓兒都是鍾家的後人。峰哥雖然去了，可靈兒、毓兒還在，他們代替峰哥分點屬於他的東西不是理所應當嗎？」

「他姓個屁鍾！他就是當初我們從路邊撿回來的小乞丐！」鍾老太太破口大罵。

秀娘聞言輕笑。「既然如此，那為什麼他戰死邊關，官府發的撫恤金你們卻都拿走了？若是他和你們沒有任何關係，妳就該把那筆錢還給我們。靈兒、毓兒才是他真正的親人！」

「妳妳妳……」鍾老太太雙眼瞪得有桃核大，枯瘦的手抖啊抖的，氣得快瘋了。最後，她心一橫。「那筆錢我們拿了又怎樣？我們鍾家養了他十幾年，給他吃、給他穿，還給他娶了媳婦。要不是我們老鍾家，他死了墳上都沒後人燒香！這點錢就是他應該孝敬我們的！」

「孝敬你們，以致連自己的結髮妻子、還有親生骨肉都不管不顧？」秀娘接話道。

鍾老太太一頓，馬上又昂起脖子。「怎麼就不管不顧了？這些年要不是我們家照拂，你們母子三個能活到現在？前些天你們不是還燉雞吃了？我還從沒見過哪個快餓死的人吃得上肉的！指不定又是妳勾搭的哪個男人送來的呢！可憐的峰哥，到了土裡都睡不安穩，誰叫他攤上這麼個水性楊花的媳婦！」

「不許妳罵我娘！」從開始到現在，這老太婆就沒停止過對秀娘的誣衊。毓兒小孩心性，終究按捺不住，一頭朝老太太那邊撞了過去。

鍾老太太被撞得幾乎仰倒，反手就一巴掌往孩子臉上搧過去，然後用力一推，只聽「砰」的一聲響，好死不死的，孩子的頭就撞在一旁的石滾（注）上。

第四章

「毓兒！」

秀娘立時腦子裡嗡的一聲，變成一片空白，不由大叫一聲，她飛撲過去將孩子抱起來，卻發現兒子小小的腦袋上被磕出一個巴掌大的口子，鮮血正汩汩往外直冒，不一會兒就沾濕額前的頭髮。

秀娘連忙撩起衣襬給他捂上，然而並無多少用處，鮮血很快就滲透衣服繼續往外流淌。

鍾老太太也看傻了，趕緊拚命搖頭。「不關我的事，是這小崽子自己跑上來的，我只是隨手推了他一把，誰叫他運氣這麼不好，自己就撞到石滾上去了？這都是命，上天注定的，這是他的命！」

「妳閉嘴！」秀娘猛然回頭，雙眸中一抹冷芒掃射，鍾老太太立刻一個哆嗦，悄悄往後退去。

村民好歹淳樸的居多，見狀便已經有人去將村子裡唯一的郎中給請過來。這屈郎中是月牙村人，早年去鎮上的醫館裡做過學徒，後來娶妻生子後就在村子裡安家，也在後院裡種了幾棵藥草，村民裡有個頭疼腦熱的都去找他。

屈郎中揹著藥箱匆忙而來，看過毓兒的情況後，抓出一把藥粉撒在傷口上。然而血並沒

注：石滾，石製滾壓農具。

有止住，反而衝開藥粉繼續往外湧。

屈郎中見狀也不禁搖頭。「我這裡的藥不管用，還是趕緊把孩子送去鎮上吧！那裡醫館裡的藥材多，郎中的醫術也高得多，說不定還有救。」

去鎮上？

秀娘心口一緊。就算能第一時間借來牛車，這一路顛簸過去至少也要半個時辰。可是看毓兒現在血流如注的模樣，可憐的小臉都已經白了。半個時辰後他還支撐得住嗎？

咬咬唇，她突然眼神一凝，一把抱起孩子轉身往後頭的大山奔去！

「秀娘，去鎮上的路在那邊！」有人伸手去拉，卻不想秀娘跑得飛快，一會兒就沒了蹤影。

大家面面相覷，有人開始搖頭嘆息。「這人只怕是被嚇壞了，要帶著孩子去山裡自生自滅了吧？」

「是啊，她一個寡婦家，千辛萬苦拉拔大兩個孩子，就指望著兒子長大了孝順她呢！可誰想到……哎！」

這個時候，倒想起他們只是孤苦無依的孤兒寡母了。

不過，秀娘也已經沒有精力去管這些人在背後說什麼了。她現在腦子裡只有一個想法，那就是——一定要救活毓兒！

這是她的命啊！這些年來，與其說是她在照料孩子，還不如說是孩子們在陪伴她。如果沒有這兩個孩子，她無論如何也不可能堅持到現在。而只要一想到孩子永遠離開自己的情形……

不！她接受不了！要是孩子有事，她也不想活了！

抱著虛弱的孩子，原本嬌弱的女人足下如生風，很快就跑入大山裡。

在路邊看到一叢大薊，秀娘連忙摘下來揉碎了給孩子敷在額頭，然而鮮血依然奔湧不息。

怎麼會這樣？以往孩子們受了傷，她採點草藥敷上就沒事了啊！可為什麼這一次……

秀娘膝蓋一軟，幾乎癱軟在地。這個時候，卻見一個高大的身影出現在跟前。

秀娘抬起頭，立即像抓住了救命稻草一般，一把抓住他的手。「幫幫我！」

男人淡淡看她一眼，視線立刻就被面色蒼白如紙的孩子吸引過去。當即目光一沈，他彎腰把孩子從秀娘懷裡抱起來，轉身就走。

秀娘連忙也爬起來，跌跌撞撞地跟上。

只見這人抱著孩子，一路往大山深處走去，一直在幾乎掩沒小腿的草叢裡走了大概半盞茶的時間，他的步子終於停下了。

秀娘一路追得氣喘吁吁，好不容易停下歇口氣，一顆心卻越提越高。「你想到方法了嗎？」

男人雙眼直勾勾地看著眼前，一手抱著孩子，一手朝前伸去。

秀娘定睛一看，頓時驚呼出聲。「這裡居然有金毛狗脊？」

而且是一大叢金光燦燦的金毛狗脊！一看便是生長了多年。這大片大片的植物莖上，一叢叢黃色絨毛入目可見，在落日餘暉下泛著一層耀眼的金光，看得秀娘熱血奔湧。

這些可是止血效果奇佳的良藥啊！

不用他再說，秀娘連忙動手捋下大把大把的絨毛，轉身小心敷在孩子的傷口上。敷了厚厚的一層，孩子額頭上的出血才算漸漸止住了。

秀娘終於鬆了口氣，趕緊靠在一棵樹上歇歇。

男人看到孩子不再流血，面容也不再那麼緊繃，轉而將視線又落在秀娘身上。

那帶著一絲探詢的目光，配著他深邃的眸子，看得秀娘心驚肉跳。這裡只有他們兩個，她也裝不了傻，秀娘便抬起頭。「你看我做什麼？」

「妳怎麼知道這個東西能止血？」男人開口，算是多說了幾個字。

秀娘抿唇。「長年在山裡行走的，誰不知道幾樣草藥？」

「但這個不是。」

秀娘一滯，突然低吼。「我就是知道又怎麼樣！這和你有關係嗎？」

被她這麼一吼，男人便閉緊雙唇不說話了。

兩人之間頓時又安靜下來。

秀娘話一出口，心裡就後悔了：明明對方是自己的救命恩人，而且已經不止一次救過他們母子的命了，可自己對他半點感激都沒有也就罷了，反而還吼了他！這樣分明是自己不在理。

可是話都已經說出口了，她也不知如何收回，頓了頓，乾脆伸手過去。「天不早了，我們該回家了。」

男人看著她。「孩子狀況還沒完全穩定下來，現在回去的話不大妥當。」

秀娘當然知道。可是她又能怎麼辦？眼看天就黑下來了，她一個女人家，還帶著個昏迷不醒的孩子，難不成還在山間留宿不成？

男人彷彿看出她心中所想，抱著孩子又轉身走了，秀娘趕緊跟上。

兩人一前一後走了一段，秀娘發現他們又回到當初分別的地方。短短幾天的時間，這裡已經用木頭蓋起一間像模像樣的房子，而且裡頭有床有桌有椅，床上還鋪著一層柔軟的蒲草，隱隱有了幾分生活氣息。

男人將孩子放到床上，拿過一張獸皮給他蓋上。

秀娘見狀咬咬唇。「孩子在你這裡自然是好的，可是我還有一個孩子——」

「我去接她。」男人便道。

小半個時辰後，女兒靈兒就被抱上山來了。

「娘！」

小小的孩子飛奔進屋，一手拉著她，一邊看著床上依然昏迷不醒的毓兒，白嫩嫩的小臉皺得跟包子一樣。「娘，弟弟怎麼樣了？」

「他沒事，血已經止住了。」秀娘鬆了口氣。「方才娘急著給弟弟找藥沒顧得上妳，妳沒事吧？」

「我沒事。娘，妳走後，蘭花姊姊就接我去他們家了，剛才也是蘭花姊姊和李大叔叔送我過來的！」靈兒趕緊把腦袋搖得跟撥浪鼓似的。

秀娘才發現，在女兒身後，隔壁家的蘭花以及李大都跟進來了。

蘭花進門就盯著床上的毓兒看了又看，才拍了拍胸口。「剛才可真是嚇死我們了！現在毓兒沒事了吧？」

秀娘搖頭。「血止了，後面就好說了。」

「那就好。」蘭花連忙點頭，也忍不住咬牙切齒。「那老太婆真該死！平常欺負你們就算了，這次居然連個孩子都不放過。妳不知道，妳走後她還在村子裡到處嚷嚷，說是你們自找的，你們不孝順，這是老天爺對你們的懲罰！我呸！那老不死的才該被老天爺一道雷劈死才對！」

「是嗎？」秀娘扯扯嘴角，面無表情。

蘭花見狀，心裡有些惴惴不安。「秀娘，這些事妳也別太往心裡去了，眼下還是先把孩子照顧好。」

「我知道，謝謝你們。」秀娘點點頭，感激地看向她和李大。

李大被看得很不好意思，連忙把手頭的東西放下。「秀娘，我家婆娘就那德行，妳別和她一般見識，一會兒回去我就狠狠教訓她一頓，以後都不許她再欺負你們了！」

「沒關係，我知道她不是真心想害我們。」秀娘淡聲道。

但她越平靜，李大就越愧疚得不行，可他本就不會說話，只能吶吶地支應過去。

外邊天色已經開始黑下，蘭花也不過略坐一會兒就要離開。臨走前，她在秀娘和男人之間來回看了好幾眼，才小聲道：「秀娘，妳真打算在山上過夜了？妳該知道，這兩天村子裡閒言碎語已經夠多了！」

「既然已經夠多了，那也不妨再多點。」秀娘淡淡道。「對我來說，孩子才是最重要的。只要能確保他們安然無恙，我怎麼樣無所謂。」

「可是……」

「沒有可是了。事情已經到這個地步，妳覺得我就算現在下山去，難道他們就不會對我指指點點了嗎？」

蘭花頓時不說話了。

秀娘反倒一派輕鬆自在。「時候不早了，你們趕緊下山去吧！明天妳不是還要去張大戶家裡做事嗎？等毓兒好了，我再帶孩子下山去向妳道謝。」

「這個倒是不急，有李大哥在呢！」蘭花連忙搖頭。「妳先看好孩子吧，其他的以後再說！」

那邊李大也走到男人跟前，惡狠狠地揮舞著拳頭。「不許欺負他們母子幾個，知不知道？不然我打死你！」

但沒想到，他話還沒說完，男人就猛地一把握住他的拳頭，隨即，李大殺豬似的尖叫起來。

清脆的骨節撞擊聲傳來，伴著李大的慘叫，格外觸目驚心，秀娘和蘭花雙雙臉色大變。

不等她們有任何反應，男人已經放開手，淡漠的眸子冷冷地看著疼得齜牙咧嘴的李大。

「我的事，不用你指手畫腳。」

「你！」李大眼睛一瞪，又想上前。

秀娘趕緊閃身攔在兩人中間。「李大哥，沒事了，你趕緊下山回家去吧！別讓嫂子又在家等急了。」

聽她提起自家潑辣的婆娘，李大臉上浮現一絲猶豫。但是，看看那邊渾身上下都透出令人心悸和森冷氣息的高大男人，他的雙腳還是沒有挪動半分。「不行！這個人這麼凶，他要是趁我們不在打妳了怎麼辦？」

「他不會。」秀娘道。

李大一怔。

秀娘輕輕地搖頭。「李大哥，這個你儘管放心好了。他是好人，不會傷害我們母子幾個的。」

「妳就這麼相信他？」李大不可置信地睜大眼。

秀娘確定地點頭。「我相信他。」

李大張張嘴，不知該說什麼才好。

蘭花見狀，趕緊上前來拽著他往外走。「咱們趕緊走吧！秀娘是什麼人咱們還不知道嗎？她說沒事就肯定沒事，她說這個人不會打他們，那就一定不會打！」

「可要是萬一……」

「你要真怕萬一，咱們還是想想你這半天沒回去，你家婆娘萬一知道了殺上山來，秀娘就又沒好日子過了！」蘭花沒好氣地道。

李大一聽，果然閉嘴，乖乖同蘭花一道離開了。

聽著外頭的腳步聲漸行漸遠，男人又回頭看向秀娘。

秀娘心裡禁不住一陣亂跳，也暗暗有些著惱：這個男人是不知道矜持為何物嗎？每次看人的眼神都這麼直白火辣，就跟兩簇火焰似的，直勾勾射到人心底去，膽大直接得讓人簡直無法接受！

正待她要扭身不理時，他又冷不防地開口：「妳為什麼沒有嫁給他？」

秀娘莫名其妙。「我為什麼要嫁給他？我有丈夫的！」

「可是他已經過世了。」

「那又如何？換你，你願意娶一個帶著兩個小拖油瓶、沒有半分嫁妝、自己還病歪歪差點一口氣都喘不上來的寡婦嗎？」

男人不語，但雙目依然直勾勾地看著她。

秀娘不忿地扭開頭。「我不管你從哪裡聽到了什麼，但那些都是謠言！我和李大哥清清白白，不過是從小一起長大罷了。他也只是看我們孤兒寡母可憐，才會偶爾幫襯我們，我們之間什麼都沒有！」

「他喜歡妳。」

嗄？

秀娘猛然回頭。「你說什麼？」

「那個人，李大，他喜歡妳。」男人一字一句地道。

秀娘氣得好想掄起拳頭捶他。「你別胡說八道！我有男人有孩子，李大哥也有家室有兒女，我們之間什麼關係都沒有！」

男人聞言只是深深地看了她一眼，便轉身走出去了。

秀娘被他那一眼看得心裡堵得慌，真想追上去狠狠踹他一腳。但轉念一想，這個人簡直皮糙肉厚到了極點，上次自己的斷子絕孫腳都沒傷他分毫，那其他地方就更不用說了。

再想想李大哥方才被他簡單一掌就捏得跟碎布娃娃似的……要知道，整個村子裡，李大哥可是生得最壯、力氣最大的男人了。村子裡多少年輕人都被他打得哇哇大叫，可到了跟前，他那點本事根本就不夠看！

秀娘越想越疑惑。這男人到底什麼來頭？

「娘。」此時靈兒從旁拉了她一把。

秀娘低頭。「怎麼了？」

「我叫李大叔叔幫忙把咱們今天上街買的東西都帶上山來了。路過山腰的茅屋時，蘭花姊姊還拿了些鍋碗瓢盆過來。咱們趕緊給弟弟做點好吃的補補身子吧！」

對了！孩子！和這個男人對峙半天，她差點忘了最重要的事情了！

秀娘猛地一個激靈，立刻將那個讓自己又愛又恨的男人拋諸腦後，拉上女兒忙碌起來。

還好米麵都是現成的，還有一斤五花肉，再到外面採幾把新鮮的野菜，去不遠處提一桶溪水回來，就著簡陋的鍋子，秀娘便熬出一鍋香噴噴的大米粥，並涼拌了一份馬齒莧，就著一小塊肉炒了一碗野芹菜，晚飯便做好了。

兒子還在昏迷中，秀娘也沒有心思做什麼花樣，便舀了一碗米湯，小心給孩子灌下去。回頭看看桌上的飯菜，她還是拿了一只粗瓷碗過來，盛了滿滿一碗粥，在上面鋪了一層菜，遞到女兒手裡。「靈兒，把這個送去給那個叔叔，就說是咱們謝謝他救治弟弟並收留咱們的恩情。」

「嗯！」靈兒乖巧地應了，捧著大碗一溜煙跑了出去。

不一會兒，孩子就回來了，身後還跟著肩挑手提、看似收穫滿滿的男人。

秀娘只對他點點頭，便算打過招呼了。

男人也不講究這些，逕自將手裡的幾塊木板放到一邊，再將肩上掛著的藤條扯下來，上面吊著幾隻野味。他隨手抓了一隻野雞遞過來。

秀娘不解。「這是什麼意思？」

「吃不飽，再換妳一碗飯。」男人的聲音低沈沈的，說得字正腔圓，鏗鏘有力。

秀娘突然又想笑了。「你這隻野雞夠換外頭飯館裡十碗這樣的稀粥了！」

「這裡不是在外頭。」

好吧！她承認，他說得很對。

秀娘無奈地嘆口氣。「不是我不想給你吃飽，而是我們食材有限，要是真餵飽你的話，我們母子幾個半個月的口糧都要沒了。」

說她自私也好、沒心沒肺也罷，反正她最先要保障的是一家三口餓不死。至於這個人……既然這些天他都活得好好的，那就說明他自有生存之道，還不至於她不給吃的，他就餓死。

果然，聽她這麼說了，男人也沒有多說，默默地收回野雞，又挑出一隻肥大的兔子，提在手裡大步走遠了。

「娘，叔叔是不是生我們的氣了？」看著高大的背影消失在夜色之中，靈兒依偎在秀娘身邊小聲問。

「他不是這麼小心眼的人。」秀娘搖頭。

靈兒眨眨眼。「娘怎麼知道？」

是啊，她怎麼知道的？秀娘一怔，才發現自己真的有點不對……不，在對待這個男人的態度上很不對勁！為什麼她就知道他值得信任、知道他不會動他們母子幾個、知道他不會因為自己的殘忍拒絕而生氣？甚至，自己就跟個任性的孩子似的，還能對他發些小脾氣！天知道，自從穿越到這個地方之後，她已經多久沒有發過脾氣了！

可是，在這個男人跟前，自己卻已經好幾次破功了。這可真是……

回想起相識這幾天的種種，秀娘幾乎不敢相信那個在男人跟前應對自如、頤指氣使的人是自己了！這是怎麼一回事？

這樣想著，她突然也沒了食慾，只催促女兒趕緊吃飯。

女兒一碗稀粥還沒喝完，男人又回來了。還是那般不苟言笑、渾身冰冷，只是他手裡那隻毛茸茸的兔子卻已經被扒皮洗淨，兔子身上還串上一根長長的木棍。

男人撿起幾根柴火點燃了，堆成篝火，便將兔子架在上頭烤了起來。
秀娘立時皺起眉頭。「你等一下，先把兔子拿下來。」
男人回頭看她一眼，眼中帶著不解，但還是聽話地把兔子放下來。
秀娘起身，去一旁摘來幾片樹葉，揉爛了將兔子從裡到外塗抹一遍，又去摘了一些稀奇古怪的小果子，全都一一碾碎了，放進兔子腹腔內，這才又將東西還給他。「可以了，接著烤吧！」
男人便又架回火上繼續烤了起來。不多時，絲絲縷縷的肉香便在夜空中飄蕩出來，時間越久，便越發馥郁勾人。
秀娘晚上本就沒怎麼吃東西，如今出現在眼前的還是許久沒有吃過的肉，立時肚子裡的饞蟲都開始出動了。
靈兒更是抵不住誘惑，小力拉扯著秀娘的衣袖。「娘，兔子好香好香啊！」
秀娘摸摸她的頭，回身拿了鹽罐子遞過去。
男人接過，在兔子身上均勻地抹了一遍，繼續烤著。
烤了許久，兔子體內的油也被烤了出來，再遇上鹽，在火上滋滋作響，使得香味更加勾人，直讓人忍不住嚥口水。等烤好了，男人第一時間扯下一隻兔腿遞到靈兒跟前。
靈兒咕嚕嚥下一大口口水，小手動了動，終究沒有伸手去接，而是抬頭看向秀娘。
秀娘頷首。「還不快說謝謝叔叔？」
「謝謝叔叔！」靈兒立即大喜，脆生生叫了聲，便接過兔腿大口大口吃了起來。

「嗯嗯，好吃好吃！我從沒吃過這麼好吃的肉！」

「吃慢點，小心燙。」秀娘柔聲道。

說話間，男人又扯下一條腿遞給她。秀娘也不和他客氣，大大方方接了過來，再隨手送過去一碗薄粥。

男人拿起碗一口喝掉半碗粥，再撕下一大口肉，立刻動作一頓，旋即亮晶晶的雙眸又轉向秀娘這邊。

秀娘都懶得理他了，只管低頭吃肉。而後，她便聽到這人低沈的聲音在耳畔響起。「妳知道的東西似乎很多。」

秀娘抿唇不語，靈兒早按捺不住大聲道：「我娘知道得可多了！這山裡什麼草叫什麼名字，哪種可以吃、哪種不可以吃，該怎麼個吃法，她全都知道！」

「靈兒！」

秀娘低喝一聲，靈兒立刻噤聲，怯怯地抬頭看向母親。「娘，我說錯話了嗎？」

對上女兒小心翼翼的眸子，秀娘心裡一軟，無奈地摸摸她的臉頰。「沒有。只是娘不是交代過妳嗎？女兒家要懂得矜持，別人沒有問妳話時不要搶著說，不然會有人說咱們家教不好。」

「我錯了，以後再也不敢了。」靈兒連忙低下頭。

秀娘無奈地低笑。「知錯能改還是好孩子，下次再遇到這樣的事可要記住了，知道嗎？」

「嗯，我牢牢記住了！」靈兒趕緊點頭。

秀娘滿意地點頭。「趕緊吃東西吧！」

靈兒二話不說，繼續低頭默默地和兔腿奮鬥。

秀娘卻有些食不知味了。抬頭看去，對面的男人早已經低頭風捲殘雲般將兔肉解決了大半。

很快大家都吃完了，他便將骨頭收一收，挖個坑埋了。而後，便見他將扛過來的木頭拿起來，就著火光，斧子乒乒乓乓一陣搗鼓，不多時便造出一張結實的木床。再將曬乾的蒲草鋪上，一切大功告成。

直到此時，他才又抬眼看向秀娘這邊。「晚上你們睡裡頭，我外頭守夜。」

事已至此，什麼推辭都是矯情，秀娘直接點頭應了。她絞盡腦汁想了半天，也不過憋出一句：「謝謝。」

男人也不知道聽到了沒有，扭頭又提著桶子去溪邊打水。

秀娘自然而然做接下來的活計。燒好水，替兒子擦過，女兒也洗了臉和小腳丫，靈兒便打著哈欠睡著了。兩個孩子並排睡在一起，小手一如既往地緊緊牽在一起，秀娘看在眼裡，眼眶一熱，趕緊扭身出去。

屋子外頭，男人正拿著一根木棍在火上烤著。他的頭髮濕漉漉地披在身後，身上的衣服上也透出大塊大塊的濕跡，應該是剛在溪邊洗完澡回來。

秀娘認出來，這是他飯後做出來的一把石錛（注）。再看看茅屋外頭，擺著石斧、石鐮刀

注：石錛，石制的平頭斧。

等農具，看似笨拙簡單，然而用起來分毫不比鐵匠鋪子裡買的差。

猶記得上輩子自己曾在博物館裡見過諸如此類的東西，當時導遊極盡溢美之詞，誇讚這是石器時代人類的智慧結晶，凝聚了祖先們幾百年的智慧成果，也是有史以來最環保的生活用具，甚至電視臺還專門為此製作幾百分鐘的紀錄片在黃金時段播放。

後來再見，那還是被閨密拉著一起看美國的一個節目《荒野求生》，其中一個人也是徒手蓋起一間小房子，並親手製作許多野外生存的工具，不過和眼前這些比起來就有些小巫見大巫了。真沒想到，自己到了這個地方，居然還能有幸親眼見識到這樣一幕！要是閨密看到了，只怕早就已經撲過去抱著他不放吧？

或許是想得太過專注，她竟連男人什麼時候忙完手頭的事情都沒有發現。等她回過神時，這個人已經將石錛放到一邊，那雙黑幽幽的眸子又直直盯著她不放。

一天之內被盯了這麼多遍，秀娘也漸漸習慣了，而且女兒說得對——她相信他。即便對這個人瞭解不多，但心裡就是有一個聲音告訴自己：這個人值得信任，他是正人君子！

於是，她慢步走過去，在他身邊坐下。「今天的事多謝你了。要不是你，我們母子倆真不知道該怎麼辦了。」

「舉手之勞。」男人沈聲道，一如既往的言簡意賅。

秀娘抿抿唇。「無論如何，這是我們欠你的。你已經救了我們好幾次了。」

「妳也救了我一命。」男人道。

可是，一命抵三命，再加上今天毓兒這一命，他們簡直是賺翻了！

秀娘心頭的感激無以言表，遂問道：「對了，你叫什麼？這麼久了，我連你叫什麼名字都不知道呢！」

豈料，一句問話換來的是長久的沈默。

秀娘心口一揪，隱約有些惴惴不安。「不方便說嗎？對不起，是我太魯莽了。」

「不。」男人搖頭，深邃的雙眼盯著她的眼，薄唇緩緩開啟。「我不記得了。」

什麼?!

秀娘驚得瞪大眼。「你不記得？」

男人閉唇不語，算是默認了。

秀娘被這個消息驚到不行。「你是只不記得自己的名字，還是什麼都不記得了？」

「什麼都不記得了。」

「可是，這些……」秀娘指向新做好的石鏟，背後的茅草屋子，以及一地的野雞、野兔等物。

「本能。」男人回答。「看到這些東西，我直接上手就知道該將它們做成什麼東西。」

我的天！這男人到底什麼來頭？武力值驚人，動手能力爆表，而且一直奉行少說話多做事的策略……要是換成現代，她必定要以為這一位是潛伏在人群裡的特種部隊精英……

可是，在這個年代，有特種部隊這個說法嗎？而且如果真是這樣的話，他又怎會淪落到這個境地，甚至到了這個時候也沒人來找？須知這樣的人才，可是千萬裡頭難得出一個的，尤其是在這個時代，更是難能可貴。她可不信有關部門會任由這樣一隻「珍稀動物」自由自在地在外頭遊蕩。

許久之後，當所有的真相擺在面前，秀娘才發現自己的想法還是太天真了。這男人何止是珍稀動物，他簡直就是一隻國寶級的神獸，無論放在哪裡用來做鎮宅之寶都是穩妥的，不過這些都是後話。

現在的秀娘任由無數個問號在腦海裡飛翔過後，好不容易鎮定下來。「那你沒有想過要出去找尋自己的真實身分？」

「有必要嗎？」男人問。

秀娘一滯。沒必要嗎？她想問，卻覺得不管自己用什麼語氣問出來，都不如他的威風凜凜卻又氣度淡然。

此時，又聽男人似是自言自語地道：「現在很好，我喜歡這裡。」

也就是說，他是打算留在這裡不走了？

不知為何，當這個想法竄過腦海，秀娘心頭迅速躍過一絲竊喜，但看看火光下那一張平板宛如枯木的面孔，心頭的喜悅又漸漸淡去。似乎，他走不走都和她沒有多大關係。

秀娘想了想又道：「不管怎麼說，你好歹是一個大活人，沒有名字總不成事。這樣的話……當初我是在溪邊遇見你的，不如就管你叫溪哥，你覺得怎麼樣？」

「隨妳。」男人依然是不痛不癢的表情，就像是和她談論「天上星星好多啊」一樣簡單隨意。

秀娘突然很想知道，這個男人難不成遇到什麼事都是這樣一副表情嗎？真想看看他變臉時是什麼樣子。不過這些也僅止於想想。

秀娘本就不是多話的人，男人……不，現在該叫溪哥了，比她還要沈默寡言。

兩人圍著火堆沒說上幾句，溪哥便起身搬了幾塊石頭壓在火上。「很晚了，進去睡，不會有野獸。」

她當然知道野獸不會跑進來，上次她就已經見識過他佈置陷阱的能力了，現在這四周的布防只會發展得越發嚴密才是。於是她點點頭，起身回去擁著兒女們睡了。

忙了一天，秀娘忙得心力交瘁。躺在床上，她閉上眼，聽著外頭沈穩有力的腳步聲，很快便墜入了黑甜的夢鄉。

一夜好眠。

第五章

等秀娘再度睜開眼時，外頭天光已然大亮。

由於習慣了早起，等她收拾齊整去溪邊擔水時，才發現溪哥早已經起來了。

這人身上只穿著兩人初次見面時的那條緇色褌子，上身光溜溜的。清晨的陽光透過樹枝樹葉的縫隙投射下來，混合著山林間特有的濕濕的薄霧，在他身上落下絲絲縷縷的光點，似乎給他有力的線條打上了隱隱的柔光，便叫他整個人看起來都親和了不少，卻半點無損他的強勁和剛毅。

他站在小溪裡，雙腿張開，粗糙的手掌中握著一根削尖的樹枝，黑漆漆的眸子盯著溪中某一處。忽然間，他眼神一閃，胳膊已然動了起來，樹枝更是以迅雷不及掩耳之勢往溪水裡飛入。

這一切不過發生在轉瞬之間。秀娘還沒反應過來發生了什麼事，就已經看到他拿起樹枝，而在樹枝的那一頭，赫然插著一條筷子長的野鯽魚！

魚兒還鮮活得很，不住地擺著尾巴想要逃脫，然而樹枝將牠整個貫穿，插得牢牢的。樹枝握在溪哥手裡，那更是穩得很，眼看這條魚是別想再游回溪水裡去了。

秀娘看在眼裡，差點都想跳起來拍手為他叫好。

不過不用了。因為這個人當即就回過頭，和秀娘來了個大眼瞪小眼。

秀娘突然又尷尬起來，吶吶地低下頭。「你這麼早就起了。」

溪哥低低應了聲，看了一眼她手裡的桶子。「妳來打水？」

秀娘連忙點頭。「孩子馬上就醒了，也該準備早飯了。」

溪哥頷首，隨手將魚放進魚簍裡，再將魚簍塞到她手裡。秀娘稀裡糊塗地接過，還沒反應過來，手裡的桶子就已經被他拿去，逕自在溪裡打了滿滿一桶提在手裡。

「走。」他道，昂首闊步走在前頭。

秀娘連忙抱著魚簍上前。「這水是我要打的！魚是你的！」

「喔。」溪哥點點頭，便將魚簍從她手裡拿過去。

就這樣？沒了？

秀娘又一路小跑著追上去。「你把桶還我呀！」

溪哥忽地停下腳步，將她從頭到腳看了一眼。秀娘被看得心裡毛毛的，誰知這人立即就收回目光，繼續一手提桶一手拿魚簍昂首闊步。

秀娘如墜雲裡霧裡，只得繼續小跑跟上。「你到底什麼意思？說話行嗎？」

於是，溪哥說話了。「妳走太慢。」

即便他沒有回頭，秀娘也能想像得到他那沒有任何表情的臉上眼中一閃而逝的鄙夷。

霎時無言，然而她也不得不承認：他說得很對。一桶水於她而言，從這裡提回去都要半天。可是在這個人手裡，那就和一根羽毛似的，輕輕鬆鬆提上就走。反而是她這個兩手空空的人還要在後頭追得氣喘吁吁。這就是男人和女人之間的差距，雖然不甘心，但也必須認清這個事實。

兩人又是一路沈默地回到茅屋。

遠遠的秀娘就看到女兒歡快地從屋裡跑出來。「娘，娘！弟弟醒了，他睜眼了！」

她的毓兒！

秀娘不由興奮起來，趕緊飛奔進屋，果然看到兒子正睜大眼睛躺在床上。

「娘。」見到她，孩子眼中明顯升起一抹喜色，輕輕張嘴叫了聲。

「欸！」除卻孩子剛學會叫人時的那一聲娘，這一次是秀娘聽過最動聽的呼喚了。她的一顆心霎時都快化成一灘水，連忙握住兒子的手。「毓兒你現在覺得怎麼樣？頭還疼不疼、暈不暈？哪裡難受嗎？」

「額頭還有點疼，其他的還好。然後就是……」孩子一手捂著肚子，裡頭發出咕嚕咕嚕一陣響亮的聲響。

秀娘立刻笑了。「昨晚上你只喝了半碗米湯，難怪會覺得餓。沒事，娘馬上就給你做飯去。」

孩子醒了，看樣子神志清明，這無疑是今天最大的好消息了。

秀娘一夜的驚怕都淡去大半，連忙吩咐女兒照顧兒子，自己喜孜孜地出去生火做飯。

因為孩子失血過多，現在身子還虛弱著，秀娘也不敢給他吃太油膩的東西，便熬了一鍋濃濃的粥。

做飯時，溪哥又悄無聲息地出現在她身邊，將魚簍放下，而後飄然遠去。秀娘無言地盯著那精壯的背影看了半晌，最終無力地低下頭，認命地將魚捉出來，剖洗乾淨。

魚簍裡有三、四條約筷子長的野鯽魚，除此之外便是十數條不及巴掌長的小魚。秀娘想了想，便用一條鯽魚燉了清湯；其他的用帶上山來的豆瓣醬做了個豆瓣鯽魚；餘下的小魚兒則用麵粉裹了，用雞油煎了煎，金燦燦的格外好看，也香噴噴地誘人口水滴答直流。

兩個孩子也都是閒不住的人，在秀娘忙起來時，他們便四處跑著撿柴火。順便，靈兒還在附近摘了一大把蒲公英，毓兒在一根木樁上撿到不少黑木耳。

秀娘喜不自禁，連忙把東西洗乾淨，燒水焯了一遍，蒲公英涼拌了，再把木耳用山間野生的小米椒炒了炒。

很快做好三菜一湯，青白黑紅各種顏色擺在一起，分外喜人。

此時溪哥也回來了，他將手頭的東西放下，毫不客氣地坐了下來。

秀娘眼皮抽了抽，分別替孩子一人盛了一碗鯽魚湯，再裝了一大碗糙米飯遞過去。溪哥接在手裡，拿起筷子就大口吃了起來。不用說，一桌子的飯菜，大半又進了這個人的肚裡。

和這樣的人一起吃飯的最大好處，就是他旺盛的食慾對孩子們也產生極大的影響。兩個原本吃不多的小娃娃，在看到這個人彪悍的吃飯速度後，一個個都瞪圓了雙眼，心裡也暗暗起了攀比的心思。

喝完一大碗湯後，靈兒又吃了一碗飯。毓兒還有些頭暈，但又吃了大半碗。秀娘深感欣慰。

吃完了，溪哥又默默提著他自製的工具上一邊去了。秀娘收拾碗筷，靈兒跟在她身邊打下手。毓兒昨天失血過多，到現在小臉還蒼白，秀娘叫他再回床上躺一躺，他卻搖搖小腦袋，依賴地跟在秀娘身邊。

這個孩子自小就比較內向，也就在她跟前還能多說幾句話。現在受了傷，所求的也不過是在她這個母親身邊汲取幾分溫暖。

秀娘不忍拒絕，便強打起笑臉道：「還記得前天晚上娘教你們的東西嗎？」

「記得。」兩個孩子紛紛點頭。

「那你們背給娘聽聽吧！」

「好呀！」毓兒連忙點頭，孱弱的聲音卻是格外堅定。「混沌初開，乾坤始奠。氣之輕清上浮者為天，氣之重濁下凝者為地。」

靈兒連忙接上：「日月五星，謂之七政；天地與人，謂之三才。」

「日為眾陽之宗，月乃太陰之象……」

清脆的童音被山間的清風送到耳邊，溪哥不由得停下手頭的活計，側耳傾聽許久，唇畔漸漸浮現一抹若有似無的笑。

如此又在山上住了兩天。毓兒的情況漸漸好轉，傷口已然結痂，小臉也漸漸恢復血色，精氣神漸漸恢復過來，秀娘總算是鬆了口氣，只是，不管怎麼說，她這顆當娘的心還是遲遲放不下，便考慮帶著孩子去鎮上再請大夫幫忙看看。

除此之外，還有一個十分急迫的原因，那就是——糧食沒了！

沒錯，短短三天時間，原本足夠他們母子三人吃上快一個月的糧食，就因為多出一個人高馬大的男人，在三天時間內被迅速消耗得一乾二淨。

今天的早飯秀娘還是東挪西湊，好不容易才用糙米和大米一起煮了一大鍋菜粥，才算餵飽了幾張嘴。

對此，秀娘也不生氣。原因無他：那天要不是溪哥幫忙，毓兒還不知會怎麼樣呢！而且這兩天溪哥也天天去溪裡捉魚、去山上打獵，捉來的東西悉數交給她處理。孩子之所以能恢復得這麼快，一切都和他脫不了關係。

拿幾斤白米白麵換來孩子的迅速康復，這筆交易簡直再值得不過了。

當聽說他們要下山去，溪哥便將那只裝滿野雞、野兔等物的大籠子提過來放到他們跟前。「給你們。」

儘管已經和這人相處了好幾天，秀娘還是再度被他的行為給驚到。「這是什麼意思？」

「給妳的飯錢。」

秀娘嘴角又抽了抽。「你給我們的魚和肉已經足夠抵消飯錢了。」

「那也給你們。」

秀娘扶額。「你自己留著吧！這都是你自己辛辛苦苦抓來的。」

「我用不著。」溪哥道，一本正經的模樣。「妳不要，我就放回去了。」

說著，他果真就伸手要將籠子揭開。

「別呀！」秀娘連忙拉住他的衣袖。

這麼多野雞、野兔拿去鎮上也能賣得不少錢，賣的錢又能換幾十斤大米白麵呢！這人到底知不知道他在幹什麼？

被她這麼一拉，溪哥果然停下手，幽黑的眸子凝視著她的眼。「妳要不要？」

「要，我要！」秀娘無力，簡直不知怎麼說這個人才好。這一根筋的程度，簡直讓人崩潰。

溪哥立刻又將巨大的籠子放到她跟前。

看著這裝了幾十隻野雞、野兔的籠子，秀娘太陽穴又開始隱隱作痛——這些東西好是好，可是自己該怎麼弄到鎮上去？她一個女人家，只怕連搬下山去都難。

這時候，兒子走到溪哥身邊，小手拉了拉他的大掌。「溪叔叔，你和我們一起去鎮裡啊！鎮上有糖人、有賣包子的，好好玩呢！」

經過幾天的相處，兩個孩子也和溪哥相熟起來。尤其是毓兒，他從小就沒有父親，一直都是眼巴巴看著別人家的孩子和爹一起玩得開心。這些天和溪哥在一起，看著溪哥在眼前毫無保留地展現出男人的陽剛之氣，這孩子的眼睛都快冒出火來，每天除了背書，漸漸就成了溪哥的小跟班。

虧得溪哥也不覺得他煩，任由他跟在自己屁股後頭，一大一小兩個人默不作聲地一待就是一天。

眼見弟弟過去了，靈兒也連忙上前拉住他的另一隻手。「是啊、是啊，溪叔叔，咱們一起去鎮上啊！每次我們去鎮上，娘都給我們買好多好吃的，我分你一半好不好？」

「嗯嗯，我把我的也分給你一半……不，一大半！」毓兒連連點頭，小手用力畫出一個大大的半邊。

溪哥低頭看看兩個孩子，又抬頭看向秀娘，漆黑的眼中寫著詢問。

秀娘呐呐地低頭。「你若是想去，那就去吧！你這身衣服……也是該換身新的了。」

聽見她這麼說，溪哥才鄭重將頭一點。「好。」

「好哇！」終於，兩個孩子歡呼雀躍起來。

靈兒蹦蹦跳跳地過來拉上秀娘。「娘，溪叔叔和咱們一起下山呢！這次咱們就不怕再有人欺負咱們了！」

這孩子！原來她一個勁兒慫恿溪哥下山，是為了這個？

秀娘面上一陣尷尬，悄悄斜眼看過去，卻見溪哥早已經背過身，一手提起籠子，一手將毓兒抱起送到肩上坐好，便大步朝前走去。

不過，這話他應該是聽到了吧？

心中暗自猜測著，秀娘趕緊拉著女兒跟上。

這次去鎮上，他們沒有搭上順風車。不過虧得有溪哥在，一個他抵得上一輛牛車還有餘。兩個孩子輪流給他抱著，不過小半個時辰就進城了。

再往前走一段，秀娘便道：「我們就在這裡分別吧，我帶孩子去醫館看看，你將籠子提去市場，那裡什麼東西、什麼價位，隨便打聽一下就知道了。」

「我不會。」溪哥硬邦邦地道，三個字就把她的盤算給打碎了。「而且，這已經給妳了。」

「好吧、好吧！」秀娘簡直不知該對他說什麼才好，只得先領著他去市場。

現在天色已近午時，早過了早上買菜的高峰期。市場裡也只稀稀落落地擺著一些攤子，上頭放著些青菜。

秀娘找了個差不多的位置，叫溪哥將東西放下。也許是他們運氣好，幾個人才剛站穩沒多久，那邊就走來一行人。

秀娘定睛一看：走在最前頭的不就是那天買了她鳥兒的吳大公子嗎？

吳大公子也看到她，立刻大跨幾步上前，俊雅的臉上恰到好處地掛著一抹淺淡的笑。「大姊，我們又見面了。」

秀娘點點頭。「是啊，吳公子來買菜？」

話音一落，後背一小廝便嗤笑起來。「我家公子什麼身分，還犯得著親自來市場買菜？」

但他話沒說完，就察覺到兩道冷冰冰的目光投射過來，就像兩把剔骨尖刀，冰涼涼地直接鑽進骨子裡，一股寒意瞬間蕩漾開去，傳遍四肢百骸。

秀娘一看不對，趕緊悄悄往那邊遮一遮，尷尬賠笑道：「對不起，是我說錯了話。吳公子您什麼身分，何至於紆尊降貴，親自過來買菜。」

吳大公子笑笑，目光往秀娘竭力想要遮住卻怎麼也無法成功的溪哥身上一掃。「這就是妳丈夫？」

秀娘一愣，傻笑矇混過去。「上次賣給您的鳥兒不知如何了？可還合吳老爺的意？」

「嗯，有一隻繡眼鳥我爹特別喜歡，跟寶貝似的，這些天睡覺都放在枕頭邊上，可算是讓我們鬆了口氣。」吳大公子道。

秀娘也鬆了口氣。「那我就放心了。」

吳大公子的目光又落到他們腳邊的大籠子上。「你們今天上街是賣野味？」

「是啊！從山上打了幾隻，自家吃不完，就拿出來賣。」秀娘道。

吳大公子點點頭。「看起來倒是不錯，正好我家酒樓裡做菜也少不了這些東西，妳開個價，都賣給我們好了。」

「公子，咱們酒樓的野味都有人專門送過來的，哪裡需要買這些外頭亂七八糟的東西？」身後一人忙道。

吳大公子冷冷回頭。「到底我是公子還是你是公子？」

此人立刻低頭不語。吳大公子才又回頭。「什麼價，妳說吧！」

秀娘見狀，也知道這吳大公子是有意賣自己一個人情。既然之前那幾隻鳥起了作用，她也不客氣了，笑咪咪道：「按市價，野雞是五文錢一斤，我這裡有二十七隻野雞，每一隻都有足足二斤，就全算二斤好了，一共是二百七十文。野兔十六隻，一隻就按五斤算，也是五文錢一斤，一共四百文。加起來便是六百七十文。但既然您是一起買，那少不得要便宜些，就算六百五十文好了！」

「看不出來，大姊妳不僅心思清明，能出口成章，算帳也算得這麼明白。」吳大公子笑道，回頭示意小廝。「給大姊七百文，他們一家四口辛辛苦苦出來一趟也不容易。」

秀娘假裝沒聽到他的話，歡歡喜喜接過七百文錢，對吳大公子更是千恩萬謝。

吳大公子安然受了她的謝，接著又道：「妳家的東西都不錯，下次若是再捉了野雞野兔，就送到我家的酒樓裡去吧！就是東街那家吳記，很好辨認，去時報上我的名號就行了。」

「好啊，下次若是再有這麼多，我一定給送到酒樓去！」秀娘從善如流。

吳大公子聽了，卻是目光定定地看著她。「妳真會送過去嗎？」

秀娘一滯。「公子難不成還以為我們會眼睜睜看著到手的錢不賺嗎？」

「不，我只是覺得，你們似乎都不想和有錢有勢的人扯上關係。」

秀娘身體一僵，勉強笑道：「吳公子你說笑了，若是能攀上您這棵大樹，我們是求之不得，哪來的不想？」

「但願如此吧！」吳大公子笑道，一展摺扇，轉身揚長而去。

看著這行人漸行漸遠，秀娘的眉頭又微微蹙起。為什麼她總覺得這個人對自己的態度有些怪怪的？

「妳以後離他遠點。」從頭至尾都沒有出一聲的溪哥冷不防地突然冒出一句。

秀娘回頭。「怎麼了？」

「這個人不簡單。」溪哥道。

這個她當然知道。早在上一次被那個人在胡同裡攔住問話時，她就知道那個人心思異常深沈，遠不是自己一個山村農婦惹得起的，不過……

「我和他身分懸殊，以後也沒什麼能近距離接觸的機會吧？」

「這個誰說得準。」溪哥沈聲道，酷酷的一張臉上罕見地染上一抹深思。

事實證明：他說得很對，該死的對。後面的幾年、甚至幾十年，他們和這個人的糾纏就沒有停止過。只是現在，秀娘還遠沒有這樣的自覺，因而扭頭便將這個人給拋到九霄雲外。

一籠野雞、野兔賣了七百文錢，這對他們母子三個來說可算是一筆不小的收入。

秀娘連忙帶著孩子去鎮上最好的醫館，請了一位資歷不淺的老大夫。老大夫細細給毓兒把了脈，便捋著鬍鬚點點頭。「這孩子雖然失血過多，但好在止血及時，後期補養也不錯，身子已經恢復得差不多了。我再給開服藥調養調養，你們也買點好東西給他補補血，再養上半個月就沒事了。」

秀娘懸著的心才終於放下了，她連忙照著方子去抓藥，然後一家人歡歡喜喜地前往糧店。

上次秀娘一口氣買了五斤大米、兩斤白麵，糧店的夥計對她記憶猶新。沒想到她才過了三天便又來了，夥計都驚詫得不行。「大姊，這才幾天，妳買回去的米麵都吃光了？」

秀娘看看後頭不動如山的溪哥，無奈地點點頭。「家裡辦事，請了不少客人，所以都吃光了。」

「原來是這樣。」夥計了然，喜孜孜地拿起袋子。「這次你們要些什麼？」

秀娘算了算手頭的錢：一斤大米兩文錢，一斤白麵三文，糙米倒是便宜，一斤一文，買多還能更便宜。還有玉米麵，價錢比糙米還要便宜一點。

思來想去，她便道：「給我來十斤大米，十斤白麵，五十斤糙米，二十斤玉米麵吧！」

「太少了。一樣翻個倍。」溪哥馬上便道。

秀娘驚訝地回頭。「這太多了吧？咱們才幾個人，還要揹回村裡去呢！」

「我揹。」溪哥沈聲道。

夥計一聽，連忙也笑道：「要是嫌重，小店可以幫忙叫一輛牛車，這價錢好說！小店長年會租些牛車幫忙運貨，也都是些敦實的莊戶人家，不會亂要價。」

「不用，我揹得動。」溪哥堅持道。

夥計見狀撇撇嘴，轉身咕噥了句，便叫人來一起裝東西去了。

很快米麵等物都準備妥當，足足一百八十斤的幾個袋子用繩子捆在一起，溪哥胳膊一伸，單手就拎了起來，再往肩膀上一甩，輕輕鬆鬆就往前走出老長一段距離。

夥計看得目瞪口呆。秀娘見了，趕緊拉上孩子們就走。

途經賣紅棗等物的雜貨店，秀娘又秤了兩斤紅棗，一斤銀耳，半斤紅蓮子，單是這幾樣東西就又花去她四十個銅板，秀娘肉疼得不行。

雜貨店旁邊是一家布店，裡面也有賣成衣，秀娘買完紅棗就往那邊走過去。在裡頭看了半天，才選出兩套寬大的成衣，付錢叫人包下。

溪哥見狀眉頭微挑。「一件就夠了。」

「總該有一件換洗的。」秀娘道。即便再心疼錢，但對於兒子的救命恩人，這點錢她還是捨得的。

「一件就夠了。」溪哥堅持道。「還有錢，你們也買。」

「我們有換洗的。」秀娘道。

靈兒脆聲道：「謝謝溪叔叔，可是我們不缺衣服，上上個月我娘才又用蘭花姊姊給的舊衣裳給我做了件新衣裳呢！弟弟也有我爹的舊衣裳改的，我們夠穿了！倒是娘——」說著一頓，小手拉上秀娘的手。「娘，妳買塊花布回去吧！我還沒見過妳穿新衣服呢！」

「娘不需要新衣服，娘的衣服還夠穿呢！」秀娘連忙搖頭。

「可是，娘妳的衣服都破好多個洞了，那樣穿著不好看。」靈兒小嘴一癟。

毓兒聞言也點頭。「是啊，娘妳做件新的吧，蘭花姊姊每次拿來的舊衣服妳都改給姊姊了，都沒給妳自己留一件。」

「你們別說了！」秀娘忍不住冷下臉。「你們忘了咱們還欠別人多少錢嗎？現在該把錢攢下來還債才對。」

兩個孩子一聽，果然不再吭聲了。

那邊掌櫃的聽了，悄悄唾了一口。「沒錢就趕緊滾邊去，別妨礙老子做生意！」

嗓音雖壓得低，但溪哥還是聽見了。當即他面色一沈，放下肩上的東西，大步走上前去，大掌往櫃檯上一拍。「這個、這個，各裁三尺；還有這個，裁四尺，包起來。」

高壯的體魄帶來一股沈重的壓迫感，硬生生地落在掌櫃的身上。掌櫃的霎時心驚肉跳，整個人彷彿被壓縮成一團，連呼吸都覺得困難。

「嗯？還要我再說第二遍？」見他不動，溪哥冷哼一聲，聲音裡已然帶上一絲刺骨的涼意。

掌櫃的立時察覺到一絲寒意傳遍全身，趕緊低下頭。「聽到了，聽到了！」

他乖乖聽話，按照溪哥的指示將布裁好包起來，雙手畢恭畢敬地奉上。

「多少錢？」溪哥冷聲問。

「一共五十二文。」掌櫃連屁都不敢放一個，戰戰兢兢地回答。

溪哥頷首，一手抓住布包，一手伸到秀娘跟前。「五十二文。」

「喔。」秀娘乖乖數出五十二文交給他。

溪哥轉手將錢拍在櫃檯上，便將一百八十斤糧食扛上肩，再一手抱上毓兒。「走了。」

秀娘默默地拉上女兒跟在他後頭。一切不過發生在轉瞬間，但對掌櫃的來說卻彷彿有一輩子那麼長。好不容易，等到那個鐵塔般的身軀走遠了，掌櫃的神志才漸漸恢復正常，連忙拍拍還在怦怦亂跳的心口長吁口氣。

卻不承想，冷不防的——

「嘩」的一聲脆響，他跟前的木頭櫃檯突然裂開一條縫隙。緊接著，又裂開第二條、第三條……口子越裂越大，迅速向四周蔓延開去。轉瞬工夫，足足兩寸厚的櫃檯桌面就四分五裂，生生在他跟前垮成一地的碎木屑。

「我的娘啊！」

掌櫃的額頭上立即沁出一層豆大的冷汗，雙腿也不由一軟，無力地坐到地上。

當然了，這件事秀娘母子是分毫不知的。

在溪哥的帶領下，四個人連午飯都沒有吃，就直接出了城門，往月牙村的方向去了。

一路上，溪哥一如既往地擔當任勞任怨的老黃牛職務，一肩扛著米麵，一肩扛著毓兒，大步流星地走在前頭。而秀娘就跟個小媳婦似的牽著女兒走在後頭，板著臉一聲不吭地跟在後頭。

一雙兒女一路也小心翼翼的，姊弟倆半途中交換了好幾次眼神，眼見月牙村就在前頭了，靈兒才鼓起勇氣軟聲道：「娘妳別生氣了，以後我和弟弟都少吃半碗飯，一定把衣服的錢省起來，妳不要再生氣了好不好？」

「妳這傻孩子。」秀娘聞言無奈地一笑。「娘早就不生氣了。」

「是嗎？」靈兒眨眨眼，小臉上寫滿了不信。

秀娘點頭。「其實想想，這筆銀子本來就是咱們憑空撿來的，怎麼花都說得過去，而且你們姊弟倆也實在是該添件新衣裳了。」

在出城的時候，她就已經想通了。她本就不是小肚雞腸的人，既然錢是花在孩子身上，那就不算浪費，她心疼過後也就釋然了。

女兒一聽，小臉卻更糾結了。「那娘為什麼不高興？」

呃……她能說，自己是因為覺得方才的表現太窩囊，所以很不爽嗎？這不爽，既包含對自己無端屈服的不悅，也對那個男人擅自替他們作主的抗拒。

他是他們什麼人，憑什麼替他們作決定？而自己當時又是吃錯什麼藥，居然會乖乖順從了他，一切都任由他擺布？而且，她也沒有錯過兩個孩子在這件事後看向他的仰慕眼神……

這些天，這樣的眼神已經出現在自己面前很多次了。她自然是不反對孩子們給自己尋找一個類似父親的角色來仰望，可是現在她發現，狀況漸漸發展得有些超出她的意料了。她隱隱有一種擔憂——會不會，以後這個人的形象會比自己更高大，然後兩個小傢伙也覺得他能制住自己，所以堅決以他為尊，連自己這個親娘都不放在眼裡了？光想想就不爽！

自然而然的，她對跟前那個昂首闊步的人就沒什麼好臉色了。可偏偏那個人還跟沒事人一般，從踏出布店開始就沒再給她一個正面看！

正想著，前頭的人就回過頭來了。秀娘立刻跟個被抓住小辮子的小姑娘似的，連忙低下頭去。「怎麼了？」

「到了。」溪哥道，將毓兒放下。

秀娘這才發現，不知不覺，他們已經走到村口，再往前就要進村子了。而溪哥，他也該和他們分道揚鑣上山去了。

秀娘連忙定定神。「這些米麵你給我們留下一點，其他的帶上山去吧！餘下的等有空我們再去山上將東西帶下來。」

一百八十斤米麵，別說他們搬不動。就算搬得動，這樣大張旗鼓搬進村子裡，也會引起軒然大波，鍾老太太第一個就不會放過他們。

溪哥聽了也沒多問，爽快地將頭一點。「好。」

他果真只卸下一袋二十斤左右的糙米，又將麻袋扛上肩，轉身走上山間小道。再走沒幾步，高大的身姿就被蒼翠的樹木掩蓋了。

目送他的身影消失，秀娘便將布摺了摺，裝進糙米袋子裡後，帶著孩子們進了村。

時間已經到下午，村子裡的人大都在地裡忙著，村裡看不見幾個人影。即便有那麼幾個，當看到秀娘母子的身影時，他們也都趕緊躲到一邊。

秀娘視而不見，領著孩子回到村西頭的茅屋，將東西放下，隨意收拾一下屋子，煮了一鍋簡單的粥給孩子們喝了。正待燒水給毓兒熬藥，門口突然傳來吱呀一聲，一個人進來了。

「娘！」靈兒立刻驚叫出聲，猶如受驚的小鳥一般飛跑到她身邊。

秀娘順手將孩子護在身後，才抬眼發現來人是她的小叔子，已經消失許久的鍾剛。

「嫂子，你們回來了呀！」鍾剛笑嘻嘻地走過來，一臉熟絡的模樣。「你們回來了怎麼沒和我們打個招呼？妳知不知道這幾天娘和我都快為你們擔心死了！」

「你們會擔心我們？」秀娘冷笑。

「哎，瞧妳說的，咱們可是一家人！是不是有人在妳耳邊亂嚼舌根了？是誰，妳告訴我，我這就去找他對峙。」鍾剛臉一板，撩起袖子就要去和人幹架。

秀娘翻個白眼。「有空和人對峙，你們不如想想辦法幫我們把醫藥費給付了吧！一共也沒多少錢，看病吃藥，今天也不過花了三十個大錢。」

一說到錢，鍾剛臉上的關切就消失了。「嫂子妳真是的，咱們一家人，還談什麼錢不錢的？孩子現在不是已經沒事了嗎？沒事了就好，沒事我們就放心了。我現在就回家告訴娘去，讓娘也寬心。」一面說著，一面急急往外退去，一轉眼就不見了蹤影。

秀娘冷眼看著他腳底抹油跑得飛快，唇畔浮上一抹冷嘲。

靈兒也不禁對鍾剛消失的方向跺跺小腳。「狐假虎威，笑裡藏刀，小人長戚戚！」

「姊姊妳說錯了，他分明就是作賊心虛，膽小怕事，難當大任！」毓兒一本正經地糾正。

靈兒噘起嘴。「我沒錯！娘，妳說我有沒有說錯？」

立時，兩個孩子都齊刷刷將目光轉向她這邊。

秀娘原本還氣得半死的，結果被這麼一鬧，又忍俊不禁，分別點點兩個小傢伙的額頭。「你們說得都對，看來這些日子的書是都聽進去了。很好，今晚上娘再給你們講講新故事。」

「好啊好啊！」一聽又有新故事可聽了，兩個孩子精神煥發，毓兒小臉上也漾起一抹紅暈。

等到天黑之後，蘭花從張大戶家做完活回來，又過來秀娘家和她說了半天話，將村子裡的事情都說了一遍。秀娘全都記在心裡，才送她出去。

晚上吃完飯，秀娘招呼兩個孩子洗完澡，再給他們講畫蛇添足的故事，漸漸將他們給哄睡了。

而後，她在床上翻來覆去許久，終究還是翻身下床，從床底下掏出一只上鎖的小匣子。打開鎖，她從匣子裡取出一支雕著梅花形狀的銀簪，就著月光摩挲許久，最終狠下心，把簪子用布裹起，踏著月色走出門，往里胥家裡走去。

第六章

天色雖晚，但里胥家依然燈火通明，兩枝蠟燭高高燃起，將舒適的屋子照得亮堂堂的。

里胥的婆娘正坐在燈下納鞋底，一面笑咪咪地看著身邊的兒子寫大字。

秀娘敲門進去，里胥的婆娘就坐在那裡，斜著眼睛看她。「喲，我說是誰呢，原來是秀娘妹子，妳大晚上的來我家幹什麼的？我男人可不在家！」

陰陽怪氣的聲音像根刺似的刺進秀娘心底，秀娘勉強揚起一抹笑。「夫人，我今天過來是有件事想請您幫個忙。」說著，便將布包給遞了過去。

里胥的婆娘接過去掀開一看，雙眼立即閃亮起來。

「秀娘妹子妳快過來坐！快來坐！」立刻一改方才冷淡的態度，她熱絡地將秀娘拉到身邊坐下。「什麼事妳跟我說，回頭我就和我家男人說說去。這村子裡還沒有我們辦不成的事！」

秀娘淺淺一笑。「夫人妳也知道的，我和我婆婆他們一家……」

聽到這裡，里胥的婆娘笑意一收。

「的確，這鍾老太太也太過分了點。當初妳生兩個娃娃難產，她不僅不照顧妳，反倒還沒出月子就把你們母子三個給趕了出去。這些年也不聞不問的，叫我們這些外人都快看不下去了！」

秀娘點點頭。「這些也就算了，畢竟我們母子三個也走過來了。只是我男人沒了，他們卻什麼都沒和我們說，就自己收了官府的撫恤銀子，就連官府免賦稅的名額也算在自己身上。這也就罷了，橫豎我家也沒有地，我認了。可前兩天，她居然對我的毓兒……」

說到這裡，秀娘目光轉向里胥家虎頭虎腦的胖小子，咬唇哽咽起來。

里胥的婆娘也是個女人，見狀自然也想到當時毓兒的慘狀，登時眼眶也紅了。

「哎，不是我說，鍾老太太這件事的確是做得太過分了！明明她推了孩子，自己認個錯也就是了，可結果她死不承認不說，這兩天還拚命在村子裡說你們的不是。別說你們，就連我都快看不下去了！要換了我婆婆這樣，我早掄起鋤頭和她幹了！」

秀娘連忙也拉上袖子點點眼角。「原本我一直當她是婆婆敬著，她雖說不管我們，但也沒有什麼大的不是。可是現在我算是真正認清了，她根本就沒有把我死去的男人當兒子看，更沒有把我的靈兒、毓兒當作親孫子看待過，既然如此，我也不求別的，只求和他們家撇清關係，從今往後井水不犯河水，老死不相往來就行了！」

「這樣啊……」里胥的婆娘點點頭，但馬上又搖頭。「妳這樣說起來簡單，但做起來可不是件容易的事呢！」

秀娘的心重重往下一沈。「夫人，這支簪子是我手裡最值錢的東西了，也是唯一配得上您身分的。除了這個，我再沒有別的了。」

「哎，瞧妳說的，我記得妳爹當初不是秀才嗎？村子裡的人都說，當年妳爹手裡有一本先人批注過的論語，可是珍貴得不得了，張大戶出二兩銀子他都沒賣。」

秀娘一聽，心頓時沈得更底了。「這本書我爹的確留給了我，但他臨走前說過，這是留給我做嫁妝、以後傳給我的孩子讀書識字的。」

「哎呀，我當然知道這東西是妳爹留給妳的，是妳的嫁妝。可是現在，妳家不是窮得連私塾都上不起嗎？倒是我家棟兒，三歲起就讀書識字，先生都誇他以後肯定是當狀元的料，妳這書要是給了我們家，幫我家棟兒當上狀元，這也是你們家的一份功勞，我家棟兒少不得要提攜妳家毓哥兒幾分。」里胥的婆娘喜孜孜地道。說著，她忽地又冷下臉。「當然了，妳要是真不願意，我也不勉強妳。本來這書我也不想要的，只是我男人那邊總得拿點東西讓他心甘情願地點頭不是？」

「好。」秀娘一咬牙，點頭。

里胥的婆娘被她爽快的回應給嚇愣了。「妳答應了？」

「妳說得對，那本書現在對我沒用，還不如給了妳，以後你們家棟哥兒飛黃騰達了，不要忘了我們家就行了。」秀娘低聲道。

里胥的婆娘終於笑開了。「秀娘妹子，我就知道妳是個心思通透的！」

秀娘扯扯嘴角，艱難地扯開一抹笑。

第二天早上，一家三口吃完飯，秀娘熬了藥給毓兒喝下後，在鍋上燉上紅棗銀耳湯，囑咐女兒看著，自己便去菜園裡幹活。但才在空地裡撒上白菜種子，就看到鍾老太太大模大樣地過來了。

秀娘抬起頭冷冷看著她不語。

鍾老太太本就心虛，被她這麼一看，立刻扯著嗓子大喊。「看什麼看？有妳這樣對長輩的嗎？一點禮數都不懂，難怪自己男人才死了幾年就耐不住了！」

「妳一大早過來，是來給毓兒送醫藥費的嗎？」秀娘冷淡地開口。

鍾老太太的眼珠子霎時都瞪圓了。「什麼醫藥費？我沒錢！你們現在不是有錢得很嗎？上次給張大戶寫欠條就豪氣得很，昨天還有人看到妳和那個野男人一起去鎮上了，偷偷摸摸的不知道買了多少好東西！」

「娘，妳說話憑點良心。我一個寡婦家，帶著兩個孩子，我們能有什麼錢？要真有錢，我現在就請人把這茅屋上頭的漏洞給堵了。」秀娘冷笑不止。

鍾老太太張張嘴，這時候卻聞到屋子裡傳來一陣誘人的香味，立刻就跟聞到油腥味的老鼠一般，老太太眼珠子一陣亂轉，拔腳就往屋子裡走去。

「妳幹什麼？不許進去！」秀娘一見，趕緊大叫。

她越是說不許，鍾老太太就非得進去看看了。趁著秀娘從園子裡出來的空隙，她趕緊跑進屋子裡，頓時眼珠子都快瞪出眼眶來了。「好啊，這就是你們說的沒錢？沒錢還能買銀耳買紅棗回來吃？我老太婆活了這麼多年，還不知道銀耳紅棗湯是什麼味道呢！」

一面說著，她一面又惡狠狠地瞪向兩個小傢伙。「忘了奶奶上次和你們說過的話了嗎？你們小小年紀的，受得起這麼好的東西嗎？趕緊把東西給我，你們一邊玩去！」說著話，就伸手去抓勺子，舀了一勺直接往自己嘴裡送。

秀娘進門就看到這一幕，登時眼神一冷，上前就一巴掌把勺子給拍飛了，滿滿一勺子的銀耳湯灑了一地，鍾老太太肉疼得心裡直抽痛。

「好妳個小娼婦，自己帶著兩個小崽子吃獨食，還不給我們吃？娶到妳這樣的兒媳婦真是我們老鍾家倒了八輩子的血楣！除非妳把剩下的都給我，不然我就去里胥那裡告妳不孝！」

「好啊，妳去告啊！」秀娘冷笑，直接一腳把火上的陶罐給踢飛了。

兩個孩子見狀都傻了，眼淚簌簌地直往下掉。

鍾老太太也看傻了眼。「妳妳妳……妳這是什麼意思？」

「就是這個意思！妳不是說要去找里胥告狀嗎？現在就去吧，本來上次我們就該去了的！」秀娘冷聲道，一把抓住她就往外走。

鍾老太太心裡大叫不好，死命掙扎不肯動。可她一個老太太，哪裡比得上年紀輕輕的秀娘？就這樣一個拉一個掙扎，婆媳倆拉拉扯扯地朝村東頭走去。

這番動靜不小，一路走過去，自然也引來村子裡其他人的注意，不少人都從屋子裡跑出來看熱鬧。

鍾老太太一看，立刻跟看到救星似的扯著嗓子大喊：「趕緊來人啊，救命啊！這小娼婦瘋了！她要害死我！」

「究竟是誰要害死誰，您老心裡清楚！」秀娘回頭冷聲道，死命拽著她往前走。

兩個孩子跟在後頭，不停地抹著眼淚，卻不敢哭出聲，這隱忍的小模樣看得人心疼得不得了。

有人見狀就小聲道：「不用說，肯定是這老太婆又跑去他們家鬧事了！」

「一看就是！這些年了，她鬧得還少嗎？也是秀娘好脾氣一直忍著，可兔子急了還會咬人呢，更何況上次她可是把毓哥兒的頭都打破了！」

「就是、就是！」其他人紛紛附和。

鍾老太太聽在耳裡，心裡別提多憋屈了。「這次我沒鬧，是這小娼婦自己發瘋！」

可這話完全沒有半點說服力，大家看看前面紅著眼睛、咬牙隱忍的秀娘，再看看後面一樣眼睛紅紅要哭不敢哭的靈兒、毓兒，各自搖頭不提。

一看村子裡居然沒有一個人信她的，鍾老太太都快氣哭了。

好不容易一群人都移到里胥家門口，鍾老太太唯恐秀娘又跟剛才一樣發瘋，趕緊放聲大叫：「郭家小子你趕緊出來啊，有人欺負你嬸娘，嬸娘都要被人給欺負死了呀！」

話音才落，裡頭果然跑出來幾個人，為首的正是里胥郭行。

看到眼前的情形，他心裡就已經有數了，趕緊沈下臉。「幹什麼呢這是？秀娘妳也真是的，有妳這樣對自己婆婆的嗎？要是被外人看到，咱們月牙村的臉面都要丟光了！」

「就是！這小娼婦從小就不學好，現在更連我這樣的老婆子都欺負上了，郭家小子你趕緊把她趕出我們月牙村去，什麼東西都不許她帶！」鍾老太太頓時叫喚得格外歡快。

秀娘冷冷抬頭。「這些年妳是怎麼對我們母子的，大家都心裡有數！如今我也不求多的，既然娘妳已經直接將我們母子不當鍾家人了，那好，今天我就請里胥作主，給咱們把這個家分了吧！多的我也不要，我只要屬於我男人的那一份。」

「分什麼分？分什麼分？我們老鍾家和你們都沒有關係，你們休想從我們家分到半點東西！」鍾老太太扯著嗓子大叫。

秀娘看都不看她。「公道自在人心，我相信里胥心裡自有一桿秤。」

里胥連忙輕咳兩聲。「鍾家嬸子，您別怪我說話直，雖說峰哥不是您親生的，可這些年他也都是當鍾家的孩子養大的，當初也是他頂了鍾家徵兵的名額，於情於理，他們都算是鍾家的一分子，今兒個秀娘說要分家，也是說得過去的。」

「誰說的？當初我們只是看他可憐，撿他回家餵他幾口飯。他去參軍，也是為了報答我們家多年的養育之恩，我可從沒把他當作我兒子！」鍾老太太瞪著雙眼死命嘶喊，彷彿以為這樣就能把關係撇得一乾二淨。

秀娘聞言上前一步。「照妳的意思，我男人是和鍾家沒有任何關係了？」

「沒錯！」鍾老太太奮力點頭。

「這麼說來，他前些年留在鍾家只是為了報答你們的救命之恩，去邊關參軍也是報答你們的恩情。除此之外，沒有別的原因？」

「沒有！我們能和他有什麼別的關係？」鍾老太太又拚命搖頭。

「那麼，這麼多年了，你們的恩情他也該還完了吧？」

鍾老太太忙又點頭，但一想不對，趕緊又要開口，可秀娘馬上就冷眼看了過來。「當年是你們救了他一命不假，可他現在也已經把一條命還給你們了。不然你們還想讓他怎麼還？

讓我們孤兒寡母繼續替你們做牛做馬嗎？」

她倒是想，可是這麼多人看著，自己也不能點頭說是啊！

鍾老太太心裡又憋屈得不行，但還是擺擺手。「算了，誰叫我們老鍾家的人都宅心仁厚呢，就當他還完了吧！」

「那好！」好不容易得到這句話，秀娘趕緊看向里胥。「這話可是她老人家親口說的，大家都可以作證。既然如此，就請您作主，給我們寫一份撇清關係的文書吧！」

鍾老太太自然不幹，她趕緊向里胥一個勁兒地使眼色。她還打著如意算盤要把秀娘再嫁出去撈一筆嫁妝，然後讓那兩個小崽子如他們爹娘當年一般，好生伺候自己未來的大孫子呢！

算起來，鍾家和里胥家裡也有那麼點七彎八拐的親戚關係。論輩分，里胥是要管她叫一聲嬸娘。但這點八竿子都快打不著的關係，哪裡比得上昨晚拿到手實打實的利益？更何況現在秀娘已經在情理上占據至高點。

里胥便順其自然地道：「秀娘，妳這個要求有些過分呢！不過……」話音一轉。「既然嬸娘都已經這麼說了，那麼這個證明寫了也無妨。」

鍾老太太一聽，嗓音就拔高了。「我說什麼了？我什麼都沒說！這小娼婦當年可是我們老鍾家花了十個銅板從她的秀才爹手裡買的！她這輩子生是我鍾家的人，死是我鍾家的鬼！」

秀娘聽了只問：「你們怎麼買我的？有賣身契嗎？妳只要拿出賣身契來，我就認！」

「賣……什麼賣身契？」鍾老太太一頭霧水。

當初秀娘的爹不過是因為手頭拮据，正好缺了給兒子買藥的十文錢，所以向他們家借了。後來臨走前拿不出錢來，便將病弱的女兒抵給他們家，言明等日後有錢了一定回來贖。可是這些年過去，那秀才父子就跟失蹤了一般，再也沒有半點音訊傳來。鍾老太太也漸漸不抱希望，每次罵起秀娘就提起這十文錢的事，也認定秀娘已經一輩子賣給他們家，理直氣壯擺布她的一切。可沒想到，自己十幾年說得順順溜溜的，今天卻被她簡單一句話就給駁回來了。

看著這老太太一臉不解卻還要佯裝占理的模樣，秀娘輕笑。「那就是沒有了？既然沒有，那這事就作不得數，妳憑什麼要把我的一輩子都拴在你們家？」

「可那十個銅板可是實打實的！要不是因為我們家的十個銅板，妳弟弟早就病死了！」鍾老太太心裡一慌，乾脆大嚷大叫起來。「妳個小娼婦，真是越來越下賤了。我就知道，妳就是遇到那個野男人，想擺脫我們和他雙宿雙飛去是不是？虧妳還是秀才家的閨女呢，見到個男人就跟魂都被勾走了，忒不要臉！」

「我的事情用不著妳來管。反正現在我男人和你們鍾家沒有關係，妳也拿不出賣身契來證明我和鍾家的關係，那麼這份文書就能寫。」秀娘冷聲道，轉身對里胥行個禮。「郭大哥，麻煩你了。」

「好說、好說。」里胥連忙點頭，就吩咐自家婆娘去準備筆墨。

鍾老太太一看這還得了，這小娼婦要是得逞了，那不僅是讓自己的大孫子損失了兩匹牛馬，自己以後在村子裡都要抬不起這張老臉了，所以她絕對不能讓秀娘如願！

眼珠子一轉，她立刻一屁股坐到地上，扯開嗓子哭嚎。「老天爺啊，祢可看到了吧！這忘恩負義的小娼婦，見了男人就忘了恩人！我怎這麼命苦，當初救了這個沒心沒肺的東西，想當年要不是我們老鍾家好心收留她，她早就死在路邊了！土地公公、觀音菩薩，祢們也都來看看啊，這小賤人她不得好死！」

反正這老太婆也就這點能耐，秀娘早習慣了。因而不管鍾老太太怎麼賣力表演，她都是冷眼旁觀，半點都不為所動。這般情形村裡人看到的也不在少數，說實話心裡也是有些膩煩的。不過看看秀娘居然沒有如以往一般立即服軟，他們心裡也在暗暗納罕，明白秀娘這次是鐵了心要和鍾家脫離關係了。

鍾老太太又哭又叫，喊得嗓子都乾了，誰知秀娘卻半點反應都沒有，還有裡裡外外的村民，一個個也只顧站在一旁看好戲，半點過來幫忙的意思都沒有，頓時心都涼了。

一計不成，她撩起袖子擦擦眼角，索利地翻身爬起來。「好啊，你們都合夥來欺負我這個老婆子。好，我鬥不過你們，我去縣城找縣老爺，告妳這個小娼婦忤逆！讓縣老爺打斷妳的腿！」

「那我不如先殺了妳，然後自殺，咱們一起下十八層地獄去！」秀娘冷聲道，猛地從袖管裡抽出一把剪刀，一把拽住鍾老太太就往她脖子上捅過去。

明晃晃的刀尖出現在眼前，鍾老太太都嚇壞了，登時叫聲都噎在喉管裡，雙眼死死盯著秀娘手裡的剪刀，人動都不能動一下，還是里胥一看情況不對，連忙拽住秀娘。

子。可氣急的秀娘怎麼肯放手？抓著剪刀的手拚命揮舞幾下，刀尖就要劃過鍾老太太的脖

鍾老太太頓時就跟殺豬似的嚎叫起來。「救命啊！殺人啦！這小娼婦真的瘋啦！要出人命啦！」

秀娘見狀冷笑不止。「殺的就是妳！」說著剪刀又揮舞幾下，換來鍾老太太更加淒厲的叫喊。

其他人一看也嚇壞了，又上來幾個人，七手八腳地把秀娘給拽到一邊。

秀娘掙扎不過，眼淚也落了下來。「你們不讓我殺她，那我自殺總可以吧？我活不下去了！」

果然舉起剪刀就要往自己心窩子上捅，其他人當然不能眼睜睜看著她自殘。里胥趕緊就把剪刀從她手裡奪過來，遠遠地丟開了。

兩個孩子也嚇得不行，大聲哭叫著撲過來，一左一右抱著秀娘的胳膊不許她再做出這等舉動。

秀娘既傷心又生氣，蹲下身抱著孩子放聲大哭。

「娘，妳別這樣。娘，妳走了，我和弟弟怎麼辦啊？」靈兒哽咽叫道。

秀娘哭得上氣不接下氣。「娘也沒辦法啊！現在這日子沒法過了，娘和她同歸於盡了，村裡人或許還能看在你們年幼的分上給你們一口飯吃，可娘……娘真的快被她逼死了！」

「娘！」孩子們淚如雨下。

母子三個抱在一起哭成一團，村子裡的人看在眼裡，男人還好，女人都已經禁不住開始擦眼睛了，里胥的婆娘也悄悄掐了里胥一把。

里胥疼得倒抽一口涼氣，連忙上前一步。「好了！既然已經到這個地步，你們都聽我一句行嗎？」

秀娘抱著孩子不語，母子幾個的哭聲漸漸小了下去。

鍾老太太臉上的驚恐稍退，忙又跳起來。「算了算了，既然你們非要忘恩負義，那我們也沒辦法，你們要和我們老鍾家脫離關係可以，但妳、妳男人，還有這兩個小崽子這些年的養育費要給我們。我們也不要多的，就五兩銀子好了！」

「我男人連命都給你們了，你們還不知足？」秀娘不可置信地低呼。

「那是他自己技不如人，被敵軍殺了是他活該！」鍾老太太小聲嘀咕。

秀娘冷笑。「他死了活該？那妳這個推他上戰場的人更該死！我和妳拚了！」

她冷不防又從袖子裡抽出一把尖尖的刀子來，直往她面門刺過去，鍾老太太又嚇得慘叫連連，所幸周圍的人都緊盯著他們，連忙就將秀娘給按住了。

里胥一見如此嚇了一跳，趕緊上前說和。「嬸娘，這事也不怪我們多說。峰哥的死，的確和你們脫不了關係。而且他死了，官府給的好處也都是你們收了。秀娘自從生了毓哥兒和靈姊兒，就沒吃過你們家幾口口糧。妳要養育費實在說不過去，這五兩銀子就算了吧！」

鍾老太太張嘴想要反駁，但馬上察覺到秀娘恨恨的眼神掃過來。她心裡一個激靈，身上的力氣一下子被抽去大半，人也萎了下去，嘴上卻還不肯服軟。「好吧，看在大姪子你的面子上，錢我不要了！你們母子三個趕緊滾吧，我們老鍾家再也沒有你們三個人，你們也不許和我們一個姓！」

「您老放心，我的孩子跟我姓，他們不缺姓！」秀娘冷聲道。

「那最好！」鍾老太太一骨碌爬起來。「要寫清文書是吧？好！大姪子，你可要寫清楚了，當初這小娼婦是我十文錢買回來的，這麼多年了，利滾利的十文錢也漲了不少吧？這個她必須還！還有他們現在住的那間房子，還有那半畝菜園子，那些也都是我們家的，他們全都得還回來！」

「那妳上次磕壞了毓兒的頭，醫藥費一共一兩銀子，妳也要賠！」秀娘大聲道。

「我呸！不就磕破塊皮，流了點血嗎？這小崽子現在活蹦亂跳的，哪就要一兩銀子？紅口白牙的，妳別想給我坐地起價，老婆子我不吃這一套！」鍾老太太躲到人群後頭大喊。

秀娘唇角泛開一抹淺笑，目光幽幽地看著她。「娘，我覺得咱們還是同歸於盡的好。然後什麼房子、地的全都一把火燒了，咱們都不要了。妳說呢？」

鍾老太太立即又狠狠一個哆嗦。這小娼婦是不是吃錯藥了？今天就跟換了個人似的，那眼神，冷冰冰、深幽幽的……被她看上一眼，那簡直就是透心的涼，整個人都像是被推進三九天的山裡一樣，冷得讓人絕望。她甚至都願意相信，如果自己再這麼和她扯下去的話，這女人會直接撲過來從她脖子上扯下一塊皮肉！

腦子裡不由自主想到這一幕，她又一個激靈，身體猛地縮了縮。

里胥左看看右看看，好生無力。「嬸娘、秀娘妹子，妳們都聽我一句話行不行？」

秀娘冷冷地回頭。「郭大哥，我想聽你的，可我就怕她不肯。」

鍾老太太癟癟嘴。「反正我沒錢。妳要我出錢，那還不如一刀捅死我乾脆！誰不知道因為這個小娼婦，我們老鍾家已經窮得吃不上飯了！」

里胥抹抹額頭上的汗。「都鄉里鄉親的，談錢多傷感情？我看這樣好了，那醫藥費嬸娘您就別出了，現在秀娘妹子母子幾個住的房子和菜園妳也就留給他們好了，好歹也是做過一家人的，大家何必做得這麼絕呢？凡事留一線，日後好見面不是嗎？」

「哼，誰還要見這幾個賤東西？」鍾老太太別過頭小聲咕噥，但聽得出來，語氣已經微弱得可以忽略不計了。

里胥一看有戲，趕緊就寫好一份文書，一式三份，當眾唸了，哄著鍾老太太按了手印，然後雙手捧到秀娘跟前。「秀娘妹子，得饒人處且饒人，以後毓哥兒和靈姊兒還得在村裡長大呢！」

秀娘咬咬唇。「郭大哥你說得對，我按。」

她以拇指沾上印泥，也按下自己的手印。

里胥終於長吁口氣，趕緊把文書給她們一人一份，然後自己留了一份。「好了，這事就這麼定了！以後秀娘妹子一家和鍾家沒有任何關係，鍾家人也不能再無故糾纏秀娘妹子一家三口。這份文書我明天就送到鎮上官府裡去。」

事情了結，鍾老太太和秀娘紛紛鬆了口氣。鍾老太太心裡自然是極不舒服的，可是今天秀娘瘋癲的表現實在嚇到她了，她即便再不服氣，也只能小聲嘀咕著，急急走了。

秀娘目的達到，趕緊收好文書，理理頭髮站起來，拉著孩子們走到里胥跟前。「郭大哥，今天謝謝你們了。」

「不客氣、不客氣，一切都是妳自己安排得好。」里胥連連擺手。

秀娘笑笑。「但不管怎麼說，一切也離不了你的公正嚴明。靈兒、毓兒，你們也趕緊來謝謝郭伯伯。」

「謝謝郭伯伯！」兩個孩子齊聲叫道。

「不謝不謝。」里胥趕緊搖頭，賠笑不迭。

至此，一件大事算是塵埃落定。秀娘牽著孩子們走了，村民們也各自散了。

里胥轉身回到家裡，就看到自家婆娘正對著鏡子插一支銀簪，連忙上前把銀簪奪下來。

「這也是秀娘送妳的？」

「是又怎麼樣？」里胥婆娘趕緊又把銀簪搶回去，寶貝似的抱在懷裡。「這是她自己給我的，我可沒找她要！」

里胥看看她，猛地深吸口氣。「明天我去鎮上，找人把那本論語抄一份。回頭等抄好了，妳就把書給他們還回去。」

「為什麼？」里胥婆娘不解。「咱們今天可是幫了他們大忙了，這是他們自己送咱們的謝禮。」

「妳懂個屁！」里胥破口大罵。「今天的事情妳沒看到嗎？這個秀娘一看就不是個簡單人物，還有她的兩個娃娃，那就是……怎麼說來著？非池中物！現在千萬別得罪他們，以後說不定還有要仰仗他們的地方呢！」

那邊廂，秀娘領著孩子們回到茅屋，趕緊關上門就將兩個孩子一齊抱進懷裡。

「靈兒、毓兒，快給娘看看，剛才是不是被嚇壞了？對不起，是娘的錯，娘不該什麼都不說就亂摔東西。」

孩子們的小手緊緊抓住她的衣角，任她給他們上上下下檢查過一遍，靈兒才揚起小腦袋。「娘，我們明白的。妳不這麼做，我和弟弟當時肯定不會被嚇哭，要是我們不哭，村裡人也就不會覺得我們可憐，不會站在我們這邊了，所以我們不怕，妳不要往心裡去。」

毓兒也跟著點頭。兩雙黑亮的大眼睛裡不見半點驚怕。

秀娘一聽，霎時淚如泉湧。她的兩個孩子，到現在還不足五歲，卻早已經成熟懂事得跟個大人一般。方才那般陣仗，尋常人家的孩子肯定早就嚇得只顧著哭了，哪像他們，竟然還能全力配合著她，讓哭就哭，讓走就走。末了，還能乖巧地手拉著手向里胥致謝。

現在回到家裡，他們也知道回頭用話來安撫她。明明該被安撫的是他們兩個孩子才對呀！

趕緊擦去眼角的淚珠，秀娘緊緊摟住這兩塊從自己身上掉下來的肉。「娘的好孩子，這次真是娘錯了。娘向你們保證，僅此一次，下不為例。以後娘再也不會這麼嚇你們了！」

「是嗎？那就好。」靈兒聽了，大大鬆了口氣，拍著胸口喘氣連連，可見她剛才也是害怕的。

毓兒眨眨眼，小臉上卻罕見地浮上一抹愉悅。「娘，現在郭伯伯都已經給咱們作主了，是不是以後咱們就和奶奶他們沒關係了？咱們也不用再怕他們了？」

「這個只怕是難。」秀娘不禁苦笑。

「為什麼呀？」孩子們不解，雙雙看著她。

秀娘也不知從何說起，只能揉揉兩個孩子的小腦袋瓜。「有些事情，想要一蹴而就是不可能的。咱們能做的只能是擺明態度，然後循序漸進，至少今天咱們開了一個好頭，這就已經成功了一半。」

「喔。」孩子們點點頭，似懂非懂。

秀娘見狀，也只能長嘆一聲，起身收拾一地狼藉。兩個孩子趕緊也和她一起收拾。

看著灑了滿地的銀耳湯，靈兒心疼得小臉都變形了。「好好吃的銀耳湯，我和弟弟才一人喝了一口呢，就全潑地上了。」

「沒事，一會兒咱們再煮一鍋，你們敞開肚皮喝，咱們今天喝個夠！」秀娘柔聲安撫。

「可這浪費的還是浪費掉了啊……」靈兒小嘴抿得緊緊的，雙手捧著與泥土混在一起的軟嫩銀耳不捨得放開。

這孩子從小就幾乎沒有吃飽過，像銀耳湯這樣的好東西更是從不曾見過。現在家裡好不容易煮上一鍋，卻平白用來洗地了，也難怪她久久不能釋懷。

秀娘心疼得不行，卻也只能乾巴巴地繼續安撫。「好孩子，別傷心。一鍋銀耳換來咱們的自由，值了！脫離他們家，咱們以後的日子只會越過越好，再過幾年，隨便什麼銀耳湯、蓮子羹的，妳想喝什麼娘就給妳煮什麼，妳說好不好？」

「嗯！」

孩子終究是孩子，聽著秀娘給自己描繪的未來藍圖，她的心境一下開闊起來，終於收起眼淚點點頭，秀娘也才綻開一抹釋懷的淺笑。

幾天時間轉眼即過。

這些天，秀娘一家三口過得分外平靜，或許是她那天過激的反應嚇到鍾老太太，這些天老太婆都沒再往這邊來找事，甚至村子裡都沒有看到她的影子。

用蘭花的話說：「那死老太婆肯定是被嚇破膽了，這幾天都躲在家裡哭呢！」

秀娘淺笑點頭，心裡卻不敢這麼樂觀。

鍾老太太什麼人，她還不清楚嗎？那就是個睚眥必報、吃不得半點虧的人。這次當著全村人的面丟了那麼大個臉，她能嚥得下那口氣才怪！只不過，那老太太年紀越大，也變得越來越怕死。那天自己表現得的確凶悍，把她嚇得不輕，所以，她即便想報仇，也肯定不會擅自行動，那麼，她唯一能採用的法子就是——找幫手！而那個幫手，除了她的寶貝兒子還會有誰？

所以這幾天，秀娘一直都在等鍾剛主動上門。

果然不出她所料，就在某個夕陽西下的傍晚，消失許久的鍾剛氣勢洶洶地出現在秀娘家的茅屋門口。

「李、秀、娘！」甫一出現，他就咬牙切齒地大吼。

秀娘放下手頭的活計，慢條斯理地抬起頭。「你找我？什麼事？」

「妳……」鍾剛原本以為自己已經這麼凶神惡煞了，肯定能一舉嚇得她跪地求饒，再不濟，嚇哭她也行啊！

可沒想到，別說秀娘了，就連兩個小蘿蔔頭都一臉平靜地看著他，那眼神就跟看鄰村那個整天在大路上光屁股唱大戲的瘋子一樣，他的心情瞬間就不美了，惡狠狠地瞪了兩個小傢伙一眼。

「看什麼看？小崽子滾一邊去，我和你娘有話說！」說著他就要去拉秀娘的胳膊。

秀娘連忙拉著孩子們後退。「鍾公子，你有什麼話就在這裡說吧！這孤男寡女的，我是無所謂，反正我的名聲已經臭了。可你年紀輕輕的，連媳婦都還沒娶呢，要是傳出個勾搭寡婦的名聲，以後這十里八鄉的就沒哪個好姑娘願意嫁給你了。」

「大嫂妳什麼意思？妳還真要和我們家脫離關係？」鍾剛不可置信地看著她，臉上的心痛、傷懷滿盈，只可惜太過浮於表面，一點都不真切。

秀娘淡笑。「文書不都已經寫了嗎？想必鍾老太太已經給你看過了吧？前兩天里胥也已經去縣衙備案過，靈兒、毓兒也都改跟我姓李了。」

看著她這淡漠疏離的態度，鍾剛的臉也陰沈下來。「是不是因為那個野男人？」

秀娘第一時間就想到了山上的溪哥，心跳霎時漏了一拍。

「不是。」她定定地搖頭。

「不是才怪！妳以為我不知道嗎？村子裡都已經傳遍了，妳和那個野男人好上了，他還打了幾隻野雞野兔，給妳拿去鎮上換了幾個錢。就因為這幾個錢，妳就連羞恥心都不要了，和一個不知道來歷的野男人搞在一起了！」

秀娘聽得直想笑。「如果不是那個野男人，我的毓兒早失血過多死了；如果不是那野男人的野雞、野兔，我的孩子連看病抓藥的錢都沒有！在你們這些熟人死命把我們母子往死路上逼的時候，只有那個野男人對我伸出援手。與其讓我天天對著你們這幾張臉，我倒更寧願和他在一處。」

「妳承認了！你們果然有姦情！」鍾剛立刻就像抓到把柄似的，激動得額頭上爆出好幾根青筋。「李秀娘，妳真下賤！枉我這些年對妳這麼好，拚命護著你們幾個。這麼多年了，就算是塊石頭，那也該被焐熱了。但妳就是隻養不熟的白眼狼，我娘說得沒錯！」

這人和他親娘一副死德行，信口胡謅的本事更是青出於藍而勝於藍。

秀娘懶得和他鬼扯。「鍾公子你才回村子裡，肯定還有不少事情要做吧？我菜園子裡的活兒還忙著呢，就不和你浪費時間了，你趕緊走吧！」

「妳想趕我走，好和那個野男人私會是不是？我偏不走！」鍾剛的臉脹得通紅，搶先一步跑過來，一把死死抱住秀娘。

秀娘大驚失色。「你想幹什麼？」

「妳是我的！妳本來就是我們鍾家的人，既然我大哥死了，那妳就是我的！這輩子都是我的，我情願殺了妳，也不會讓妳和別的男人跑！」鍾剛大叫，死命拖著秀娘往茅屋裡走。

秀娘死命掙扎，兩個孩子見狀也拿著小棍子往鍾剛身上砸。

可兩個小娃娃，那力氣能有多大？

鍾剛被砸得疼了，抬起一腳就往孩子身上踹過去，一面還罵著：「小兔崽子給我滾遠點！等我收拾完你娘再來收拾你們倆！」

「你給我去死！」

對秀娘來說，他怎麼欺負她都沒關係，但她的孩子卻是她的心肝肉，誰都不能隨意欺負，更何況這般粗暴地用腳踢？

一時間，她身上猛地爆發出一股強勁的力道，竟是一把掙脫鍾剛的束縛，隨手抓起籬笆邊的鋤頭就往他身上揮了過去。

這下換成鍾剛被嚇得屁滾尿流，趕緊跑出去老遠，他才敢回頭大罵：「李秀娘妳真瘋了？殺人要償命的妳知不知道？」

「沒關係，殺了你，我賠命，反正我不虧！」秀娘舉著鋤頭繼續往他身上劈。

那一股要和他同歸於盡的狠勁，把鍾剛給嚇得兩腿發軟。直到這個時候，他才深切理解自家老娘說的那句話——

「那小娼婦瘋了！六親不認了！她那刀子是真的想要我的命啊！」

她現在的鋤頭也是真的想要他的命啊！三十六計，保命為上。鍾剛原本存的想要教訓教訓她的心思灰飛煙滅，趕緊拔腿就跑。

當然，光是這麼跑的話也顯得自己太慫了，所以他一邊跑一邊叫：「李秀娘妳給我等著！妳敢這麼對我娘、對我，我饒不了妳！我一定饒不了妳！」

「好啊，我等著！」秀娘冷哼，雙手死死握著鋤頭，直到他人跑遠了才鬆開手，整個人連同鋤頭一起哐噹落地。

也直到這個時候，她才發現自己已經累得虛脫，手心裡滿滿的都是汗。

「娘！」兩個孩子趕緊跑過來，母子三個又緊緊抱在一起。

「沒事了，沒事了。」輕輕拍著孩子們的後背，她小聲安撫。

可是，真的沒事了嗎？

想到鍾剛離開時喊的話，還有剛才出現時那陰鬱的眼神，她的心不由自主地重重往下沈去。

很快天就黑了。現在秀娘不用去張大戶家幹活，菜園子裡也沒有多少活計，她早早就收拾好了，和孩子們洗好澡躺在床上。

燈油太貴，他們又太窮，這麼精貴的東西當然是能省則省。母子三個就著月光講著故事，也是其樂融融，破爛的茅屋裡蕩漾著滿滿的溫情。

突然間，一個異樣的聲音傳來，毓兒收起笑臉。「娘，妳聽外面！」

秀娘凝神一聽，一顆心高高懸起。

咚！咚咚咚！

茅屋的門猛地被敲了幾下，這次伴隨的還有不正經的調笑。「小寡婦快開門啊！哥哥知道妳空閨寂寞，特地過來安慰妳了！」

「就是，秀娘嫂子趕緊來開門，我們知道妳沒睡。這天還早著呢，兄弟幾個帶了酒菜過來，咱們一起喝兩盅，說說話、解解悶呀！」

「哈哈，你和她說話？怕是你想和她滾進被窩裡說話才對吧？」

「是又怎麼樣？別說你不想和她滾被窩！」

「哈哈哈，當然想！她那胸脯、那屁股，老子老早就想好好摸一摸了！要是能抱著睡一覺，那我這輩子都知足了！」

外頭的聲音越說越大，話也越說越下流。

茅屋裡的母子三人都嚇得縮成一團。

兩個孩子緊緊地抱著秀娘的胳膊，嗓子裡已然帶上哭腔。「娘，怎麼辦？外面那些人……」

正說著，拍門板的力氣更大，門外的人不耐煩地高喊：「小寡婦，妳別裝了，趕緊給老子們開門！不然老子就踹門了，妳聽到沒有？」

本就不怎麼結實的門板被拍得嘎吱嘎吱作響，再被拍幾下，只怕就要四分五裂了。

秀娘閉上眼深吸口氣，一把掀開被子。

「娘！」孩子們不約而同地抓住她的胳膊。

秀娘回頭，他們都跑下床。「你們在床底下躲好，不管外頭發生什麼事、聽到什麼聲音都不要出來，聽到了嗎？」

「嗯。」孩子們雖然不懂，但也知道事態緊急，都乖乖地答應了。

秀娘點點頭，拉下床單把下面遮好了，才抄起一把鐮刀，趁著月光走到門口。

這時候，薄弱的門板已經被敲得鬆動不少，外頭的人也終於等不及，乾脆就把門給踹開了。

就在這個時候，秀娘舉起鐮刀，對準跟前的人就砍了過去！

第七章

啪！

寂靜的夜空中一聲脆響，緊隨而來的就是男人痛苦的悶哼。

不承想，她高舉的手臂被一隻有力的手掌握住，令她動彈不得。秀娘掙扎幾下，竟是半點掙脫不開，立時一顆心都涼了半截。轉瞬之間，她腦海裡飄過無數個和這個人同歸於盡的想法。

但就在這個時候，卻聽到某個似曾相識的嗓音低低地在耳畔響起。「是我。」

秀娘心裡一跳，猛然抬頭，入目所見便是一張粗獷的面孔。

這張臉……她頓時愣在那裡，呆呆地轉過目光，這才發現在這個人背後，那些地痞流氓都橫七豎八地倒在地上，赫然便是被他給打倒的。

「溪叔叔！」兩個孩子也聽到這邊的動靜，前後腳從床底下鑽出來，歡快地叫著衝過來。

聽著孩子們嘰嘰喳喳的聲音，秀娘的心思才漸漸回轉過來。連忙眨眨眼，她小聲問：「你怎麼來了？」

「妳說了要去拿米麵，一直沒去。」溪哥道。

秀娘才發現在他腳邊還放著幾個大大的袋子，頓時想哭又想笑。「哪有人大晚上的給人送東西來的？」

「白天被人看到不好。」溪哥一本正經道。

可這大晚上的，要是給人看到了，她才真是跳進河裡都洗不清了！不過……想想自己都已經帶著孩子和他在山上住了好幾天，本身就已經不清不白了，現在就算再不清白點又能怎樣？這樣一想，她心裡便坦然了不少。

深吸了口氣，秀娘勉強站穩身子。「今晚多謝你了。要不是你及時出現，我們母子幾個只怕……」

看看外頭地上，至少有五、六個地痞流氓。她一個弱質女流，就算拿著鐮刀又能如何？酒壯慫人膽，更何況他們根本就是有備而來，只怕不出三招，自己就會被制伏。

靜謐的月光下，溪哥一如既往地板著臉看不出任何表情，只目光沈沈地看著她發白的面孔。

兩個孩子卻忍不住跑出去，小腳不停地往流氓身上踢著。「壞人！叫你欺負我娘，我打死你！」

「靈兒、毓兒，回來！」秀娘趕緊上前把他們給拽回來。

靈兒、毓兒一副好委屈的小表情。「娘，他們欺負我們，咱們要報仇。」

「報仇沒錯，但他們也是受人指使。雖說有錯，但真正該死的卻不是他們。」秀娘淡聲道。

孩子們眨眨眼，不解。溪哥聽到這話卻是眉頭微蹙，猛然回過身去。

說時遲、那時快。秀娘只覺眼前一花，溪哥已竄到旁邊的蘆葦叢裡，長臂一伸，就拎了個人出來！

「喂喂喂，你放手！我叫你趕緊放手你知不知道？我可是張大戶的親姪子，以後整個張家都是我的！你敢動我一根汗毛，以後我一定饒不了你！」

那個在他手裡胡亂掙扎的人，不正是已經消失許久的劉天嗎？不過幾天的工夫，他已變得髒兮兮，一身破破爛爛的衣服也不知是從哪兒撿來的。

溪哥根本不聽他的鬼話，逕自提著他回到秀娘母子跟前，再隨手將人往地上一扔。「這個人怎麼解決？」

秀娘看著被摔到地上不斷叫嚷的劉天，眼中浮現一抹冷意。自從山上那件事後，劉天就再也沒有出現在月牙村，她原本以為他是投奔親戚去了，不過現在看來，自己還是小瞧了他。這個人在村子周圍潛伏了這麼久，然後趁她不備，就來這麼一招！

找來這四周村子裡的地痞流氓，大晚上的來羞辱她，這是心思多麼惡毒的人才想得出來的法子？要不是溪哥及時趕到，她和孩子們只怕都活不過今晚了！

劉天不是個蠢人。那日他偷偷帶著福哥上山被發現，張大戶就恨上了他，當眾叫人把他痛打一頓不說，後來更不許他再進張家的門。他悄悄叫人給姑母帶話，但都是泥巴扔進池塘裡，咕咚一聲就沒回音。

原本那些和他蜜裡調油的小丫頭也都像變了個人似的，看到他就跟沒看到一般，他主動湊上去還叫來家丁打他。他和鎮上秀才家姑娘的婚事也泡湯了。

最後，姑父甚至發話：只要再看到他出現在張家周圍，就活活打死他！

到手的偌大家業就這麼沒了，他在心裡恨死了秀娘。

都是這個賤女人惹出來的！要是那天她乖乖地從了他，不就什麼事都沒了？等他接掌了張家，她也就成了正正經經的夫人，吃的、用的難道會少了她？既然擺在眼前的榮華富貴她不肯要，那他就叫她好好吃吃苦頭，也讓她明白惹到他的下場！

這些地痞流氓都是他的嫖友賭友，以往沒少吃他的、喝他的，但自他「落難」後卻沒一個人來接濟他，落井下石的人反而不少。他也在心裡把他們都給記下了，要不是為了報復秀娘，他根本就不會再理他們！

其實事情做起來也簡單，他將身上最後值錢的那點東西當了，請他們喝了一頓酒。酒酣耳熱之際，劉天就開始長吁短嘆，不停把話題往秀娘身上引——這個月牙村的小寡婦，長得不差，那生育過兒女的身段更是風韻十足，明裡暗裡勾得他們不知道流了多少口水。但秀娘平日行事就端正，從不和他們走近半步，後來更去張大戶家裡做工，叫他們根本沒有機會接近，現在心裡頭那點旖旎的念想被劉天勾起，這些人被貓尿灌滿的腦子就開始想入非非，一個個把秀娘意淫了無數回。

再加上劉天刻意的一句：「那小娘兒們其實騷得很，私底下把村子裡的男人都勾搭了個遍。結果現在村子裡的女人都防著她了，她就連外頭的男人都不放過，我看她就是欠收拾！兄弟們，要不咱們去好好調教調教她？呵呵，就怕你們不敢，那個野男人的拳頭可真是硬呢！」

這些酒鬼賭徒們平日膽子小，但喝多了酒，一個個就開始自大起來。

一個人當場就拍桌子了。「這有什麼不敢的？那野男人也就一個人，能敵得過咱們兄弟幾個？再說，那小寡婦可是咱們這裡的人，要快活也該先讓兄弟我們幾個快活過了再說，那個外來的貨趕緊給我滾邊去！」

「就是！老子都還沒睡過她呢，那野男人哪來的東西，也敢搶在老子前頭？」

群情激奮，一個個都把秀娘當作自己的囊中之物。再說幾句，他們就坐不住了，浩浩蕩蕩地往秀娘的屋子殺來，發誓要好好教訓教訓這個臭女人，叫她知道知道他們本地人的厲害！

然後，就發生了方才這一幕。

劉天也留了個心眼，他晚上沒有喝幾杯，一路上不停地慫恿那幾個人，但等到了秀娘家附近時就遠遠躲開了，只在遠處看熱鬧。原本計劃著，要是這些人闖進去了，確認沒有危險，自己再湊上去渾水摸魚，一旦出了問題，自己趕緊就跑！

誰知道，溪哥居然來得這麼快，下手也這麼狠。兩三下，那幾個剛才還拍著胸脯、把自己吹得天下無敵的醉鬼就被扔到地上連哼都哼不出來了。儘管上次就在山上見識過溪哥的身手，但這次再看到，他還是被嚇呆了，一時間都忘了要悄悄溜走這回事。

好不容易等到秀娘母子出來，這幾個人開始說話了，他正打算乘機逃走，但這溪哥是屬狗的嗎？他才剛有動靜就被發現了，然後就被人給拎出來。

而看看秀娘，那個平日安安靜靜的女人，也是滿身戾氣，冷冰冰的眼神就跟兩把剔骨尖刀一樣，光是看過來都快把他給砍成十八段了！

劉天這下終於知道害怕，身上那層淺薄的酒意也徹底消散了。

「秀娘，秀娘！」連忙討好地叫著，劉天爬過來拉住秀娘的裙角。「咱們好歹鄉親一場，這些年我也沒少幫過妳，妳就看在咱們過去的情分上，饒我一次吧！」

「我和你過去有什麼情分？」秀娘冷笑。

劉天一滯。「我這不是……不是幫妳擺脫了我姑父嗎？不然，妳肯定都已經成了他第六房姨太太了！」

秀娘嗤笑一聲。「這麼說來，我還得多謝你們做的那件事了？」

「好說好說。」劉天連忙賠笑。「鄉里鄉親的，咱們也認識這麼多年了，我也不求多的，你們趕緊放我走就行了。」

「你覺得可能嗎？」秀娘冷聲道。

在踩斷劉天的腿時，溪哥順便一手捂住他的嘴。

秀娘趕緊把兩個孩子都摟進懷裡，沒有讓他們看到這麼血腥的一幕。

隨後又是一聲響，男人的悶哼聲加劇。秀娘抬起頭，就看到劉天已經被踩斷兩條腿，整個人都被軟軟地扔在地上，叫都叫不出來了。

溪哥一如既往地站在那裡，高大的身形即便是在夜色中也是如此惹眼。他深沈的目光一轉，看看地上那些目露驚恐的地痞流氓們。「這些人呢？」

地痞流氓們早被他硬生生踩斷劉天兩條腿的殘忍行徑嚇尿了，因不想這麼快就輪到自己，他們紛紛跪地求饒。「大俠，我們知錯了！求求你了，你就放過我們吧，我們以後再也不敢了！」

溪哥聽而不聞，目光直直地盯著秀娘看。

秀娘抿抿唇。「不管怎麼說，他們都是幫凶。死罪可免，活罪難饒，你就打斷他們一條腿好了。」

「好。」溪哥當即點頭，啪啪啪又幾下，將他們的腿給踩斷了一隻。

一時間，又是哀嚎聲不斷，叫得人心裡都害怕起來，秀娘趕緊拉著孩子們回到茅屋裡。

不一會兒，外頭的聲音漸漸淡去，很快又恢復平靜。

「娘，溪叔叔呢？」孩子尚未從方才的震驚中回過神來，聲音輕輕細細的，透著幾分小心。

可憐的孩子，應該也被自己娘親的狠戾給嚇到了吧？可是沒辦法，那種地痞流氓，這次放過了他們，下次也絕對不會悔改，反而還會變本加厲，背地裡不知道會使出什麼陰招來！與其如此，那還不如來點狠的，讓他們記住這次教訓，也讓其他人都好好看看惹到他們是什麼下場！如此一來，以後也就沒人敢打他們的主意了。

秀娘緊緊摟著孩子們。「他去清理外頭，一會兒就回來了。」

說著話，熟悉的高大身形再次出現在茅屋門口。

「處理完了，你們睡覺。」

低沉的嗓音並未因為今晚的事情有任何波動，秀娘聽在耳裡，一顆心便踏實下來。

兩個孩子也歡喜得不行。毓兒忙不迭跑過去拉上他的手。「溪叔叔謝謝你！溪叔叔你好厲害，我以後也要變得和你一樣。」

溪哥大掌摸摸他的小腦袋瓜。「睡覺去吧！」

「溪叔叔你和我們一起睡呀！」毓兒脆生生地道。

溪哥微愣，靈兒也趕緊上前拉住他另一隻手。「溪叔叔你就留下來嘛！幫人幫到底，送佛送到西，你今晚上都陪著我們呀！我怕那些壞人晚上還來，我好怕好怕，娘也怕！」

溪哥皺皺眉，抬眸看向秀娘。「妳怕？」

秀娘垂下眼簾。怎能不怕？都說寡婦門前是非多，她早有體會，這些年也不乏有人大晚上的來他們家門外調笑，自己都是抱著扁擔半夜不睡覺，艱難地熬過去。今晚又來這麼一齣，雖然那些人都已經被處理了，但只要一閉上眼，她眼前就會浮現那一幕幕，一顆心就控制不住地害怕起來。

「你……」她小小聲地開口。「留下來吧！你不在，我們都怕。」

聽到這話，溪哥眼神微閃，很快又恢復平靜。「好。」

他一點頭，立即就像是一顆石子激起千層浪，秀娘不可置信地瞪大眼，兩個孩子早歡呼起來。「太好了，有溪叔叔在，我們就不怕了！」

秀娘激動過後，也連忙環顧起破舊的茅屋，隨即她又皺緊眉頭——這小小的一間茅屋，還是當初她被鍾老太太趕出來後，好不容易尋到的棲身之所。後來李大等人看他們母子可憐，給幫忙整理一下，也不過能勉強遮風避雨。到了寒冬臘月，母子三個緊緊摟在一起還凍得渾身直哆嗦，這是其一。

其二，便是這小小的一間屋子也不過七、八坪，裡頭擺了床、桌椅板凳以及一些農具等，就已經滿滿當當，再塞下他們母子三個，就再也塞不下更多，就連廚房都是在茅屋旁邊又另外搭了個小棚子。如今溪哥留下，她該把他安置在哪裡？

正在發愁時，溪哥已經將米麵搬進屋子裡，而後就自發地在門口找了個位置坐下。「我守著，你們睡覺。」

秀娘一怔，心裡頭的感動和歡喜一起湧上來，一時不知該哭還是該笑。

哭，是哭這個人的體貼；笑，也是笑他的善解人意。既救了他們母子三個，卻半點不居功，反而一心在外頭守護著他們，保全了他們的性命不說，自己犧牲這麼大，還繼續無怨無悔地為他們守門。這樣默默無聞卻又踏踏實實的男人，等村子裡的姑娘真正認識了他，肯定不少人都會想嫁給他的吧？

這麼一想，心頭又微微有些揪疼。她趕緊低下頭，低低地道了聲謝，便關上門帶著孩子們回去睡了。

這一晚上，秀娘和孩子們都睡得極踏實，竟是一覺睡到日上三竿才起來。這還是因為蘭花不停地在外頭叫喚，把他們給叫醒的。

「怎麼了？」趕緊披上衣服過去開門，對上的便是蘭花滿是焦急的面孔。

「秀娘，出大事了！」蘭花見到她，趕緊進屋來，看到床上睡眼惺忪的兩個孩子，連忙鬆了口氣。「今天一早，劉天還有他那幾個一起吃喝嫖賭的狐朋狗友，被發現都扔在張大戶家門口，一個個都缺胳膊斷腿的，叫得慘兮兮的，別提多嚇人了！」

秀娘心裡咯噔一下，連忙下意識朝門口看去，卻見昨晚上溪哥蹲守的地方空空蕩蕩了，哪裡還看得到那個人的身影？再看看天色，太陽都已經昇得老高。原來時間已這麼晚了，他應該早已經回山上去了吧？

那個人雖然不多話，但做事卻是格外有分寸，處處都知道要維護他們的顏面和安危，頓時，秀娘的心境鬆快了不少。「竟有這事？到底怎麼一回事，妳知道嗎？」

「這我哪知道？昨天我和我爹娘一起去給我姥姥祝壽，沒想到今天早上回來就遇到這一齣。妳是不知道，聽說裡頭有劉天，我差點沒被嚇死，生怕他昨晚上趁我們不在來找妳的麻煩！」

她猜的一點都沒錯，劉天的確是來找他們麻煩了。

秀娘淺淺一笑。「我們這不是好好的嗎？煩勞你們擔心了。」

「是啊，還好你們沒事。」蘭花連連點頭，又恨恨咬牙。「這姓劉的竟然還敢回來！他都幹了些什麼他自己不知道嗎？現在張大戶都已經說不再認他這個姪子了，他還敢巴巴地往外跑，我懷疑他那雙腿就是張大戶叫人打斷的！哼，叫他葷素不忌，連自己親姑媽都不放過……」

秀娘眉梢微挑。「那些人都沒說他們是被誰打的嗎？」

「不知道啊！我們趕回來的時候，正好看到張大戶家的家丁把他們都給抬進去。我問了其他人，他們也都不知道。」蘭花搖頭。

秀娘聽了，眉頭卻緊緊皺了起來。

蘭花看得不解。「怎麼了？妳是不是發現哪裡不對？」

秀娘點頭。「如果真如張大戶所說，他已經不認劉天這個姪子，那為什麼他還要把打斷腿的劉天還有他那些狐朋狗友都抬進去？那就說明——他們是想遮掩些什麼！」

「啊？」蘭花一聽，腦子更懵了。「他能遮掩什麼？」

秀娘搖頭。「這個我就不知道了。應該是他們自己家的事吧！」

「這樣啊！」蘭花點點頭。她從小在村子裡長大，見識不多，但好歹有自知之明，自己就是一個村姑，除了手腳勤快，腦子並不聰明。

秀娘是秀才閨女，讀過幾本書，眼力比她強了不止一星半點。一旦有什麼事情想不明白的，她都會來找秀娘指點迷津，秀娘也往往都用最簡單的話語給她解釋得清清楚楚。

現在，既然秀娘都想不清楚的事情，她自己必定就更想不出來了。不過還好事情和自己沒有多少關係，她便歡歡喜喜地又和秀娘八卦了一會兒，才喜孜孜地回去了，並拍著胸脯保證等明天去張大戶家做事時一定要好好打聽打聽。

秀娘笑著送她出去，而後臉上的笑容就消失了。

早飯時間已經過去許久，但看看距離午飯時間又還不到，秀娘乾脆捋起袖子，帶著孩子們包了一鍋餃子，再蒸一大鍋饅頭，餵飽孩子們，就裝了三十個餃子、十個饅頭，提著上山了。

不出她所料，溪哥已經上山了，現在正在他的屋子外頭和泥，看樣子是想做個什麼。

見她來了，溪哥停下手頭的活計，雙眼又直勾勾地朝她看過來。

秀娘低著頭把飯鍋遞過去。「我做了些吃的，也給你帶來一些。剛出鍋沒多久，你趕緊趁熱吃吧！」

溪哥大方地伸手接了，坐在地上打開包袱，毫不客氣地開始大快朵頤。三十個餃子他一下吃了個乾淨，饅頭也吃了四個，他的動作才停下來。

秀娘一看他腳邊有個陶罐子，罐子裡有水，便趕緊將罐子遞上。溪哥又一口氣喝了半罐，便又抬頭看向她這邊。

秀娘臉上微微發燒，勉強小聲道：「昨晚多謝你了。順便，我還有句話想問你。」

「什麼？」或許是因為睡足飯飽的緣故，溪哥低沈的聲音裡帶上一抹淺淺的磁性，聽得秀娘心都漏跳一拍。

「我就想問問，你是不是知道，那件事和張大戶有關係？」不然，為什麼他把人往哪裡扔不好，偏偏就給扔到張大戶家門口？

溪哥點頭。「是。」

「你怎麼知道的？」

「很簡單。憑那個人的本事，還不足以煽動那麼多人。」

秀娘閉上眼深吸口氣。這個劉天自以為聰明，其實也就表面上一點機靈勁。他以為就憑著自己和那些人吃喝嫖賭的情誼，他們還真會在他落魄之後賞臉和他一處吃吃喝喝？那些在賭場酒桌上廝混到如今的人，哪個不是人精？昨晚那麼大的陣仗，而且一個個鬧得那麼歡，分明就是故意想把事情鬧得人盡皆知。如果不是溪哥及時出現，只怕後面他們還會鬧騰得更厲害。這樣，不用等到天亮，全村的人都會知道，她李秀娘不知檢點，和那些地痞流氓都有一腿！

這樣的主意，劉天想得出來，卻絕對想不到那麼深遠去，所以這件事必定還有幕後黑手！再往深處挖掘一下，所有的矛頭便都指向一個人——張大戶。

那天在山上親手寫了借據之後，張大戶就急忙離開了，隨後竟是半點沒有再糾纏過秀娘，更沒有發話要報復，但俗話說得好：會叫的狗不咬人。像這種悶不吭聲的，那才是最凶殘無情的！

張大戶在這月牙村怎麼說也是個有頭有臉的人物，當著自家家丁的面前被狠狠打臉，自己兒子也被當作把柄威脅他，這口氣他怎麼可能嚥得下？還有那天，劉天和他家婆娘想要下藥陷害秀娘的事情，其實也並不太複雜，時隔這麼久，想必他也早已經弄明白了，知道秀娘根本就不願跟他。所以，什麼劉天、什麼鍾剛都是小打小鬧，現在他們最要防備的該是在暗地裡下黑手的張大戶才對。

秀娘深吸口氣。「對不起，是我把你牽連進來了。」

接連兩次，都是因為溪哥的幫助，她才逃過一劫。但這樣一來，溪哥卻是把張大戶給狠狠得罪了，那個人只怕在心裡恨他比恨秀娘還要多得多。

「手腳都是我的，做什麼也是我自己選擇的，和妳無關。」溪哥聽了，面色依然平靜，一言一語平淡無波。

聽他這麼說，秀娘心裡又是愧疚又是感激，各種感情交織在一起，滿滿的不是滋味。她猛地抬起頭，一臉堅決地道：「不管怎麼說，這事因我而起，我會一力扛起來。他有什麼法子儘管使出來，我不怕他！大不了就是一條命豁出去，我不怕死！」

溪哥淡淡開口：「那孩子呢？」

呃……秀娘立刻跟被戳破氣一般，萎了下去。

見狀，溪哥唇角似有若無地微微勾起，薄唇輕啟。「沒事，有我。」

秀娘心頭彷彿被什麼輕輕一敲，心湖中蕩起陣陣漣漪。

此後幾天，秀娘便都在村子和山上來回。每天中午晚上，她都會做一大鍋飯，自家吃一小半，餘下大半都裝好了送上山去給溪哥吃。

溪哥也不和她客氣。她送去的吃食他都很給面子吃個精光，然後等到天黑之後再提著洗淨的碗盆等物下山來，坐在秀娘家門口一夜，第二天一早再離開。

漸漸的，孩子們也都和溪哥熟悉起來，白天也並不拘泥於自家的茅屋和菜園。有時候秀娘上山給溪哥送飯去，兩個孩子也非得跟著，等溪哥吃完了，他們也不離開，非要留在山上，看溪哥捕魚捉鳥。

尤其是毓兒，簡直是將溪哥當作偶像了，只要有溪哥在的地方，他的小身影就不由自主地黏了上去，溪哥走到哪兒他跟到哪兒，以至於後來發展到，每天早上才剛起床，他很快吃完早飯，就飛奔上山，形影不離地跟在溪哥屁股後頭，一直到晚上秀娘上山送晚飯再將他給領下來，而每次晚上回來的時候，秀娘手裡總會多出幾條魚、幾隻野兔等等。

時間長了，村子裡的人也都看出些許端倪。

這天早上，里胥的婆娘就過來串門子了。

她喜孜孜地將那本泛黃的《論語》放到桌上。「秀娘，這是上次我們向妳借的《論語》，現在我們家已經抄錄一份留下了，這一份就還給妳吧！妳爹留給妳的嫁妝，妳是該留著等毓哥兒長大了看才對。」

秀娘微驚。「這個不是……」

「哎，先生說得對，君子不奪人所好。這本《論語》是你們家的傳家寶，我們家怎麼好意思給拿走呢？上次我和妳說那些話，本來也是想讓妳借給我們看看，沒有強搶的意思。現在既然我家棟兒手裡已經有一份了，那這一份當然就要物歸原主啦！」

秀娘微微瞇起眼。事情應該沒有那麼簡單。不過，看里胥婆娘這小心中透著幾分討好的神情，應當也不會是什麼壞事才對。而且不管怎麼說，這本《論語》回來了，對她來說也是好事一件。

秀娘點點頭。「謝謝郭夫人。」

「哎呀，什麼夫人不夫人的？都是一個村裡的，妳以後管叫我聲嫂子就行了！」里胥婆娘連忙擺手。

秀娘便改口叫了聲嫂子。

里胥婆娘歡喜地應了，便又順勢話起家常來。「秀娘啊，妳和山上那個人怎麼回事？」

秀娘一怔，便雲淡風輕地道：「沒什麼事。他上次幫我們趕走了張大戶，後來又救了毓兒一命，我心裡感激他，所以偶爾給他送點吃食上去。毓兒也喜歡他，時常上山找他玩。他人也知禮，每次吃了我的東西都會回贈點什麼，一來二去的便熟悉上了。」

「那妳可知道他姓誰名誰，是哪裡來的，以前又是做什麼營生的？」

「這個……」秀娘垂眸不語。

「不知道？還是他沒說？」

秀娘搖頭。「我沒問。我和他似乎也沒熟絡到這個分上吧。」

「哎，秀娘啊！」里胥的婆娘聽了，就不禁長吁短嘆起來。「不是我說妳，妳一個寡婦人家本來惹的閒言碎語就夠多了。現在妳還跟一個身分不明的人來往，妳說妳這不是引著別人往不好的地方去想嗎？」

「不和他來往之前，他們還總是把我和不同的男人扯到一起。現在，至少我有了穩定的牽扯對象，這樣說起來，其實也不算是一件壞事吧？」秀娘淡聲道。

里胥婆娘一噎，一時間竟然無言以對，但好歹也是跟著里胥見過不少世面的人，過一會兒她就反應過來，便又搖頭嘆氣。「我知道，村子裡有些人嘴巴不乾淨，又瞧妳是個寡婦，無依無靠的，就專門揀你們綿軟的欺負。可咱們一個村子裡住了這麼多年，妳什麼人我還不清楚嗎？從小妳就文靜聽話，妳家男人走後也深居簡出的，和外人都根本不往來，要說妳和誰勾搭上了，我第一個不信！」

這種話，她以前不說，現在再說又有什麼用？

秀娘淡淡一笑。「郭嫂子，妳來找我做什麼的，就直說吧！妳是大忙人，何苦在我這裡浪費時間呢？」

被看穿了心事，里胥婆娘尷尬地笑了笑。「算了，既然妳都說了，我也就不拐彎抹角了。事情是這樣的，我娘家有個親戚，家裡兒子是個秀才，去年剛死了媳婦，可憐留下一兒一女沒人照料，所以他娘就囑咐我幫忙尋個媳婦。說別的不求，只要人品好，手腳勤快，把兩個孩子當自己親生兒女照料，其他都無所謂！我想了又想，覺得咱們村子裡就妳最合適。瞧瞧，妳既文靜又標致，還識字，嫁過去也能給相公磨個墨，來個紅袖添香什麼的，這不是挺好？所以我就來和妳說說，只要妳點頭，趕明兒我就請我那姑奶奶過來和妳見個面！」

秀娘不禁一愣。這是來說媒的？這些年，上門來給她說媒的人倒是不少，但對象不是鄰村一把年紀娶不上媳婦的懶漢，就是打死媳婦、丟下幾個孩子邋裡邋遢的莊稼人，像秀才這麼高大上的，這還是幾年來的頭一遭，她有些不敢相信自己的耳朵。

「照他秀才的身分，想再娶個清清白白的黃花閨女也是可以的，妳怎麼會想到我身上來？」

而且，正經的秀才家，就算要娶寡婦也是娶門當戶對、書香門第的小姐，怎麼可能對她這個一輩子沒走出過村子的村婦降格以求？

誠然，里胥婆娘遠房姑母的意思是想給自家兒子求一個乖巧聽話的黃花大閨女，她得知消息後也是打算從村子裡的未婚姑娘裡挑一挑。可昨晚上，就在她和自家男人商議的時候，男人卻說：「妳去給秀娘說說看吧！要是能成，咱們和她也能更近一步。」

她心裡雖然有些不樂意，但還是來了。可是，怎麼看秀娘現在的表現，她也不大樂意？

「謝謝嫂子的好意，只是現在我還不想嫁人。」果然，秀娘立即就拒絕了。

里胥婆娘立時沈下臉。「秀娘妹子，妳老實告訴我，妳是不是已經跟那個男人好上了？」

「沒有！」秀娘當即搖頭。「我說了，我沒打算改嫁。我現在唯一的想法就是把靈兒、毓兒撫育成人，其他的都不考慮。」

「真是這樣？」

「真是這樣。」

「那好吧！」里胥婆娘還是不大相信。「既然這樣，那我也少不得要說妳一句，不管怎麼說，妳也是當娘的人了，兩個孩子又還小，妳要真一心想要撫育他們，那就別和那些亂七八糟的男人來往太多了。要是毓哥兒以後要讀書考科舉的話，妳就更得注意著點了，這可是關乎孩子一輩子的大事啊！」

「好，我知道了。」秀娘點點頭。

里胥婆娘才算是鬆了口氣。「好了，書給妳送回來了，該說的話我也都說了，妳自己好好在心裡掂量掂量吧！我那姑姑家……這兩天妳要是改主意了，也可以去找我。」

「謝謝郭嫂子，但是真不用了。」秀娘搖頭。

里胥婆娘滿眼不解。但看秀娘一臉堅決，也不好再說什麼，只能搖著頭，一邊往外走一邊小聲咕噥：「也不知道妳怎麼想的。一個寡婦家，拉拔著兩個兒女多艱難。應了這件事，以後就是秀才娘子，走出去也有面子不是？毓哥兒也能跟著看看書、識識字，不比現在好？

那個野男人妳連他什麼身分都不知道，當心是個江洋大盜，後頭給你們惹出來什麼禍事就壞了！」

他不是江洋大盜，也不會給他們惹來禍事！

秀娘差點就想衝上去大聲和她說。但她終究還是沒有，呆呆地坐在椅子上，她不住地回想著這段日子以來和溪哥之間的過往，才發覺——他們之間的確是過從甚密，難怪里胥婆娘會來找她了。

里胥婆娘這麼做其實也是好心，可為什麼當她想到要和溪哥保持距離，心裡就那麼難受呢？

腦子裡渾渾噩噩的，她也忘了自己計劃今天要做什麼，直到女兒和兒子相互攙扶著、跌跌撞撞地走進門來，她才赫然回神，但眼前所見又讓她魂都飛了。

「怎麼回事？你們身上怎麼髒污成這樣了？」

早上穿戴得整整齊齊出門的兩個孩子，現在就跟兩個小乞丐一樣，衣服髒了，頭髮散了，小臉上也黑一塊灰一塊的，看起來可憐兮兮的。

女兒揉揉通紅的眼睛。「娘，弟弟和村裡的小孩打架了！」

什麼？

秀娘大吃一驚。「毓兒和別人打架？怎麼可能？」

自己的孩子自己最清楚了，她的毓兒那麼敏感怕生，和外人幾乎都不說話的，也不怎麼和村子裡的孩子一塊兒玩耍，哪有可能和別人打起來？

靈兒吸吸鼻子。「他們欺負我們，說娘給我們找了個後爹，馬上就要生小弟弟了。還說娘有了小弟弟就不會要我和弟弟了。弟弟就生氣了，本來是要和他們理論，可不知怎的就打起來了！我去給弟弟幫忙，可是他們人多，我們兩個都打不過！」

秀娘聽著，本就沈甸甸的心又重重往下一落，她問向兒子。「是這樣嗎？」

毓兒低垂著小腦袋，半天才吶吶吐出話。「他們罵娘、罵溪叔叔，說你們關係不清不楚的，都不是好東西！我生氣了，所以才去找他們理論的！」

「然後呢？」

「然後……他們還是不聽我的，還越說越難聽，所以我就……」

「動手了？」秀娘道。

見毓兒又低頭不語，秀娘閉上眼深吸口氣。

「是娘的錯，是娘害了你們。」她低聲說著，拉過孩子們，小心給他們擦去臉上的污漬。

兩個孩子呆呆地看著她說不出話。

給孩子們擦乾淨臉、梳了頭髮，再換上乾淨的衣服，秀娘就挽起袖子出去做飯了。但這次午飯，她只做了小小一鍋，只夠他們母子三個的分量。

毓兒見了就問起來。「娘，今天飯怎麼這麼少？溪叔叔吃不飽的。」

「咱們先不給他送了。」秀娘道。

「為什麼呀？」

還需要問嗎？早上里胥婆娘才來找她談過，轉眼他們姊弟倆就被村子裡的孩子欺負了，可見事情已經傳得人盡皆知。她要是再不避嫌，那就真的是把自家人往火坑裡推了！

而且，這樣對溪哥來說也好。他一個大男人，一直被他們孤兒寡母拖累著，現在居然都被說成這樣，自己也的確是太對不起他了。從今往後，雙方都撂開手，各過各的，挺好……是吧？

可孩子畢竟還是孩子。他們早習慣了有溪哥的生活，現在乍然聽到秀娘這麼說，毓兒一愣，還不死心地追問：「娘，為什麼呀？」

「沒有為什麼。你溪叔叔自己有手有腳，難道還會餓死不成？」秀娘沒好氣地道。

「可是……」

「沒有可是，趕緊吃飯！」

「那……那我不吃了，我把我的給溪叔叔送去！」毓兒小嘴兒一抿，小手捧上自己的飯碗就要往外走。

秀娘趕緊把他給抓回來。孩子不解，又要鬧，卻被秀娘冷冷一句給定在那裡。

「娘和溪叔叔，只能選一個，你自己選吧！」

毓兒一愣，紅紅的眼睛看著她不語。

秀娘一樣冷冷看著他。「就是這樣。你的親娘和你最喜歡的溪叔叔，你選一個。你要是選他，現在就出去，再也不要回來了！」

毓兒愣在那裡。靈兒見狀，趕緊過來拉起弟弟的手。「弟弟你快跟娘認錯啊！娘這麼做肯定有她的原因，你乖，聽話！」

毓兒終究還是沒有再說話，他只是低下頭，默默地坐回去，低下頭無聲地扒飯。靈兒也趕緊和弟弟排排坐，端起自己的小碗大口大口吃起來。

這一天，家裡的氣氛都壓抑得難受。

轉眼夜幕降臨。母子三個洗漱完上床，兩個孩子很快就睡著了。秀娘睜著眼睛躺在床上，卻是半點睡意也無。

寂靜的夜空之中，隔著一層門板，她依然能聽到熟悉穩健的腳步聲正在朝這邊走來。頓時心裡猛一陣震動——

他來了！

她心裡頭莫名一陣激動，但緊隨而來的卻是深深的惆悵。

他還來做什麼呢？自己今天不是已經把態度表達得很明確了嗎？

但不管她怎麼想，外面的男人已經來到他坐慣的位置，安穩坐下，又是一夜的無聲守護。

秀娘輾轉反側，一夜無眠。

第二天，亦然，然後第三天、第四天……

她受不了了！

夜深人靜的時候，當又聽到那一陣熟悉的腳步聲來臨時，秀娘再也按捺不住，一個翻身坐起來，跳下床推門出去。

溪哥正走到門口，不想房門突然就打開了，兩個人來了個面對面。霎時，許久不見的兩個人大眼瞪小眼，都愣在那裡。

還是秀娘先打破寂靜。「你為什麼還要來？」

溪哥靜靜看著她。「我答應過妳的。」

「可你沒看到我最近做的那些事嗎？我都已經不理你了，孩子也不理你了，你還來幹什麼？」

溪哥不語，轉身貼著牆坐下去；秀娘見狀，一時也無言了。

就這樣，兩人一個坐一個站，又寂靜無言了許久。

最後，還是秀娘長長嘆了口氣，也在門檻上坐下來。「你就不問問我為什麼嗎？」

溪哥這才回頭。「為什麼？」

秀娘突然又想笑了。這男人啊，怎麼就是這麼讓人捉摸不透呢？如果她不問他這一句，那他是不是一直不會問她，然後繼續天天過來幫他們守門？

他是不是腦子缺根筋啊？可這人明明也不傻啊！

「你來這裡這麼久了，應該知道我男人已經不在了吧？」她小聲道。

溪哥看看她，微微點了點頭。

秀娘閉上眼。「其實，我對孩子他爹的印象已經很淡薄了。我依稀記得，那是一個特別瘦弱的男孩子。他從小就不愛說話，每天只知道埋頭幹活——是了，他就是鍾家的一頭驢，每天天沒亮就開始幹活，一直要忙到夜半三更才能喘口氣。就這樣，鍾老太太還天天罵他光吃飯不幹活，鍾剛也有事沒事就去欺負他，可他卻從來沒有抱怨過半句，更別提反抗了。

「我現在對他唯一的印象，就是他有一雙很亮很亮的眼睛。不管別人怎麼說他，他都默默承受，卻用那雙眼睛看著別人，直到看得人詞窮。每次他幫我做活的時候，也會那樣看著我。雖然他不說話，但我知道，他是一個心地很善良的男孩子。」

「妳，喜歡他嗎？」溪哥靜靜聽著，突然問出一句。

「喜歡？」秀娘一怔，苦笑著搖頭。「我不知道。那時候年紀小，每天都有做不完的活兒，飯也吃不飽，誰還有心思管什麼喜歡不喜歡？我想他對我其實也是同情多過喜歡的吧？而且當時要不是因為村子裡有人過來給他說媒，讓鍾家人認知到他年紀不小該娶媳婦了、可他們又捨不得出彩禮，否則還真不會把主意打到我頭上來。畢竟我也是他們家養的，娶了我一文錢都不用花。這樣划算的買賣也就他們能做得出來了。」說著，她又是一笑。「其實這樣也不錯。至少，我得到了兩個寶貝。」

溪哥回頭往屋子裡看去。

秀娘點頭。「對，就是他們姊弟倆。我活了這麼多年，這兩個孩子就是我心頭的至寶。如果沒有他們，我真不知道我這些年該怎麼過。」

溪哥點頭。「他們都很懂事。」

「是啊，窮人的孩子早當家嘛！」秀娘擦去眼角的一點濕跡。「自從他們爹從軍去後，就再也沒有回來。這些年一直都是我們母子三個相依為命，我也早習慣這樣的日子。他們倆就是我的命，也是唯一專屬於我的東西。雖然以後或許不是，但至少現在還是的，那就夠了。我不想讓人搶走我的寶貝，我也不想將我對他們的愛分給別人。所以我覺得這樣很好，真的很好。」

溪哥聽著，月色籠罩下的面孔突然變黑了幾分。「有人給妳說媒了？」

「是啊！」秀娘笑著點頭。「還是鎮上的秀才呢！說是文章作得不錯，這次下場差不多就能中舉了。家境也殷實，有一兒一女，和我一樣。不過細說起來，還是我高攀了。」

「可妳不願意。」

「我為什麼要願意？我說了我有兩個孩子就夠了，我不需要別人再來摻和我的生活，我也不想給別的孩子做娘。這樣說或許比較自私，但我自己生的，我當然會更疼愛。而別人家又有誰會如我一般疼愛我的骨肉？與其如此，那還不如我們母子三個繼續在一起。雖然日子清苦些，但誰又能說五年、十年後，我們還會是這般？」

「嗯。」溪哥點頭表示贊同。

秀娘立時滿臉驚訝。「你也贊同我嗎？」

見溪哥再點頭，秀娘又笑了。但笑著笑著，眼淚又流出來了。

「你說這是為什麼呢？只要一個女人沒了男人，他們就人人都覺得妳必須再找一個。瘸子瞎子也好，賭徒淫棍也罷，反正就是必須找，好像離了男人就活不下去似的。可明明我們現在過得也很好啊！我知道他們都是為我好，可我真的不需要！」

「對，妳不需要，我知道。」低沈的聲音傳入耳中，寬厚的手掌忽地按上她的肩。

秀娘一顆支離破碎的心就像被他這麼輕輕一按，徹底分崩離析。再也忍不住，她反身抱住他的胳膊大哭起來。「我知道我一個女人帶著兩個孩子是艱難，可最艱難的日子我們不也過來了嗎？我現在所求的也不過是養大孩子，看著他們成家立業，但為什麼老天爺連這點小小的願望都不讓我實現？我不需要男人，我也不想再嫁了，我有孩子就夠了，他們到底什麼時候才會明白？」

被她抱住的胳膊猛地一僵，溪哥健壯的身子也狠狠一震，就跟雕塑般動也不能動。

秀娘沒有發覺，她正說到傷心激動處，好不容易才抓到一個可以依靠的臂膀，頓時在心底積鬱許久的負面情緒全面爆發，於是越哭越傷心，眼淚把溪哥的衣袖都給打濕了。

她最後的印象，就是好像有一隻手輕撫上她的後背，讓她覺得好安定、好溫暖。

第八章

等秀娘再睜開眼的時候，又是嶄新的一天。

一輪新日剛跳出地平線冉冉昇起，燦爛的朝陽灑向大地，也將他們簡陋的茅屋整個籠罩在內。

感受到溫暖的陽光，秀娘唇角微勾，無奈一笑。在冷戰幾天後，她還是又和溪哥恢復了來往。只是這來往現在完全由兩個孩子來維持，從這天開始，秀娘再也沒有見過溪哥一面，溪哥也彷彿消失一般，讓她半點察覺不到他的氣息。如果不是孩子們每天還異常歡快地上山去玩耍，她差點都以為溪哥已經離開了。

既然沒了張大戶家的差事，秀娘也沒別的營生，便只好將全部心思都用在自家那半畝菜園上，所以隔三差五她就會去鎮上一趟，賣點小菜，賺些米麵錢。

日子就這麼平順無波地過著，轉眼又是大半個月過去了。

這一日，秀娘一如既往地提著菜籃子去鎮上賣菜。因為她最近來得頻繁，周圍的人都認識了她，見到她過來，他們都笑咪咪地和她打招呼，秀娘也一一招呼過去，尋到一個位置，把菜擺好了，便開始招攬客人，只是還沒招呼幾句，就見許久不見的吳大公子又大搖大擺地出現了！

秀娘連忙低下頭，刻意想要規避。可沒想到，這吳大公子竟在第一時間鎖定她的位置，而後就直接朝她這邊走過來了。

「大姊，好久不見，妳又來賣菜了。」

吳大公子微笑地和她打招呼，熟稔的口氣讓秀娘心裡有些發慌。她忙微笑回禮。「是啊！吳大公子許久不見，您怎麼到市場來了？」

「我來找妳的。」吳大公子笑道。

秀娘一怔，心裡隱隱有一種不好的預感。「找我做什麼？」

「大姊妳別害怕呀！我找妳是好事。」吳大公子笑道。「這裡不是談事情的地方，咱們找個地方坐下來慢慢說，妳覺得怎麼樣？」

自他那句來找她的話出口，周圍的人看她的眼神就不一樣了。現在又鄭重其事地吐出這麼一句，秀娘立刻發現原本這些日子和自己處得極好的菜販們也隱隱和自己拉開了距離。

她心一沈，不覺想到溪哥的話。看來，這人的確不是個好招惹的。早知道今天會遇到他，她就不來賣菜了，不過現在想這些也已經晚了。

秀娘婉言拒絕。「我不過一個村婦，和吳大公子也不過只是萍水相逢，我們有什麼好談的？還請吳大公子不要和我開玩笑了，我還等著趕緊賣完菜回村裡去呢！」

「就這些菜嗎？我包了！」吳大公子瀟灑地一擺手，身後的小廝連忙送上一串銅錢。

秀娘頓時沈下臉。「吳大公子您這是什麼意思？如果我哪裡得罪你，你請直說，該賠禮道歉的我自會賠禮道歉，但你不該當這麼多人的面侮辱我。」

「大姊妳想左了！」吳大公子一聽，連忙賠笑，竟把姿態擺得極低。「我沒有侮辱妳的意思，實在是我覺得妳的菜很好，這些天我們大廚做出來後，客人們嚐了都讚不絕口。所以我想著，或許咱們能就此商議商議，以後妳的菜都給我們酒樓包了，妳覺得如何？」

原來是為了這個？

秀娘連忙吁了口氣，才發現自己似乎有點草木皆兵了，連忙賠笑道：「承蒙吳大公子瞧得起，只可惜我家菜園子就只有半畝，裡面每樣菜都只種了一點，但都不多。除了自家吃的，也就能餘出一點換些油鹽錢，供給酒樓怕是遠遠不夠。公子你還是去別家看看吧！」

吳大公子微瞇起眼。「我話還沒說完，大姊為何就這麼急著拒絕？妳就這麼厭惡我嗎？」

「吳大公子說笑了，你是高高在上的貴公子，我一介村婦只有仰望的分兒，又哪裡有資格來厭惡？」秀娘搖頭。

「大姊這話就說得太假了。」吳大公子搖著扇子淺笑頻頻。

秀娘一滯，暗暗咬牙，看看周圍越聚越多的人，她心知自己今天的攤子是擺不下去了，無奈下只得點頭。「好吧，這旁邊有一家麵攤，我們就去那裡說話好了。」

聽聞此言，吳大公子卻沒有大獲成功的喜悅，而是緊緊皺起眉頭。

秀娘見狀，心情終於好了一點。這位貴公子一看就是從小養尊處優的人，衣裳吃食無一不是乾淨整潔，像菜市場旁邊的小店他怕是看都沒看過一眼。即便裡頭收拾得再整潔，對他來說也髒污得厲害。

但沒想到，他皺眉歸皺眉，還是定定將頭一點。「好！就那裡！」

這下，又輪到秀娘吃驚了。然而一切已經說定，自己想反悔也沒餘地。無奈，她只得將菜收拾一下，吳大公子的小廝連忙上前接了過去。

秀娘無力地扶額，甩手走人。

這家麵館就是秀娘上次帶著孩子們過來吃飯的地方。因為秀娘送的那隻鳥兒後來賣了個好價，再加上秀娘最近也時常過來照顧生意，老闆娘對秀娘熱情得很。不意這次看到她和吳大公子一道進來，老闆娘大吃一驚，趕緊拿出抹布將桌子抹了又抹，才小心翼翼地請他們過去坐。

吳大公子自從進了這家店，那眉頭就沒有鬆開過，他將小店裡裡外外看了半天，始終沒有落坐，而是嫌棄地看向老闆娘。「你們這裡有沒有乾淨點的雅間？我和這位大姊有些私密事要談。」

「有有有！這裡頭有一個茶水間，平常是用來燒水的，還算乾淨，只是簡陋得很，不知道吳大公子看不看得上？」老闆娘忙道。

「就那裡吧！」吳大公子忙道，拔腿就走。

老闆娘連忙將他們領進去。這間屋子果然比外頭乾淨了不少，也少了油污，吳大公子的眉頭算是舒展開了一點，忙叫小廝賞了老闆娘，他便在椅子上墊了塊帕子，這才小心翼翼地坐下。

秀娘見狀眉梢一挑，在他對面坐下了。「吳大公子有什麼事說吧！」

「咦，現在妳倒是主動起來了？」吳大公子面上一喜。「可見大姊妳也不是那麼厭惡我對不對？」

秀娘無力地撇唇。「吳大公子有話趕緊說，我還記著回家呢！」

「好吧、好吧！」吳大公子連忙點頭。「其實事情我方才已經大概說清楚了。就是這些天我們酒樓的夥計買了一些妳的菜回去，做出來的菜給客人吃了，客人十分喜歡，下次來了還要點，但用別家買來的菜卻做不出那個味道，所以我們想著乾脆把妳家的菜都包了，做出精品菜，專供酒樓的上等客人，至於價錢……那個好商量。」

原來如此，秀娘暗暗點頭。這吳大公子真不愧是商人之子，幾個口味稍稍好點的小菜就能讓他想出做精品菜的主意來，這腦筋真夠靈活的！而且看他的樣子，分明是已經將所有計劃都做好了，就等她這一環接通，一切便可以運作起來。只是……

她眼神一冷。「這個計劃你很早就開始做了吧？」

吳大公子含笑點頭。「沒錯，這些天妳的那些菜都被我家酒樓的小廝買去，我們還特地叫廚子做了各種菜色，並和別家買來的菜對比，確定妳種出來的確實好看又好吃，所以我便親自來請妳了。」

秀娘撇唇。「如此說來，我是沒有拒絕的餘地了？」

「送上門的生意，大姊會拒絕嗎？」吳大公子笑道。「一旦咱們說好了，以後每天我們都會派夥計去妳家取菜，也直接將錢送到妳手上，這可不比妳每天自己起早貪黑地過來賣舒服得多？而且我們酒樓給的價錢也比市場上的要高得多，畢竟走的是精品路線，唯一所求的也不過是妳家的菜專供我們一家罷了。」

他話是說得沒錯。可是這個人越是表現得精明，她就越想和他保持距離。

秀娘抬頭淺笑。「吳大公子你說得在理，如果我就是不答應怎麼辦？」

「大姊，妳果真要如此嗎？」吳大公子皺皺眉。

見秀娘抿唇不語，吳大公子便幽幽長嘆一聲。「看來妳是非得逼著我使出殺手鐧了。」

秀娘心裡咯噔一下，就聽他道：「妳說，如果我叫人一路跟著妳，一直跟到你們村裡去，除非妳答應否則絕不離開，妳覺得這個法子怎麼樣？」

「你！」秀娘柳眉倒豎，雙眼死死瞪著他。

吳大公子攤手。「沒辦法。如果妳非要如此的話，我也只好奉陪到底了。」

秀娘胸口劇烈起伏幾下。「這麼說來，我的一切你也早已經打聽清楚了是嗎？」

「是。」吳大公子爽快承認了。「所以說，如果咱們說好了，只要妳開口，張富貴那邊我也能幫妳解決。他在月牙村或許算個人物，但放在整個月亮鎮就什麼都不是了。」

這是威逼利誘一起來了。這也意味著，這個人是打定主意要和她談成這筆買賣了，而秀娘也發現自己除了答應他，似乎也沒有別的選擇，只能無奈地點頭。「好吧，你要買我家的菜，我賣就是了。不過，我也有幾個要求。」

「大姊請說。」

「第一，這些菜不用你們去我家收，你們只需在路上等著就是了，我自己給你們送去；第二，我和張大戶的恩怨，那是我們自己的事，我不希望有別人插手；第三，既然你想和我合作，那我希望得到應有的尊重。」秀娘一字一句地道。

「好說！」吳大公子爽快地點頭，看著秀娘的雙眼中透出些讚許的光芒。「一切都照妳說的做。以後我不會再打探妳的情況，也不會插手妳家的事情。那麼現在，咱們可不可以談談菜價了？」

秀娘便道：「菜價好說，你們就按照市價給就是了。我的菜都是和別人一樣種的，所以價錢自然也要一樣。買回去了，要做什麼菜、要走什麼路子，那是你們自家的事，和我沒有關係。」

吳大公子眉梢一挑。「我還是第一次遇到這麼不在乎錢的主兒。若不是知道妳家缺錢缺得緊，我都要懷疑妳是在故意耍我了！」

秀娘便笑。「吳大公子心裡清楚，我是不和人開玩笑的。」

「妳說得很對，我也從不和人開玩笑。」吳大公子說著話，便取出一份早寫好的契書放在秀娘面前。「這是我昨天草擬好的，妳看看還有沒有要增減的。咱們儘快擬好了，便將它簽訂了，我家的精品菜也好快點做起來。」

秀娘拿起來仔細看過，發現裡頭一條條都列得十分清楚，並無半點偏袒，不禁對吳大公子刮目相看。她想了想，將自己方才提的幾條列了上去，再稍稍修改了幾條，一切便就敲定下來。

當懷裡揣著十兩雪花銀回到村子裡，秀娘還覺得有些暈暈乎乎的。

怎麼稀裡糊塗的，自己就將菜園子裡的菜都賣了出去，而且價錢還不低？甚至……再摸摸荷包裡那沈甸甸的十兩銀子，她眼前便又浮現出吳大公子那張優雅淺淡的笑臉。

「大姊，這十兩銀子是我給的訂金，妳只管拿了。只要妳不違反咱們談好的事情，這銀子妳現在就可以花，隨便花！」

言外之意，分明就是叫她趕緊去和張大戶把事情給了結。這個人說不再插手她的事，但事情才剛議定，又忍不住開始插手了。

秀娘輕笑，將那個人給拋到腦後。她還沒那麼蠢，要是真傻乎乎的就這麼把銀子給捧到張大戶跟前去還債，她才是自尋死路！先別說她如何跟人解釋這筆銀子的來處。就算說了，又有誰會信？而且十兩銀子，這在村子裡可是一大筆錢，必定會招來不少人的嫉恨。然後會發生些什麼，她幾乎都能猜到，那簡直就是把他們母子三個往火坑裡推！

這男人心思還真夠陰毒的，表面上看似是在幫她解圍，實際上卻是在試探她能不能長期合作。難怪溪哥叫她離他遠點，才和這個人精說一會兒話，她就已經累得不行了！

眼看前頭月牙村就要到了，秀娘趕緊把錢收好，挎著滿滿當當的籃子往前走。但還沒到村口，靈兒就衝了出來。

「娘，妳終於回來了！」

女兒一聲大叫，秀娘還沒反應過來，就已經被她拽著飛跑起來。

「怎麼了？」秀娘心裡莫名一驚，第一反應就是毓兒出事了！

還好女兒馬上就道：「是溪叔叔，他受傷了！」

還好，不是毓兒。可是，那個人……

秀娘心口又一緊，剛想推開女兒的手，說一句和自己沒關係，就又聽女兒道：「溪叔叔早上在山上遇到一隻熊瞎子，他為了保護弟弟，被熊瞎子傷了，流了好多血！娘，妳快去救救他呀！」

秀娘心裡頭的那點心思，立刻被女兒的描述打碎了。被黑熊傷到，那傷肯定不淺，光憑他一個人只怕難以應付。女兒也比兒子更懂事些，如果不是真的事態嚴重，她也不會來找自己。

這樣一想，秀娘心裡就更著急了，趕緊和女兒一道飛奔起來。

等趕到山上，她才發現女兒描述得根本就不足。他何止是受傷了？那是簡直快半條命都沒了！

只見那個男人渾身是血，半趴在小溪邊，身下的青草都被鮮血染紅。溪水也紅彤彤的，帶著他的鮮血往下游流去。

毓兒跪坐在他身邊，小手裡抓著一件衣服，拚命想要幫他把傷口堵住，然而鮮血還是汩汩而出。可憐的孩子被眼前的情形嚇得眼淚直流，反倒是溪哥還在沈聲寬慰他。「沒事，一點小傷而已，就流點血。讓它再流一會兒就好了。」

「再這麼流下去，你這條命就沒了！」秀娘沒好氣地道。

溪哥猛然回頭，看到是她，人也驚訝了一下，立刻閉唇不語。

「娘！」毓兒見到她跟抓到救命稻草一般，流著眼淚大叫。「妳快救救溪叔叔，他流了好多血！」

「我知道。」秀娘頷首，吩咐孩子一邊去，自己檢查一下他身上的傷口，頓時倒吸一口涼氣。

這個人的胳膊、前胸都被熊爪抓出幾道深長的傷痕，其中兩道的皮肉都翻掀起來，能清楚看到裡頭的白骨，至於其他的擦傷碰傷更是不計其數，就連臉上也沒有倖免。可以說，受了這麼重的傷，流了這麼多血，這個人居然還能保持意識清醒，這簡直就是奇跡。

秀娘深吸口氣，連忙吩咐兩個孩子去採止血的草藥，自己則從籃子裡將剛買的米酒拿了出來。「你的傷口太深，需要先清潔。時間緊迫，我來不及燒水，就只能用這個給你清理了。」

「好。」溪哥想也不想便點頭。

秀娘又抿抿唇。「還有，你身上有幾個地方傷得太深，這樣對癒合不利，唯一的辦法就是縫起來，但我手頭只有普通針線……」

「來吧！保命比什麼都重要。」溪哥雲淡風輕地道。

看他說得淡然，秀娘的心裡卻是驚濤駭浪連綿不絕。

這個男人以前到底經歷過些什麼，居然遇到這樣的事情也是波瀾不驚？

但現在想這些也沒用。她連忙集中精神，用烈酒替他把傷口清洗乾淨。這時候孩子們已經摘來山裡的連翹，她連忙給嚼碎了敷上去，然後用荊棘的硬刺將傷口縫合起來，再用乾淨的布條纏好。

一連串動作說起來簡單，秀娘卻是做了足足一個多時辰，才給他把幾個大傷口處理好。而從頭至尾，溪哥竟都硬生生扛了過來，一聲痛都沒有叫，甚至連動都不曾動一下。

好不容易將最後一個傷口處理好，秀娘才擦擦額頭上的汗。「好了！」

溪哥唇角微勾。「辛苦了。」

秀娘抿抿唇。「都是我的錯。要是我沒有把毓兒託付給你，你今天也就不會遇到這事了。」

「不，即便是我一人，也肯定逃脫不過。」

秀娘心口一揪，抬頭看他。

見溪哥鄭重頷首，秀娘的心便又重重沈了下去。

經過一番處理過後，傷口的血漸漸止住了。秀娘便和孩子們將溪哥給扶回半山腰上的屋子裡躺下。

秀娘指揮孩子們出去燒水，把自己和溪哥單獨關在一起。「你說肯定逃脫不過是什麼意思？」

溪哥尚還完好的一隻胳膊指了指床底下，秀娘疑惑地往床下看去，伸手掏出一個實木的盒子。

「打開它。」溪哥道。

秀娘便打開了。當看到裡頭的東西，她猛地驚呼出聲，抬起的蓋子重重落下。「這是……虎皮？」

溪哥點頭。「我前天在山裡獵到的。」

我的天！

秀娘捂住嘴。「怎麼可能？這山上野狼野豬什麼的是有，但我從沒聽人說過有老虎！」不然，村裡哪有人敢去打獵的？

「現在有了。」溪哥道。

他的話，秀娘聽懂了。

「是張大戶？」

溪哥再點頭。

秀娘立即又想到今天的熊瞎子。「今天的也是他幹的？」

「十之八九。」

秀娘閉上眼。「之前呢？」

「之前一些小打小鬧，這兩天才開始變本加厲。」

「看來他是在試探你的實力。」秀娘道。

溪哥點頭。「而且現在按捺不住了。」

是啊，先是老虎，然後是黑熊。這些活生生的東西可是要花大錢才買得到。而且還得叫人送到山上來……可見張大戶是真的坐不住了。

秀娘垂下眼簾。這些日子她是在奇怪。自己天天在村子裡晃蕩，還隔三差五地就往鎮上跑，多少次下手的好機會他們都沒有動靜，她還在納悶呢！原來，他是把注意力都放到溪哥身上！那個陰險毒辣的老東西！

「這一次還沒有拿下你，下一次他下手肯定會更狠。」秀娘低聲道，一顆心都變得涼颼颼的。

比老虎和黑熊還要狠毒的手段，那會是什麼？她簡直想都不敢想。

溪哥卻還是一臉平靜地點頭。「我猜到了。」

「那我們該怎麼辦？」

明槍易躲，暗箭難防。張大戶也著實心狠手辣，使的也都是下三濫的手段。如果不是親身經歷，她根本就猜不到。

「靜觀其變，以不變應萬變。」溪哥道。

「你……」秀娘一怔。「這都什麼時候了，你還說這種話！」

「妳有辦法？」溪哥便問。

秀娘說不出話了。

見她這樣，溪哥眼中閃過一絲莫名的光芒。頓了頓，又道：「一點小伎倆而已，我應付得了。」

要真應付得了，你會把自己傷成這樣？

秀娘冷冷瞧他一眼，起身去打開門。熱水已經燒好，秀娘端來替他擦乾淨身體，便拉著孩子們下山去。

「娘，咱們就這麼走了，留下溪叔叔一個人可以嗎？他受傷了！」毓兒這些日子和溪哥處得極好，因而到現在還惦記著溪哥的傷勢。

秀娘好氣又無力。「他在山上什麼都沒有，難道咱們也要在這裡陪著他一起乾熬嗎？」

「那該怎麼辦？溪叔叔好可憐！」毓兒眨巴著眼睛，可憐兮兮的小模樣，好像被孤零零扔到山上的人是他。

秀娘覺得她的心都被傷透了。這還是當初那個一天到晚黏著自己的兒子嗎？怎麼才遇到那個男人沒幾天，就整個人都貼上去了？事到如今，自己這個親娘都要靠邊站了！

靈兒更懂事些，趕緊把弟弟拉到一邊。「你沒聽懂娘的話嗎？咱們要下山去拿東西上來照顧溪叔叔。上次你磕傷了，娘還不是做了好多好吃的給你嗎？」

「原來是這樣。」毓兒立即高興起來，主動拉上秀娘的手。「娘，咱們趕緊走，別讓溪叔叔等急了！」

秀娘一瞬間都想把兒子給扔了算了。

這臭小子！養不熟的小白眼狼！隨隨便便就對一個外人掏心掏肺，他眼睛裡還有沒有她這個親娘了？

母子三個匆忙下山往村子裡走去，就看到十來個穿著衙役服飾的漢子手裡拿著大刀繩索等物，吆喝地朝這邊走過來。最前邊，有一個人一面走一面點頭哈腰。「幾位官爺，這邊！諸位當心腳下，這路上不大平整，小心被石頭硌著腳！」

「娘，是小叔！」

孩子們立刻分辨出他的身分，毓兒低聲叫道。

秀娘趕緊捂住他的嘴，把兩個孩子一起拉到近處一叢有半人高的灌木叢後躲起來。這群人浩浩蕩蕩地從母子三個跟前走過，來勢洶洶地往山上去了。秀娘的心便又沈了沈，趕緊牽著孩子們往村子裡走去。
遠遠的，她就看到蘭花從對面跑過來。
「秀娘，妳去哪兒了，怎麼現在才回來？可嚇死我了，咱們村子裡出了江洋大盜妳知道嗎？」
「江洋大盜？」秀娘眉心一擰。
蘭花連忙點頭。「剛才那些官差妳看到了吧？就是來抓人的！」
「抓誰？」
「江洋大盜啊！」
「哪個江洋大盜？」
「這個……我也不清楚呢！」蘭花尷尬地一笑。「聽說是今天一早，有人去縣衙裡擊鼓鳴冤，說有賊人搶奪他們家的家產，並殺人滅口，他好不容易逃出一命。結果來了這裡就看到那個賊人，所以縣太爺就派人來捉賊了，就是剛才鍾剛去帶路的！」
不好！秀娘心裡猛地大叫一聲——他們去抓溪哥了！
秀娘趕緊把孩子們往蘭花那邊一推。「妳先幫我看著他們。」
她正想跑，卻不想蘭花死死拉住了她。「秀娘，妳沒聽明白我的話嗎？那個人是江洋大盜，殺人越貨、無惡不作的！現在是衙門要拿他，他肯定逃不掉了。妳要是去了，也就成了同夥，是要和他一起下大獄的啊！」
「他不是江洋大盜。」秀娘道。

「現在他們說是，那就是，難道妳有證據說他不是嗎？」蘭花反問。

秀娘一怔，蘭花乘機又將她往旁拉了拉。「秀娘，我知道妳聰明，大道理懂得多。我比不上妳，可我也知道，民不與官鬥。既然都已經有人來指認他了，妳覺得他逃得掉嗎？妳現在過去也是自尋死路。妳別忘了，妳還有靈兒和毓兒呢！」

再樸實不過的幾句話，就像黃鐘大呂，咚的一聲將秀娘混沌的腦海給敲得清明起來。低頭看看一雙依然懵懂的兒女，她咬咬牙，低頭牽著孩子們回家去了。

關上房門，母子三個坐在一處，秀娘許久都沒有動一下。

孩子們見狀，兩顆小心肝也惴惴難安。最後還是毓兒坐不住，小小聲地靠過來。「娘，咱們不是要拿東西去看溪叔叔的嗎？」

「現在不用了。」秀娘低聲道。

「為什麼？」

「馬上你就知道了。」

莫名其妙的一句話，令兩個孩子如墜雲裡霧裡。

不一會兒，外頭便傳來一陣不小的嘈雜聲。秀娘噌地一下站起來，透過半開的房門，她清楚地看到一眾衙役押著被五花大綁的溪哥從遠處走過來。

鍾剛依然在前頭領路，只是和方才領著衙役們的諂媚不同，在村裡人跟前，他腰板挺得筆直，下巴抬得快戳到天上去。一雙眼骨碌碌地左看右看，恨不得叫所有人都來瞻仰他這「出人頭地」的模樣。

當走到秀娘的茅屋跟前時，他還特地將腳步放慢幾分，滿浸著得意的眸子盯著秀娘看了半晌，才回過頭，一腳狠狠踢在溪哥身上。「還不趕緊走？你這樣的江洋大盜簡直罪該萬死！」

溪哥身形紋絲不動，只淡淡朝茅屋這邊投過去一個眼神。當和秀娘目光相交時，他微微點了點頭，便轉過頭繼續前進。

他居然……這個時候了，他還叫她放心？她怎麼放得下這個心！

「娘，溪叔叔！溪叔叔他——」毓兒也見到前頭的情形，當即就要從門縫鑽出去。

秀娘趕緊把他給按住。「不許亂動！」

「可是那是溪叔叔……」

「我知道發生了什麼，可你也不許往外跑，老實點待在屋子裡！」

或許是被秀娘嚴厲的語氣嚇到，毓兒竟然沒有大哭大嚷，只是乖乖地扒著門縫，目光隨著溪哥越走越遠。

直到一行人都出了村子，秀娘才鬆開手，一屁股坐到地上。

兩個孩子也回轉頭來。毓兒睜大眼瞬也不瞬地看著她，小嘴抿得死緊，一聲不吭。

靈兒左看看右看看，小小聲地問：「娘，溪叔叔做什麼壞事啦？為什麼他們要帶他走？」

「他沒有做壞事，而是有人看他不順眼，想對他做壞事。」秀娘沈聲道。

「啊？那該怎麼辦呀？溪叔叔是好人啊！」靈兒低叫。

她何嘗不知他是好人？只是現在要對付他的是張大戶，僅憑他一個好人，他們又能如何？她一個村婦，就算想救他也沒有辦法！

「怎麼辦，怎麼辦？溪叔叔走了，以後誰來保護咱們？誰來教弟弟捉魚，誰又抓野味、掏鳥蛋給我們吃啊？」靈兒急得小臉都白了。末了，她轉身緊緊抱住秀娘。「娘，妳救救溪叔叔吧！我不要溪叔叔死！」

「娘，妳救救溪叔叔！」兒子也趕緊抱住她另一邊大腿。

秀娘滿心無奈。以張大戶之前設計的一連串事情看來，那個人心思十分縝密，行事狠辣，卻半點痕跡不留，叫人抓不住把柄。那麼這件事他必定也是早有準備，人證物證一定俱全，等溪哥去了就會被定罪。而且，別的罪名還好說，可這個殺人越貨的重罪……那分明就只有一個殺頭的結果，她要怎麼去救？她又有什麼資本去救？

張大戶真狠，老虎、黑熊要不了他的命，那就乾脆來一齣栽贓陷害！證據在前，溪哥便是有通天的本事也逃脫不了了！

「娘，溪叔叔身上還帶著傷呢！」靈兒突然又道出一句。

秀娘身體猛一僵。

「我知道了。」點點頭，她慢慢站起身。

「娘！」一雙兒女連忙跟上。

秀娘回頭。「你們都在家裡待著不要亂跑，我出去打聽打聽情況。」

出了茅屋，秀娘四顧一番，便往里胥家裡走去。

里胥和他婆娘也正就這事關起門在小聲商量。

「真嚇死我了！那男人人高馬大，一看就知道渾身都是力氣，原來是個土匪，難怪他敢一個人住在山上，肯定是想到咱們這裡來避難的！」里胥婆娘拍著胸口不停低叫。

里胥沒好氣地白她一眼。「妳別胡說八道。那個人額寬鼻闊，雙目清明，一看就不是作奸犯科的小人。」

「到底是誰胡說八道？衙門的人都來了，指明他是殺人越貨的強盜！」

「到底誰是殺人越貨的強盜還不一定呢！」

兩口子話不投機，差點就要吵起來，就聽到門板上傳來一陣悶響。

里胥連忙去開門，就看到秀娘一臉焦急地站在那裡。

「原來是秀娘妹子！」里胥連忙揚起笑臉。「快請進。」又回頭招呼自己婆娘燒水。

秀娘搖頭。「郭大哥，我來是為了什麼，你心裡清楚，咱們就不必客套了。」

里胥的笑臉立即消失。「哎，秀娘，妳別怪我說話不好聽，實在是……這件事，妳其實心裡也明白，是他得罪了不該得罪的人，現在被人給治了。我心裡其實也為他不平，可那又有什麼辦法？咱們勢單力薄，惹不起上頭那些大人物啊！又誰叫他是個外鄉人，無權無勢的，就只能被人隨便折騰了。」

「這些我都明白。可是，就沒有辦法能留下他一條命嗎？」秀娘低聲問。只要一想到溪哥那一身傷，她就心揪得不行。

監牢她雖然沒去過，但也有所耳聞。一個正常人進去了都會被折磨得生不如死，更何況他現在滿身是傷？只怕，這也正是張大戶的用意所在。趁著他重傷之際，再對他施以重刑，這才是苦上加苦，讓人難以承受！

「哎！」回應她的是一聲長長的嘆息。「秀娘妹子，妳也未免太高看我了。我就是一個小小的里胥，管管村子裡的事情還行。出了咱們月牙村，我說的話還頂什麼用？在縣太爺跟前，我就是個屁，這事我是有心無力啊！」

「我明白了。」秀娘點點頭。「多謝郭大哥，我走了。」

看著她轉身離開，里胥心裡一動，連忙對她的背影大聲喊：「秀娘妹子，妳聽大哥一句話，這事到這裡就算了吧！妳別再管了，就當沒見過這個人好了，不然，當心把妳自己也給搭進去！」

秀娘彷彿沒有聽到，慢吞吞地走了回去。

第九章

回到茅屋門口，她就看到蘭花正在屋子裡和兩個孩子說話。

見她回來了，蘭花連忙把她給拽進屋子裡去。「妳是不是找里胥說話去了？」

秀娘點頭。

「妳這是……妳傻啊妳！」蘭花急得不行。「那個人犯的是什麼事，妳難道不知道嗎？他這次是必死無疑了！妳能去求什麼？咱們小老百姓，又怎麼可能和官府鬥？妳當心被人當成是他的同夥一起抓起來，那妳就慘了！」

秀娘咬唇不語。

蘭花見狀也沒辦法，只能把兩個孩子給拽到她跟前。「別的我就不和妳多說了，妳就看看這兩個孩子，這可是妳親生的，是妳的命！妳要管別人沒事，可總得先顧著這兩個小的吧？」

秀娘低下頭，對著兩個孩子黑白分明的大眼，一時無言。

這時候，又有人過來了。

「喲，原來蘭花妳也在呀！」鍾剛一腳跨進門，臉上的笑容油膩膩，看得人很不舒服。

蘭花狠狠白他一眼，轉頭拍拍秀娘的手。「我的話妳可要記清楚了，千萬別衝動，什麼事情都要先為孩子想想。」說完又對鍾剛啐了口，罵了句「狗腿子」才離開。

鍾剛被罵得臉色鐵青。但等回頭來看秀娘時，他又揚起得意的笑。「嫂子，今天的事妳可都看到了。怎麼樣，是不是被嚇壞了？」

秀娘冷冷看著他。「承蒙鍾公子關照，我們沒事。你沒事的話就請走吧，我們小廟裝不下你這尊大佛。」

「妳！」鍾剛臉一冷，直接破口大罵。「李秀娘，妳別給臉不要臉！都這個時候了，妳還裝什麼玉女？信不信我馬上就跟衙門裡的人說一聲，叫他們給那野男人用大刑，不出半天，妳就能變成他的同夥一起被抓進去！到時候，就算妳跪著求我，我也不會理妳！」

秀娘一臉冷然。「你是什麼時候攀上張大戶的？」

鍾剛冷不防一愣，臉上浮現一絲慌亂。「妳……妳胡說什麼？我和張大戶沒關係！」

「以張大戶的為人，你們騙了他十兩銀子卻沒交人，他不會那麼輕易就放過你。除非——你答應做他的狗，隨他差遣。」

「妳不會說話就閉嘴！什麼狗？我是拿了張大戶的銀子，幫他做事。是幫忙！是他求我的！」鍾剛的臉脹得紫紅，大聲宣告，隨即他又得意地昂起頭。「再說了，我就是跟了張大戶，那又怎麼樣？張大戶有權有勢，還答應只要事成後就再給我十兩銀子，還把他遠房姪女嫁給我。到時候，我和他們家就是親戚了，以後我有的是發達的時候！」

「那他交給你的事情肯定很難辦。」秀娘淡聲道。

鍾剛又是一噎。「誰說難辦了？誰說難辦了？那野男人我不是已經給送進牢裡去了嗎？現在也就差妳一個了！」

果然。

秀娘垂下眼簾。「他讓人來對我說什麼？」

「哈哈哈，終於知道怕了？」鍾剛得意地大笑。「張大戶說了，他可以不管以前的事情，過去的就過去算了。只要妳以後老老實實跟著他，好好給他生個兒子，他就既往不咎，而且，如果妳態度好的話，他也可以考慮饒那臭小子一命。」

「那怎麼樣才算態度好？是要我現在主動上門去負荊請罪嗎？」

「負荊請罪就算了。張大戶的意思，是妳可以今天就進門，以表妳的誠意。如果妳伺候得他心情好了，他明天早上就去跟縣太爺打個招呼，把死刑改成流放。這個面子縣太爺還是會給他的。」鍾剛得意洋洋地道。「張大戶和咱們縣太爺關係可鐵得很，兩個人當初還一起喝過酒呢！還有啊，縣太爺的第五房姨太太就是張大戶的姨妹子……」

「胡扯。」秀娘冷冷打斷他。

鍾剛便又拉下臉。「那妳是不肯了？」

「你們當我傻子嗎？就算我現在把自己脫光了躺在他跟前，溪哥也不可能活著從牢裡出來了。張大戶睚眥必報，是絕對不會放過他的，他也不可能放過我，還有你！」秀娘冷冷指向他。「既然你們都狼狽為奸了，那麼你必定也不會允許他放過我。所以，你剛說的那些都是胡說八道，你們根本就不會兌現諾言。」

鍾剛徹底傻在那裡。

這女人怎麼會知道的？他還清楚記得剛才自己把人送到縣衙、親眼看到溪哥被戴上重枷押入死牢後，一路馬不停蹄地跑回來向張大戶報告，張大戶笑得肆意張狂。

「臭小子，小小年紀也敢和爺爺我鬥？簡直就是找死！也不看看爺爺在這裡有多少關係。只要爺爺我想，動動手指頭就能摁死他！」

「是是是，張老爺您最厲害了，這村子裡誰敢和您作對，那就肯定不得好死！」鍾剛連忙拍馬屁。

「不得好死？那還便宜他了！」張大戶冷哼，胖胖的臉頰因為恨意瀰漫而微微發顫。「臭小子，竟然敢和爺爺我搶女人？看爺爺我不玩死他！」

說著他就叫來一個小廝，當著鍾剛的面大聲吩咐了許多。

小廝連忙答應著離開了，鍾剛卻被嚇得腿軟。剛才他都聽到了什麼？一定要好好「伺候」那位爺，最好各種玩意兒都在他身上玩一遍，弄殘了不要緊，只要留著一口氣就行。等到秋後，再拖出去千刀萬剮，甚至，他還親口點了幾樣刑罰。那東西他雖然沒見過，但光聽著就已經渾身雞皮疙瘩直冒了。

「怎麼，害怕了？」這時候，張大戶又笑咪咪地看過來。

鍾剛連忙搖頭。「沒有沒有！張老爺您這麼慈悲的人，我怎麼會怕呢？都是那野男人自找的！一個外來的閒漢，也敢和您老搶女人，他這是在自掘墳墓、自找死路！他就該死！」

張大戶滿意地點頭。「你說得對。還有那個女人……」

鍾剛心裡又咯噔一下！

張大戶也看到了，旋即笑得更溫和了。「喲，心疼了？」

鍾剛趕緊把頭搖得跟撥浪鼓似的。「沒有的事！那個賤貨，不守婦道也就算了，竟然還和外頭的男人亂搞，簡直丟盡我們老鍾家的臉，現在我巴不得趕緊把她給沈井！」

「這樣啊？我原本還打算，要是你喜歡的話，等爺爺我玩膩了就把人給你，隨便你怎麼玩呢！現在看來，我倒是直接把人給沈井就行了。」張大戶笑咪咪地點頭。

鍾剛一聽，趕緊賠上笑臉。「既然張老爺您都玩膩了，那不妨也給小的玩玩。玩過了再沈井也一樣。好好的一個人，就那麼扔到井裡也太可惜了點。」

「你說得沒錯。人麼，就要物盡其用，用完了再扔也是一樣。」張大戶點頭道。

鍾剛連忙吁了口氣。

張大戶也笑得更開心了。「不過麼，這女人的玩法也分很多種。像現在這個，最好的法子你知道是什麼嗎？」

「什麼？」鍾剛忙問。

「這個女人看起來傲氣得很，那麼最好的方法就是一根一根敲碎她的傲骨，讓她跪在你跟前，求著你睡她！」

「對，沒錯！」只要想想秀娘衣衫不整地跪在地上，求他肆意凌辱她的情形，鍾剛就覺得渾身發熱，某一處更是硬邦邦得難受。

一開始的暢想和眼前的現實碰撞在一起，鍾剛徹底傻眼了。

這女人怎麼會這樣？她是偷聽到他們說的話了嗎？要是尋常女人，知道有個機會能救人命，就算是要她們去死，都不會猶豫半分，可為什麼換成她，她卻這麼說？

見到他的反應，秀娘便肯定自己的猜測，一顆心霎時冰涼，胸口塞得幾乎不能呼吸。她扭開頭。「你走吧！我不想再看到你。」

「哼，妳以為誰想見妳？」鍾剛滿身的氣勢都被打散，但心裡還不服氣，便強撐起架子。「我告訴妳，張大戶要妳是要定了！妳識相點就趕緊去認個錯，說不定人家還能看在妳聽話的分上給妳點好臉色看。不然……哼哼，就算妳求我，我也沒法幫妳！」

「你放心，我不會求你。」秀娘淡聲道。

鍾剛又差點被她這話給噎死。他心裡對這個女人恨得要死，原本那僅有的一點憐香惜玉的心思徹底沒了。「好！李秀娘，這話是妳自己說的，妳給我記住了！到時候，妳別來求我！」說著，一甩袖子就出門了。

快步走到外頭，沒想到後頭秀娘竟是一聲不吭。他話都已經說到這個地步，那個女人居然還不趕緊來求他。

鍾剛氣不過，又恨恨地回頭。「妳給我記住了！別來求我，我不幫妳！」

眼看秀娘還是無動於衷，他咬咬牙，很不甘心地走了。

轉眼，天黑了。

母子三個幾乎一天都沒有好好吃飯。等到晚飯上桌，三個人端起碗，卻依然半點胃口也無。

「娘，咱們真不管溪叔叔了嗎？」毓兒終究還是沒忍住，放下碗小聲問。

秀娘擰眉。「你很在意溪叔叔嗎？」

毓兒點點小腦袋。「我喜歡溪叔叔！」

「妳呢？」秀娘再看看女兒。

女兒猶豫一下，還是點了一下頭。「溪叔叔很好，我不想他死。」

秀娘低嘆口氣，乾脆放下筷子。「好吧，咱們來好好商量一下。」

兩個孩子立刻雙眼放光。「娘，咱們要救溪叔叔嗎？」

「我想，但能不能救出來還是一回事。」秀娘低聲道。現在這樣的情況，也不過是盡人事、聽天命罷了。

但她已經鬆口，兩個孩子就很高興了。

母子三人就這件事商議幾乎半夜，其實也不過是最終決定把家裡所有的錢都拿去搏一搏。聽自家娘親這麼說，兩個孩子才放下心，吃了一碗飯睡下了。

秀娘卻沒有他們那麼樂觀。她在床上翻來覆去許久，在腦海裡反覆思量許久，好不容易才閉上眼墜入夢鄉。

第二天一早，天才矇矇亮，秀娘就起來了。簡單收拾一下，她把手頭所有的錢都包了起來，將一雙兒女送到隔壁蘭花家。

蘭花看秀娘這身裝束，卻沒有如昨天那般激動，只是幽幽嘆了口氣。「算了，反正我說的話妳也不會聽，妳自己好自為之吧！做事之前先想想兩個孩子。妳這麼聰明的人，就不用我教妳什麼，反正妳自己保重。那個人再好，也不是孩子的親爹，妳沒必要為了他賠上妳自己。」

「我知道。」秀娘含笑點頭。

「妳知道……妳要是真知道，就不會去管這破事了。」蘭花沒好氣地道。

秀娘只是淺淺一笑。「兩個孩子就麻煩你們了，我走了。」

「走吧、走吧！要是有什麼事情，趕緊回來。我們家雖然沒什麼用，但至少能幫妳出出主意。多幾個人，有商有量的，說不定也能想出什麼法子來呢！」

「妳說得對，我記住了。」秀娘繼續點頭。

蘭花冷哼。「妳要是記住了就好！妳呀，自從遇到那個男人，就跟魔怔了似的，誰的話都聽不進去，我都快不認識妳了。」

有嗎？秀娘一怔，心兒又禁不住加速跳動。

這時候，蘭花已經拉著孩子們進屋去了。秀娘怔忡一會兒，便扭開頭，快步出了村子往鎮上走去。

當她的身影消失在村口，一個人連忙就往張大戶家跑去。

秀娘搭上一輛往縣裡去的牛車，搖搖晃晃兩個時辰後，可算是進了縣裡。

在城門口下了車，她就聽到這裡裡外外的人討論著昨天抓獲的「江洋大盜」。一切都不出她的意料，昨天衙役把溪哥從月牙村抓來鎮上，就直接帶到縣衙。縣令當堂審訊，原告呈上證據，一切都進行得格外迅速。只是在審問溪哥的事情上，稍稍出了點問題。

原來，不管原告怎麼說，衙役的殺威棒如何威猛，溪哥卻是一動不動，不下跪，不求饒，更不肯認罪，從頭至尾，他甚至都沒有說幾個字。只有在縣令逼問時，他才冷冷吐出一句話：「不是我，你們找錯人了。」

可是，人證物證俱在，他孤零零的一句話根本就缺乏說服力。再加上縣令本來就收了張大戶的銀子，更是表現得張牙舞爪，二話不說就命人重打他。

幾十棍子下去，溪哥身上的傷口都被打裂了，他依然沒有吭一聲，只目光冷冷地看著上頭的縣令。縣令竟被他看得渾身發冷，連忙虛張聲勢地發威一番，就叫人把他給收入死牢，擇日再審。

這架勢，分明是已經將他當作江洋大盜對待。而且，擇日再審，這意思就是說先私下用刑，什麼時候打得他開口了，什麼時候再開堂審訊，讓他當眾簽字畫押承認罪行！

不用說，這些肯定是張大戶和縣令商議好的。

不過一晚上的時間，事情就已經傳得街知巷聞。不明真相的老百姓義憤填膺地罵著溪哥這個不得好死的山匪，就連秀娘坐的牛車上都有人拍手稱快，直稱縣令大人幹了一件大好事。

秀娘心底苦水氾濫，站在人來人往的大街上，卻是滿心迷茫，不知該何去何從。盯著熙熙攘攘的人群看了許久，她突然眼睛一亮，連忙挎著籃子往城東頭走去。

這個時候，吳大公子正在房裡喝著茶、百無聊賴地聽著小廝說著外頭的動靜，二郎腿一蹺一蹺，格外閒適無聊。

「大公子。」這時門房上一個人跑過來。

吳大公子回頭。「何事？」

「外面大門上來了一個人，說要見您。」

「什麼人？」

「一個女人，自稱是從月牙村來的，說和您是合作夥伴。她還拿了這個東西給小的，說公子您看到這個就知道了。」門房說著，雙手奉上一錠十兩的雪花銀。

一見如此，吳大公子心情突然大好，拍手大笑。「好好好，她可算是來了！公子我已經等她好久了，快快去將人請進來，她可是你家公子的貴客！」

「是！」門房連忙將銀子放下，轉身去請秀娘進來。

吳家是月亮鎮首富，只是這一家子都不愛擺闊，屋子裝飾得並不十分富麗堂皇。然而這裡裡外外的占地也不小，單是吳大公子待客的前廳就已經有足足他們三個茅屋大。裡頭的擺設更不必說，雖然古樸低調，卻也格外惹人注目。

秀娘低頭隨著門房往內走，並不四處多看。

見到吳大公子，她屈身行了個禮。吳大公子連忙笑著上前。「李大姊快別這麼客氣！咱們何必還講這些虛禮？」

這話卻是說得晚了些，秀娘的禮都行完了。

秀娘自然也知道他不過是說句客套話罷了，也沒有和他就此過多糾纏，便開門見山地道：「吳大公子你既然一直在關注我的境況，那麼想必你也已經猜到我這次來找你的目的。如今我只想對你說一句話——我用一件事，換你一個幫忙，你覺得怎麼樣？」

「哦？」吳大公子眉梢一挑。「妳打算用什麼來換，又讓我幫什麼忙？這些事情妳不說清楚，我怎麼知道這筆交易划不划算？妳應該知道，我是個生意人，賠本生意我是不做的。」

「這個交換必定是穩賺不賠。」秀娘沈聲道。

「是嗎？」聽到這話，吳大公子的興致也被挑起了。

秀娘頷首。「你不是說我種的菜比別家的都要好看、也好吃些嗎？如果你幫我現在這個忙，我可以種出更多更好吃的菜，保管日後你家酒樓的生意蒸蒸日上，整個月亮鎮誰都比不上！」

「真的？」吳大公子狀似驚訝地低呼，然而臉上卻不見半分訝異。

秀娘撇唇。「吳大公子您是聰明人，想必這一點你早就猜到了，所以就不用再演了。你只給我一句話，幫，還是不幫就是了。」

吳大公子聞言一怔，旋即失笑。「大姊這話說得在下好生慚愧。和妳一比，倒顯得在下不夠乾脆果斷，不像個男人了。」

秀娘抿唇不語。

「不過呢……」一轉眼，吳大公子又拉長了音調慢悠悠地道：「妳還是先說說看想讓我做什麼吧！我們吳家雖然有兩個錢，但也不是能為所欲為。要是能辦的，我就當隨手幫妳一個忙，但如果超出我家能力範圍之外……即便有再多的好菜，那也得我們家有那個命去享用才行，大姊，我說得對不對？」

秀娘冷冷看他一眼。這個男人分明知道她的要求是什麼，卻遲遲不肯鬆口答應，反而還強逼著她把話說明白。而且看他這一臉的幸災樂禍，他哪裡是辦不到？他就是在故意逗她，從她身上尋樂子罷了！

深吸口氣，秀娘高聲道：「我的要求，便是你幫忙，將他從監牢裡搭救出來。」

「哎呀，這個大姊妳可就真是高看我了。我們吳家在月亮鎮什麼身分妳還不知道嗎？雖是富商，但一點都不貴，也不過就是縣太爺的錢袋子而已。要是其他一些小事，我們塞點錢，過去說兩句好話，縣太爺說不定就看在我爹的面子上睜一隻眼閉一隻眼。可是現在那一位，他犯的可是殺人越貨的重罪，這個得花多少錢才買得動？」

吳大公子一臉為難地搖頭。「再說了，這事天知地知妳知我知，裡頭的貓膩多得很，早已經超出咱們能操控的範疇了。而且我也不妨告訴妳一件事——縣太爺的第五房姨太太，就是你們月牙村張大戶的遠房堂妹，當初被張大戶親手送到縣太爺府上的。現在這位五姨奶奶正得寵呢，這枕邊風一吹，縣太爺哪還聽得進去別人說的話？」

「是這樣嗎？」秀娘頷首。「也就是說，你是沒辦法施以援手了？」

「哎，在下的確是愛莫能助啊！」吳大公子搖頭嘆息不止。

秀娘點點頭。「好，我明白了。今天打攪你了，對不住，我現在就走。」

「欸欸欸！妳等等，我還有話沒說完呢！」一看她居然說走就走，吳大公子又著急了，趕緊提起長衫就追過去。

誰知秀娘腳下不停，徑直朝外走去。

吳大公子趕緊加快步子把她給攔下。「我說李大姊，我不就和妳開個玩笑嗎，妳何至於反應這麼大？」

「吳大公子您沒病沒災，心情好，自然能開玩笑。只是請恕我實在沒有心情和無關緊要的人浪費時間。」秀娘冷聲道。

不過轉瞬的工夫，他就從低聲下氣的求助對象變成無關緊要的人。

吳大公子笑得一臉尷尬。「罷了、罷了，我不和妳開玩笑了。這件事，說起來的確不好辦，但也不是沒有辦法。」

雖然知道這個人是在故意吊自己胃口，但秀娘還是忍不住激動起來。「什麼辦法？」

「這個麼，」吳大公子又皺起眉。「要辦成這事，本公子所要付出的東西可不少，但就幾斤菜怕是彌補不了呢！」

秀娘的心又重重一沈。「你還要什麼？」

「其實我要的東西不多，妳也正好就有，但現在就看妳願不願意給了。」

「什麼東西，還請吳大公子明示。要是能給，我自然不會猶豫半分。」

「這個說起來也簡單。大姊妳或許知道，在下的原配夫人已經過世三年了，這些年我爹也一直張羅著要給我娶續弦，但我並無此心。然而自從那天見過大姊妳後，我就發現，我再也忘不了妳。」吳大公子笑咪咪地看著她道。

「吳大公子，你這叫趁火打劫。」秀娘低聲道。

「不不不！」吳大公子連忙擺手。「我早說過了，我是個生意人。既然妳對我有所求，正好我也對妳有所求，我們公平交易，這不是理所應當嗎？」

「我還是第一次聽人把終身大事當作交易來辦。」秀娘輕笑。真不愧是商人本色，她今天算是見識到了。

吳大公子依然笑咪咪的。「這有什麼？都是已經成過一次親的人，咱們也不必過分扭捏。我喜歡妳，覺得妳適合做我吳家的當家主母，所以我想娶妳，妳覺得如何？」

「你要娶我為妻？」秀娘一聽大驚。

最近這些人是都吃錯藥了嗎？上次來了個秀才，這次又是首富之子，而且全都是求娶她為正妻！她什麼時候變得這麼搶手了？

聽到這話，吳大公子也大吃一驚。「不娶妳為妻，那妳以為我做什麼？納妳為妾不成？這不僅是對妳的侮辱，也是對我自己的侮辱！」

秀娘一聽，心底又翻起驚濤駭浪。

「吳大公子，你真不是在說笑嗎？你既然查過我的底細，那自然知道我什麼出身，我還有兩個孩子。咱們門不當戶不對，根本不是良配。」

「哎，妳又開始自貶了。」吳大公子搖頭道。「大姊妳雖然出身貧賤，然而見識不凡。透過這些日子的觀察，我發現妳寵辱不驚，無論遇到什麼事情都鎮定自若，這是多少人一輩子都學不來的大家氣派。若能娶到妳，那絕對是我吳家之福，也是我吳家後輩之福。」

「至於妳的兩個孩子，我也叫人去私下查探過。他們被妳教育得很好，小小年紀卻格外懂事，談吐不俗。如果能被人好好往上捧一捧，日後必成大器。」

「你的意思，是連我的一雙兒女也接收了？」秀娘更加驚訝了。

吳大公子含笑點頭。「既然要娶妳，我自然是要將妳的一切都接收。更何況靈兒、毓兒都是好孩子，我相信，等他們長大了，也一定不會辜負我多年的養育之恩。」

秀娘聞言又不禁笑了。「看來你又已經把一切都計劃好了。」

「沒錯！」吳大公子笑道。「只要妳肯點頭，我現在就去想辦法將他從監牢裡救出來。然後三媒六聘，八抬大轎娶妳過門，讓妳做吳家的當家太太，妳看如何？」

這張藍圖倒是畫得極美，秀娘都差點沈浸在其中。只是——

「這麼大的事情，你難道不用請示你父親嗎？」

「我爹早就不管事了，不然我何至於年紀輕輕就把整個吳家挑起來？再說了，又不是第一次成親了，我早知道分辨好壞。我爹在這點上一向都是隨我的。」吳大公子笑道，目光灼灼地看著她。「現在，只等妳點頭，一切便都水到渠成。」

轉眼的工夫，他便又將所有的選擇都推到她頭上。

秀娘胸口悶悶的，幾乎呼吸不過來。「吳大公子，你從來都是這樣做事的嗎？」

「什麼？」吳大公子不解。

「不管什麼事，你總是最善良、最無辜、最為人考慮的那一個，總是把選擇權推到別人身上。事成了，你是功臣；事不成，也和你無關，你已經盡力了。簡言之，不管成敗與否，別人都要對你感激涕零，即便是被你坑得傾家蕩產。」

「哈哈，大姊瞧瞧妳這話說的！我這不是想對妳掏心掏肺，又唯恐妳不答應，所以才會讓妳自己抉擇嗎？要是換了別人，我可不敢將生殺予奪的權力給予別人，我還是習慣將一切掌控在自己手裡。」吳大公子笑道。

秀娘頷首。「原來如此。」

「妳這是答應了？」吳大公子忙笑問。

秀娘白他一眼。「現在，只怕我不答應，你也有的是方法要我答應。誠如你方才所說，你習慣將一切掌控在自己手裡。這所謂的選擇權，也只不過是你拋出來的障眼法而已。」

吳大公子聽完笑得更開心，連連拍掌。「妳說得沒錯，知我者，秀娘大姊也！」

秀娘無語。他還真承認了！

吳大公子便又往她身邊湊一湊。「如何？既然知道逃不過，那妳就乾脆應了吧！我保證，等妳嫁過來就將吳家的事情都交給妳。靈兒、毓兒我即便不能視為親生，但吃穿用度也必定和吳家嫡出的公子小姐無異。」

這張餅真是越畫越大了，秀娘幾乎都能聞到誘人的香味漸漸將自己包圍起來。即便清醒如她，在聽說自己的兩個孩子能從此過上好日子時，心頭也開始搖擺，但她終究還是守住了最後一道防線。「我要先見溪哥一面。」

「溪哥？」吳大公子一愣。「哦，那個江洋大盜是吧？沒問題，我立刻就叫人安排你們見面。」

「他不是江洋大盜。」秀娘冷聲糾正。

吳大公子連忙認錯。「對不起，是我說錯話了。他不是，他是清清白白的良民。」

秀娘再白他一眼，扭開頭去。

吳大公子輕咳一聲。「是我不對，我向妳認錯，妳別生氣了可以嗎？」

「想我不生氣可以，我們來打一個賭。如果我賭贏了，那麼你一切聽我的；如果你贏了，我就如你所願。」秀娘冷聲道。

吳大公子立刻神采飛揚。「什麼賭？說說看！」

一個時辰後，秀娘終於拎著包袱進了縣衙的大牢。

兩輩子合起來，她對大牢的印象也僅止於電視劇裡的一點印象。可是現在真正行走在其中，她才發現電視劇已經夠美化了。從第一腳踏進來的瞬間，她就清楚感覺到一股森寒之氣迎面而來，瞬息滲入四肢百骸，讓她忍不住打了個寒噤。

往裡走，便能聽到囚犯們的哀嚎聲、叫罵聲、求饒聲，聲聲不絕。空氣中瀰漫著濃重的血腥味，各種難聞的腐臭氣息，以及其他說不出來的味道，種種氣息交雜在一起，直衝人五官而來，令人作嘔。越往裡走，寒意和腐爛的氣息就越發濃重，而死牢，就在大牢最深最底的地方。

沿著漆黑的小路一路走到底，來到一處狹小破敗的牢籠門口，牢頭一聲冷喝：「到了！」

秀娘連忙掏出一把銅錢送上去。「辛苦大哥了，這點錢給大哥喝點酒暖暖身子。」

牢頭掂掂銅錢的分量，滿意地打開牢門。「進去吧！只有一盞茶的工夫，妳有什麼話趕緊說。這是死囚，知縣大人再三吩咐要牢牢看著，不許任何人探視的。一旦給人知道了，我這條命也要不保！」

「我知道，辛苦大哥了。」秀娘連忙道謝不迭，彎腰鑽進牢房裡。

等進去了，她才知道一切簡直比她想像的還要不堪。

黑漆漆的牢籠裡頭幾乎見不到半點光亮。腳下是一層被污水漚得稀爛的稻草，每走一步，她都能聽到老鼠吱吱的聲音。黑暗中，她甚至看到幾隻綠油油的眼睛盯著自己這邊，看得她毛骨悚然。

秀娘連忙點燃火摺子，將帶來的一根蠟燭點亮。藉著蠟燭微弱的光芒，她總算看到正盤腿坐在牢房一角的溪哥。

還能坐著，說明情況還不是很嚴重，至少他捱過來了。秀娘鬆了口氣，連忙快步走過去。

人才剛到，不想溪哥就猛地抬起頭，冰冷的目光和她對上，秀娘冷不防一愣，一種不好的預感襲上心頭。

隨即，就見溪哥面色一沈。「妳來幹什麼？」

聲音竟也是格外陰沈，就像冬天山裡呼嘯的寒風，將秀娘整個人都凍在那裡。

「我、我來看看你。」秀娘小聲道。「你昨天傷得那麼重，我擔心……」

「不用擔心，我沒事。」溪哥冷冷打斷她。

秀娘低頭不語。

溪哥也轉開頭去。「趕緊走。」

秀娘咬唇。「知道了，我這就走。」

想了想，她將籃子放下，便轉身出了牢房。

可是，事已至此，哪裡還容得她再出去？眨眼工夫，四面八方跑來十多個衙役，將秀娘給團團圍在中間。

方才給秀娘帶路的牢頭早換上一臉諂媚的笑，畢恭畢敬地上前道：「老爺果然英明神武，咱們不過是在這裡等著，就有他的同夥主動送上門來了。」

只見在一眾衙役的包圍圈後，身穿縣令官服的瘦小男人一手輕輕捋著鬍子，一雙精光四射的眼卻瞬也不瞬地盯著秀娘。而在他的身邊，那個穿著黑色短打的人赫然便是張大戶的貼身小廝。秀娘在張家做了那麼多年，這張臉就算化成灰她都認識！

然而注意到秀娘投射過來的目光，小廝大大方方轉過臉來，對她得意一笑，轉而笑咪咪地對縣令拱手。「既然同夥已經抓到了，那我們便都放心了。大人您忙，小的也該回去給我家老爺報信了。」

「你只管去吧！等這事了了，我再下帖子請你家老爺來鎮上喝酒。」縣太爺也一臉溫和地笑道。

「那可就這麼說定了，小的回去就把話轉給我家老爺。」小廝樂呵呵地點頭，再三作揖後大搖大擺地走了。

縣太爺這才命衙役們讓到兩邊，信步來到秀娘跟前，放眼將她上下打量了好幾遍，他便裝模作樣地搖頭嘆息。「好好的一個婦道人家，妳不在家相夫教子，為何要和這等亂臣賊子攪在一起？妳可知道，一旦被判了與他同罪，妳就是死路一條！」

「這罪名不是你們安在我們身上的嗎？我們可從來沒認過。」秀娘冷聲道。

事已至此，她心知自己只怕是在劫難逃。死她倒是不怕，只是想到還在村裡的兩個孩子……她的心就又揪緊了。

聽到她的話，縣太爺不怒反笑。「果然是個膽大妄為的女人，難怪妳敢和這等江洋大盜狼狽為奸。原本有人狀告妳，本官還不信，現在本官信了！」

秀娘冷笑不止。這麼說，就是也給她定罪了？張大戶啊張大戶，你是真要趕盡殺絕嗎？栽贓陷害溪哥不夠，連她也不肯放過。這樣的話，只怕她的一雙兒女也危險了。

早知道張大戶不會放過她，可她從沒想到，張大戶竟會使出這麼陰險的一招。如今只盼望老天垂憐，讓她的靈兒、毓兒趕緊躲起來，別被他們給發現了吧！不然她真要後悔死了。

話雖這麼說，縣太爺那雙眼卻還黏在秀娘身上，人也更往她身邊靠攏過來，嘴上更是假惺惺地說：「不過，看在妳是本縣百姓的分上，早些年也沒有做過惡事，只要妳有心向善，誠心悔過，本官也能給妳個機會。」

秀娘眉梢一挑。「什麼機會？」

縣太爺眼睛一亮！

「這個麼，好說。」撚著不多的幾根花白鬍子，他目光更加露骨地盯著秀娘白皙的脖子。「妳只要誠心悔過，本官可以帶妳出去，讓本官的夫人來好好開導開導妳，然後妳回頭來指認他，也就能將功贖罪了。」

呸！果然這人和張大戶蛇鼠一窩，兩人都不是什麼好東西！一個覬覦她的子宮，想讓她生兒子；一個就更是淫邪，竟在大牢這麼骯髒的地方也能對女人生出想法，甚至連自己明媒正娶的夫人都拉下水。

月亮鎮有這麼一位父母官，真是老百姓們倒了八輩子的楣！

「要是我不肯悔過呢？」秀娘冷聲道。

縣太爺一愣。「妳不？」

「我從不認為我有錯。我也絕對不會指認他。」秀娘一字一頓地道，說得鏗鏘有力。

縣太爺立刻拉下臉。「李秀娘，妳別給臉不要臉。本官肯給妳一個機會，那是妳積了天大的福分，這大牢裡多少人哭著求著想讓本官給這個機會！」

「那麼大人您不妨從裡頭選一個，帶回去讓他和您夫人好好聊聊，讓夫人開導開導他。」

「妳！」縣令眼珠子一瞪，這下是真的生氣了。

秀娘卻不怕，依然昂首與他對視。

「好，很好。」一見狀，縣令便又笑了，這次卻是笑得陰森森的，叫人心裡直發毛。

「既然妳這婦人和這匪徒一樣冥頑不靈，不思悔改，那本官也就不費這個心思教化妳了。來人，把這婦人綁起來，押進牢裡去！」

「不用了，我自己進去。」秀娘冷聲道，一轉身便又鑽進溪哥的牢房裡。

一直靠牆而坐的溪哥突然站起身來，高大的身軀將秀娘給護在身後。

縣令一看，原本還想叫人進去將秀娘給拽出來，但一和溪哥冰寒刺骨的目光對上，他便趕緊別開頭，惡狠狠地瞪向牢頭。「還愣在那裡幹什麼？趕緊上鎖，若是這對江洋大盜跑了，本官唯你是問。」

「是是是，小的知錯了。」牢頭也是個油滑的，連忙認錯不迭，反手喀嚓一聲就將牢門用一把大鎖給鎖了起來。

縣令看在眼裡，連忙輕吁口氣，再瞇起眼看向裡頭的秀娘和溪哥，從鼻腔裡逸出一聲冷哼，扭頭邁著八字步走了。

隨後，牢房裡便陷入難捱的寂靜，只有一根蠟燭還在無聲燃燒，將兩個人的影子拉得長長地投射在地上。

秀娘站一會兒，便彎腰將籃子撈起來，從裡頭取出剪刀、烈酒、紗布等物。

「把衣服脫了，給我看看你的傷口。」她道。

溪哥看她一眼，乖乖地把髒污的囚服脫了，露出鮮血斑駁的上半身。

秀娘眼前一陣暈眩。這下好了，自己昨天努力半天的成果全都白費了，他的傷口幾乎全都裂開了。她無奈地深吸口氣，再重新給他消毒、上藥，將傷口包紮好。

溪哥一直默不作聲，直到她將一切都收拾好了，他才抬眼看著垂眸收拾東西的秀娘，薄唇輕啟。「妳早料到了。」

「是。」秀娘點頭。

「那妳為什麼還要來？我說過叫妳稍安勿躁。」

「我還怎麼稍安勿躁？你這一身的傷，新傷加舊傷，若不及時處理，感染了可就糟糕了！」

「感染？」溪哥眉頭一皺，顯然不理解這個詞。

秀娘一怔，連忙轉移話題。

「你放心，我已經都安排好了。兩個孩子我也都藏好了，不是他們想找就能找到的。至於這裡……我聽說，巡撫大人鄒濟昌馬上就要到了。他是個快意恩仇的人，最是嫉惡如仇，只要能有人把這件事捅到他跟前，那麼咱們肯定就能出去的。」

聽她這麼說，溪哥並沒有露出釋然的表情，反而眉心緊擰。「妳打算怎麼捅過去？」

「這個你不用擔心，我已經安排好人了。」秀娘道，不欲和他多說。

溪哥目光沈沈地看著她。「妳去找姓吳的了。」

是肯定句，都沒有發問。

秀娘無力地點頭。

「是，我去找他了，順便和他打了個賭。不過現在看來，還是我運氣好些，我已經賭贏一半了。」

「賭約就是這個？」

「是！」

「妳又怎麼確定他會照做？」

這個……秀娘猛地一驚！這才想起來，吳大公子那麼狡猾，又最通人情世故，要是知道她也被關進死牢，不知他會是什麼反應？一般人都會明哲保身吧？

雖說兩人有賭約在，但在生死跟前，賭約算個什麼？他不倒打一耙都是好的了！

「我想他應該不至於這樣吧！」

第十章

監牢外。

就在距離鎮上大牢一條街外的馬車上，吳大公子半瞇著眼，唇角微勾，儼然心情正好。

「公子、公子，不好了！」這個時候，卻見他的貼身小廝石頭跌跌撞撞地從遠處跑來。

吳大公子笑意一頓。「有話直說，少拐彎抹角。」

他也沒有拐彎抹角啊！這不都直接告訴他大事不好了嗎？

石頭無奈地耷拉下腦袋。「公子，方才我往縣老爺府上去，結果看到縣老爺帶著一夥人往這邊來了！」

「是嗎？」吳大公子斂眉，眼底劃過一絲異樣的光芒。「然後呢？」

「然後，我就一路悄悄跟著他們，結果發現他們直接往牢房裡去了。他們進去後不久，就有一個人出來了。賊眉鼠眼的，我仔細一看，那分明就是月牙村那張大戶身邊的狗腿子！」

話說至此，吳大公子臉上的震驚顯而易見。

「還真是……」他喃喃道，聲音越說越低。

「公子，怎麼了？」

「沒什麼。」吳大公子搖頭。「你接著說。」

「是。」石頭便又道：「我又在外頭等了一會兒，就看到縣老爺也出來了。只是臉色十分難看，一路罵罵咧咧的，我隱約聽到他在說要給他們一個教訓什麼的。」

說完，他一抬頭，便發現吳大公子整個人都呆滯了。

「公子？公子？」連忙低喚幾聲。

吳大公子眨眨眼，長長嘆了口氣。「石頭，你家公子這次輸了。」

「輸什麼？」石頭不解。

「我剛才和她打了個賭。她說她進去後必定就出不來了，我說不可能。然後，我們就打了個賭。現在看來，是她贏了。」吳大公子幽幽道。

石頭聽了也是一驚。要知道，他家公子從小就跟著老太爺在商場上廝混，對達官顯貴的脾性也摸得格外清楚。自老太爺過世，這個家業就完全落到他的身上，他也在其中遊刃有餘，可謂是八面玲瓏，再老牌的商戶提起他，都忍不住要豎起手指罵一聲小滑頭。

而現在，自家那位比許多老人家都要精明狡猾的公子，居然在一個村婦手上栽了跟頭？他幾乎不敢相信自己的耳朵。

「這個……公子，咱們府上不是和縣老爺來往甚密嗎？若是遞一張帖子過去，縣老爺總得給你一個面子吧？」

「或許吧！但這樣一來，我就又要費一大筆銀子，而且後患無窮。」吳大公子嘆道，唇角泛開一抹冷笑。「這胡縣令果真是個胡來的，才來這裡三年，就越發無法無天，得寸進尺是不止一星半點，現如今，竟是開始我行我素起來了，還真是把自己當這個地方的土皇帝了！看來，是該給他點教訓才行了！」
石頭一怔。「這麼說，公子是打算……？」
吳大公子點點頭。「走吧！讓車夫回府，咱們從長計議。」
「可是……那位大姊，咱們現在不管了？」
「還管她做什麼？她那麼精明的人，都能算計得了你家公子，就算到了牢裡她也吃不了什麼虧。」吳大公子沒好氣地道。
石頭見了，低頭默默地說了句：「公子你惱羞成怒了。」
「你這臭小子！」吳大公子一愣，旋即狠狠地瞪他。「有些話憋在肚子裡不行嗎？大白天的，瞎說什麼實話？」

牢房這邊。
在聽到溪哥這句話後，兩個人又陷入長長的沈默之中。也不知道過了多久，外面哐噹一聲響，獄卒送飯來了。
一只缺了口的粗瓷碗，裡頭裝著半碗餿了的米飯，裡頭指甲蓋大小的石子多不勝數。外加半個硬邦邦的饅頭，連碗清水都沒有。秀娘看著眉頭就緊緊皺了起來。
溪哥卻似乎對此習以為常，端起破碗，將饅頭遞給她，自己將石子剔乾淨，便仰頭全都囫圇吞了下去。
秀娘都不忍看了，連忙別開頭去。

很快溪哥吃完了飯，見她還捧著饅頭在發呆，終於沈沈開口：「吃吧，不然一會兒恐怕熬不住。」

一會兒？一會兒會發生什麼嗎？

秀娘抿抿唇，終是一口一口將半個饅頭給啃下肚去。

飯後不久，果然就聽到一陣放肆的嬉笑聲由遠及近而來。

幾枝明亮的火把將陰暗的牢房照亮，秀娘也看清楚外頭——那是幾個髒兮兮的獄卒，為首的赫然便是之前給她引路的牢頭。

猶記將她託付給牢頭時，吳大公子說過的話。「張牢頭是自己人，妳只管跟著他進去，他會保護好妳。」

而這個人也是點頭哈腰，滿臉堆笑。「吳大公子請放心，小的一定將這位大姊完完整整地帶出來。」

話才說沒多久，等進了牢房，這個人就變了一張臉。當縣令等人過來後，又是一張臉。現在，背著那些人，他又換了一張臉，難怪這樣的人能在這個地方混得風生水起。單是這變臉絕技就讓人望塵莫及。

現如今，同樣的人，卻是一副高高在上、睥睨天下的神色，就那樣居高臨下地看著牢房裡的秀娘和溪哥，眼中的憐憫不屑顯而易見。

在一眾獄卒的簇擁下，他放聲叫道：「兄弟們看到了沒有？這就是連咱們縣太爺都想要的女人，那個月牙村的張富貴也想盡辦法想要弄到手的女人！只可惜啊，她自己不懂得看眉眼高低，死活要和這個野男人在一起。現在，縣太爺和張老爺的意思，是叫我們給這對狗男女一點教訓嚐嚐。只要弄不死，其他隨便玩！」

「隨便玩」三個字給他拖得長長的，立即引來獄卒們的陣陣歡呼。

「這麼說，今晚咱們兄弟有福了！」一個人笑嘻嘻地道，連忙上前打開鎖，做了個請的手勢。「吳大哥你先請！等你玩膩了，我們兄弟幾個再上！」

「好！你們先把那男人按住。縣太爺說了，要讓這個男人睜大眼好好看看，和我們月亮鎮的主子作對是什麼下場！」

「好嘞！」

這些人大聲應著，魚貫地往牢房裡進來。

早在這些人出現的時候，秀娘就下意識地和溪哥站在一起。聽著這些人毫不遮掩的話語，兩個人的臉色都陰沈下來。

當看到這群人果真往裡進來後，溪哥第一時間將秀娘給拽到身後，自己迎身上前，反身抬手，一記胳膊肘將最先進來的人給擊到一旁牆上。

其他人見狀都嚇得一愣。

別說他們了，就連秀娘都沒有想到，在身負重傷、戴著重重的枷鎖，甚至連雙手雙腳都被鐵鏈鎖起來的情況下，他居然還具備戰鬥力。

馬上，秀娘就發現這個人何止是具備戰鬥力？他的戰鬥力幾乎就沒有減弱多少！只見在鐵鏈與枷鎖不斷碰撞的叮咚聲中，那個高壯的身影靈活來回，宛若遊龍，竟將闖進來的獄卒全都給撞飛出去，根本沒讓他們碰到她一根手指頭！

外面的牢頭也看呆了，不可置信地盯著溪哥看了半晌，卻不想溪哥將最後一個人給踢出牢房後，一雙深沈的眸子便射向他。

「就剩你了，進來嗎？」

明明是很簡單的一句話，但從他嘴裡說出來，牢頭就覺得一股強大的氣勢硬生生從頭頂壓下來，自己瞬息矮了半截。一股強烈的卑微感從心底湧出來，讓他坐立難安。一瞬間，他都覺得自己必須抬頭仰望他才行！

「你你你……」他顫抖著抬起手，卻不敢再對上溪哥的眼。

溪哥抬腳將其他人都踢了出去，依然只對他發出戰書。「進來，還是不進來，你選，我隨時奉陪。」

奉陪你妹啊！他們這麼多人都打不過他，更何況他一個人？

牢頭慫了，趕緊踢了倒地不起的獄卒一腳。「趕緊起來，把、把牢門鎖起來，當心這江洋大盜跑了！」

「我要想跑，你覺得這些東西攔得住我嗎？」溪哥冷哼。

牢頭立刻又被嚇出一身冷汗，忙不迭手忙腳亂地把牢門給鎖上，也不敢多待，只吩咐其他人在這裡守著，不許這個人逃了，自己就手軟腳軟地往外跑了出去。

這些人給留在這裡，一個個也驚懼得不行。

牢房裡的這個男人，在這樣束手束腳的情況下都能將他們全都打趴。若是他真想逃，他們可能攔得住嗎？

牢頭倒是聰明，自己跑了，卻將他們留在這裡。到時候，人要是守住了，那是他領導有方；要是守不住，那就是他們阻攔不力，被罰的只會是他們！

見狀，溪哥卻是分外平靜，只淡聲道：「我不是江洋大盜。除非他們還我清白，否則我不會跑。」

呼！那就好！

不知怎的，這些人一時鬆了口氣，下意識都選擇相信溪哥的話。

從頭至尾，秀娘充當了一個旁觀者的角色，被這個寬厚的身影一直牢牢保護在身後，她的心裡五味雜陳，然而有一絲淺淺的甜意是怎麼也忽略不了的。

眼看外頭的人都不動了，她也總算鬆了口氣，趕緊又上前去檢查溪哥的傷口。

溪哥滿不在乎地道：「上了也會掉，還不如不上。」

「不行，能上一點就上一點，總比這樣鮮血淋漓的強！」對此，秀娘也格外堅持。

於是，溪哥敗下陣來，只得任由她擺布。

外頭的獄卒們見狀，心裡也生出一絲異樣。

一個人悄悄推了把身邊的人。「你看裡頭這兩人，真的是江洋大盜嗎？我還真沒見過這麼聽媳婦話的江洋大盜。」

「你管他？江洋大盜不江洋大盜，這個不是咱們說了算的！」另一個人壓低聲音道。

這人微微一愣，也連忙低下頭去。

卻說牢頭匆忙從牢裡跑出來，直接就要衝向縣太爺府去，但才出了拐角，迎面一根棒子就揮了過來，直對他的面門而來。

牢頭眼前一黑，隨即又一只麻袋當面罩下來，把他給套了個嚴嚴實實。

牢頭立即大驚失色，連忙掙扎地大叫。「你們是誰？你們想幹什麼？」回答他的又是狠狠幾棍子。

麻袋被扔上一個人的肩頭，一路顛簸了不知多久。就在牢頭暈暈乎乎快把剛才吃的一點好料都給吐出來時，麻袋終於被扔到地上。

紮上的口子被打開，可算是讓他重見天日了。牢頭趕緊從裡頭鑽出來，大大呼吸了一口外面的空氣。

可一抬頭，當看到坐在跟前的那個人，他又僵在那裡。

「怎麼？才半天不見，張牢頭就不認識我了？」吳大公子坐在太師椅上，一手輕搖著扇子，一面輕聲細語地問。

這般雲淡風輕閒話家常的模樣，卻驚出了張牢頭一身冷汗。

一天內接連出了好幾身汗，他的衣服都已經被浸透，黏黏糊糊地黏在身上，很不舒服。可是現在他已經顧不得那麼多。連忙從麻袋裡爬出來，張口就大聲喊冤。「吳大公子您聽我解釋，我也是被逼的啊！是縣太爺，他說要是我不照他的意思辦，他就要革了我的職。您也知道，我上有八十老母，下有三歲幼兒，全家七、八口人，全指著我這點俸祿銀子過日子呢！我這也是被逼無奈啊！」

「可是，我似乎記得，你這些年從我手上拿去的銀子就足夠你們一家七口人豐衣足食地過上十年了。」吳大公子淡聲道。

「那個……那是因為……」

「不用再說了！」吳大公子冷冷打斷他。「張牢頭，看在咱們相識一場的分上，我不想把事情做絕。現在我給你一個機會將功補過，你說你要還是不要？」

「要要要！」牢頭忙不迭點頭。

見他這狗腿的德行，吳大公子冷冷撇唇，眼前突然浮現秀娘的模樣。那個女人長得不美，真的不美。只是白淨了些，脊背挺得直了些，眉眼真的只能算作清秀。而且她還不知道打扮，一身簡單的粗布衣裳，烏髮用同色的布裹了，就那樣亭亭玉立地站在他眼前。然而就是這樣一個女人，再三讓他肅然起敬。不為其他，只為她骨子裡透出來的那股淡然之氣。

這樣的女人，怎麼可能是一個普通的村婦？可是不管他怎麼去查，事實都擺在眼前：這個女人，她就是一個貨真價實的村婦，還是個寡婦，一輩子沒有出過月亮鎮的寡婦！

而就是這個寡婦，她靜靜看著他，輕聲細語地問：「吳大公子怎地就這麼確信，你能將所有的一切都掌握在手心裡？」

「我要是連這點自信都沒有，又如何能將祖上的產業打理好？」

「誠然，在馭下方面，你做得很好。只是有些事……作為一個有血有肉的人，你始終是無法面面俱到的。」

「哦？不知大姊妳指的是哪一面？」

「這個說了就沒意思了。你只說，你可否願意和我打這個賭？」

「就賭妳能不能從牢房裡出來？好，賭！」

他原本以為，她是要看他展示自己的人脈。可是現在他才知道，她是想讓他看清人心。這年頭，除非利益息息相關，否則誰會因為一點小錢就對你俯首稱臣？即便是定時定點投餵，白眼狼就是白眼狼，永遠都養不熟！

殘酷的現實狠狠打了他一個巴掌，這叫他如何能不惱羞成怒？

他又不禁想到了在聽到他介紹張牢頭時，她嘴角那一絲微微的笑。她應該早就知道了吧？她那麼聰明的人，肯定在找上門來之前就已經做好萬全的準備。只可笑的人是自己，還以為這世上只有自己最會算計，結果算計來算計去，最終卻是一頭栽進一個女人早張開的大口袋！

這場賭，他認輸！

「李秀娘……」低聲叫著這個名字，他閉上眼，無力地長出口氣。

第二天一早，太陽剛昇起來不久，縣太爺還在自家五姨太的香閨中作著美夢，張牢頭就已經匆忙趕到了。

一大早就被人從五姨太香暖的身子邊拽開，縣太爺的心情很不好。

他勉強換上衣服，梳頭洗臉過後，將張牢頭給叫進來，冷聲喝道：「你最好是有要緊事要告訴爺，不然，看爺不扒了你的皮！」

「老爺您放心，小的絕對是有件天大的事要告訴您。」張牢頭連忙點頭哈腰，小心湊過去，在他耳邊低聲說了幾句話。

縣太爺當即瞪起眼。「你說真的？」

「真的不能再真了，小的親眼看到、也親耳聽到的！」張牢頭信誓旦旦地道。

縣太爺不悅地挑起眉毛。「說不定是你聽錯了。」便叫小廝出去打探消息。

小廝去了小半個時辰回來，遞過來一張紙條。縣太爺展開一看，立刻狠狠一拍桌子。「我早說這姓吳的不是什麼好東西！早年爺來這裡，他給的見面禮就只和其他家一樣。他吳家可是月亮鎮首富，這些天他也一直不溫不火，除了年節禮品，其他什麼都不多送。就連爺的五夫人去他家布莊裡拿一疋布，他還要收幾個銅板。爺可從沒見過這麼小氣的商戶，也虧得是爺不多和他計較，否則他家的產業早就關門大吉了。」

「可不是嗎？縣老爺您就是太慈悲了，才讓那些奸商起了歪心思，都不把您給放在眼裡了。」

縣太爺的火氣被越挑越高，氣得一拍桌子。「不就是個小小商戶嗎？想反爺？還想讓欽差來治爺？看爺不先掀了他們家的鋪子！」

說完，他便大聲對外喊道：「來人，準備筆墨紙硯，本官要給乾爹寫信。」

張牢頭連忙殷勤地在一旁幫忙鋪紙磨墨。

等到縣太爺的信寫完，送出去了，他還沒走。縣太爺便挑眉。「你還留在這裡幹什麼？牢裡沒事了？」

「不是，小的還有一件事沒向老爺您稟報呢！一大早就被那則消息給嚇壞了，一時間差點忘了小的真正目的。」張牢頭賠笑道。

「什麼事？」

張牢頭連忙將昨晚牢裡的事情說了。自然是將溪哥描述得窮凶極惡，順便把自己一行人說得英勇無比。

若是一開始就聽到這個消息，縣太爺必定是要氣炸了。但有方才的事情在前，現在聽到這個，縣太爺只是沈下臉呵斥：「爺養你們這些人都是吃軟飯的嗎？這麼多人，連一個戴著枷鎖的囚犯都打不過，這事爺都沒臉說出去。」

「是是是，小的該死、小的沒用，丟了爺的臉。」張牢頭連忙自打了幾個巴掌。「只是老爺，都已經到了這個地步，您看……」

「還用看什麼？他再強橫，也不過是垂死掙扎。既然姓吳的說要請欽差，那爺就等到欽差來，暫且不動他們，等欽差來了，爺來個當堂審訊，人證、物證都擺在他們跟前，看看他們還能怎麼蹦躂！」縣太爺冷笑不止。

既然他們都已經將事情敲定，那麼接下來的日子，秀娘和溪哥在牢裡也算是過上幾天平靜的日子。

雖然飯菜還是一如既往的差，牢房外頭也一天十二個時辰都有人看著，但至少沒有人突發奇想來找他們的麻煩。張牢頭也偶爾發發善心，給他們送來一碗清水。

只是外頭的張大戶就不那麼鎮定了。根據他的安排，溪哥和秀娘早就該被定罪，然後扔進死牢裡被折磨得死去活來，只等一口氣秋後問斬。可是自從秀娘被收監後，牢裡就打探不出任何消息。他一遍遍地派人往鎮上去，一堆堆的真金白銀往縣太爺手裡送，卻連個屁都沒打聽出來。好不容易等了幾天，那邊總算來話了，卻是叫他領著村裡人去鎮上看審訊江洋大盜！

好吧，能親眼看到那對狗男女被審訊，而且還能殺雞儆猴給村子裡的人看，那些銀子也算是值了。

他現在唯一的遺憾就是一直都沒有抓住秀娘那兩隻小崽子。自從秀娘往鎮上去後，她家的兩個小崽子就和蘭花一家人一道失蹤了。這些天他叫人將整個月牙村都翻遍了，就連外頭那座山都搜了一遍又一遍，卻連他們半個影子都沒看到，真是奇怪了！

不用想，他就知道這一切肯定都是李秀娘那個女人早就安排好的。

哎！這麼聰明的一個女人，還能生兒子，要是跟了自己多好？他們生出來的兒子，一定比他那個兒子還要聰明十倍百倍！可她卻不知好歹，放著好好的日子不過，非要和外頭的男人胡搞。既然這樣，那他就只能送他們上西天了。

其實這麼做，他也捨不得。但沒辦法，要是讓這個女人活了，那他以後在村子裡的臉面還有沒有了？以後又還有哪個女人願意死心塌地跟著他？

如此自我安慰一番，張大戶心裡舒服多了，便點點頭。「好了，我們走吧！」

四名家丁抬起轎子，後面跟著月牙村的村民們，一行人浩浩蕩蕩往鎮上走去。

此時縣衙外早裡三層外三層地圍了不下百人。就在這樣的情形下，秀娘和溪哥雙雙被人從牢裡叫出來，前後腳上了公堂。

身上戴著沈重的枷鎖，腳下踩著平整的青磚地板，她艱難地往前挪動步子。好在前頭的溪哥步子也放得慢，她還能追上。雖然獄卒一再催促，連棍子都祭出來了，他也依然照著自己的步伐往前走。

在衙役的威武聲中，兩個人一起走入公堂，秀娘才發現眼前的情形，似乎比她想像的還要嚴肅得多。

堂上坐著一個身穿紫紅色官服的中年男人。男人兩手邊還各坐著一位一樣身穿紫紅色官服的男人，只是這兩人年紀明顯要比他大些。堂上的人看著他們的眼神也透著一絲明顯的敬畏。

在這三個人下頭，月亮鎮的縣令大人可憐巴巴地在一張小案後頭，不停賠笑點頭。待秀娘和溪哥雙雙在堂下站定，他趕緊大喝：「大膽刁民，見到欽差大人還不趕緊下跪？」

秀娘看看依然一動不動的溪哥，也有些猶豫起來。

見狀，縣令又要大叫，上頭欽差卻擺手道：「罷了，這兩人是不是江洋大盜還另說。況且這兩人，男子渾身是傷，女子嬌弱無力，單是扛著二十斤的枷鎖就夠了，再跪下去，豈不是要壓得他們抬不起頭來？就讓他們這麼站著吧！」

「那怎麼行？公堂之上，哪有讓犯人站著的道理？」縣令大叫，求助地看向右手邊眉眼鬍鬚和他有幾分相似的男人。

那人抬頭看看左手邊的官員，卻見他如老僧入定，彷彿沒聽到他們的話一般，便擺擺手。「罷了，就讓他們站著吧！等定了罪，再讓他們下跪不遲。」

縣令聽了，也只得住嘴。只是心裡納悶不已：這個人到底什麼來頭？為什麼乾爹都對他畢恭畢敬的，甚至說話做事還要看他的臉色？

這對他今天要做的事可不是個好現象。不過幸好，他事先已經做了充足的準備，就算來的人是天王老子，他也不怕！

縣令連連應諾，看著上頭欽差走完過場，就趕緊把自己早準備好的人證、物證都給呈了上來。

認證的證詞早背得滾瓜爛熟，再配上物證，真真是證據確鑿，叫人無法反駁。

看著上頭三位一臉的深沈之色，縣令得意地私底下直搓手。

任你叫來這麼多人又如何？這月亮鎮是爺我的地盤，只要我想辦的事，還沒有辦不成的！

「幾位大人，現在人證、物證確鑿，這兩人也拿不出證據來證實自己不是盜匪，那麼現在咱們是否可以給他們定罪了？」

「這個……」縣令的乾爹、巡撫鄒大人猶豫地看向左手邊的那一位。「徐總督，您的意思？」

這人竟是江南總督徐大人？縣令心中大凜。

猜來猜去，他都沒想到這個人官職竟然這麼大，難怪乾爹一直對他畢恭畢敬的。同時他也暗暗鬆了口氣，虧得自己一開始就發現了乾爹的異樣，也對這個人恭敬有加。不然，一旦惹他不爽，他隨便動動手指頭就能摁死自己！

他又回憶了一遍自己之前的舉動，確定沒有半點不敬之後，心裡也漸漸得意起來。只要自己今天好好表現，總督大人一定會對自己青睞有加。那麼，事後自己再適當地拍拍馬屁，不愁他不對自己印象深刻。這件事了卻，乾爹回去給自己寫摺子舉薦，總督大人從旁護航……自己升遷指日可待！

越想心裡越美，他也笑咪咪地轉向總督那邊，卻見那位武人出身的江南總督一臉陰沈，像誰欠了他八百兩銀子似的。

直到欽差彭大人也開口詢問，他才不在意地揮手。「本官不過是來旁聽罷了，此事該如何辦，還是看你們。只要證據無誤，依照我朝律法，該怎麼判就怎麼判。」

他們等的就是他這句話！

縣令和他乾爹雙雙鬆了口氣，父子倆互相交換一個眼神，縣令便得意洋洋地看向上頭的欽差。「彭大人，既然人證、物證都已經齊備了，那就請您宣判吧！」

欽差彭大人淡然掃過來一眼。「該宣判時，本官自會宣判，這個不用知縣大人你來提醒。」

縣令只覺胸口一悶，一口氣差點喘不上來。

這個目中無人的武夫！不就是因為前些年在邊關打了幾場勝仗，回朝後得了聖上的賞識，在朝中頗有些威望嗎？不過一個瘸子罷了，他要不是因為斷了這條腿，聖上又急於安撫邊關苦戰的將士們，他以為他能有這一天？

誰不知道這個人在京城的時候就因為性情魯莽目中無人，得罪了不少士大夫，被人聯手給貶出京城。說是領了個欽差的職，其實也不過是四處閒逛而已。結果到了他們這邊，還拿著雞毛當令箭，在他們跟前耀武揚威起來了？要不是看在他手邊那把尚方寶劍的面子上，乾爹出面都能弄死他！

然而現在，他也只能將滿肚子的不悅嚥回去，笑嘻嘻地點頭道：「彭大人您說得對，只是下官還是請您儘快宣判。這外頭這麼多百姓都在等著看這等賊子的下場呢！」

彭大人這次卻是連瞥都懶得瞥他，直接跳過他看向外面人頭攢動的老百姓。「方才的一切你們都看在眼裡。你們是不是也覺得，他們罪該萬死？」

「沒錯！江洋大盜，殺人不眨眼，在他們身上還不知背了多少條性命呢！殺了他們，才對得起那些慘死在他們手下的冤魂！」站在第一排看好戲的張大戶的小廝立即扯著嗓子大叫。

外頭坐在涼棚底下喝著涼茶的張大戶聽了，滿意地點頭豎起大拇指。

這句話音一落，其他張大戶以及縣令早找好的人立刻跟著大聲嚷嚷起來，越說越嚴重，大有不趕緊判他們死刑就對不起天下蒼生的架勢。

縣令笑咪咪聽著，面上卻是一臉為難地看著欽差。「彭大人，您看，這民意如此……」

「好吧！」堂上欽差點點頭，拿起驚堂木。「既然罪證確鑿，那麼本官就此宣判——」

「大人請慢，草民有話要說。」正說至此，忽聽一聲高喝從外傳來，吳大公子終於姍姍來遲了。

他的小廝在前，將圍觀的百姓分開兩旁，而後他才背著手慢悠悠地走過來，拱手對幾個人施禮。「草民吳遠明，見過幾位大人。」

「你就是寫信給本官，聲稱此案有冤屈的吳遠明？」欽差立即問道。

吳大公子點頭。「正是草民。」

「好你個吳大公子！」欽差立即狠狠一拍桌子，一張結實的檀木案几上頭立刻裂開一道有小指粗細的裂痕。欽差氣得滿面通紅，一雙眼更瞪得有如猛張飛一般。「這就是你說的冤假錯案？分明證據確鑿，這兩人也從未辯解半句！」

「所謂證據確鑿，不都是別人說的？他們沒有辯解，只因他們根本就沒有做過，自然也拿不出證據來，更無從辯解起了。」吳大公子笑道。

「這麼說，你是有證據幫他們洗脫罪名了？」

「欽差大人說笑了，在下區區一介商戶，也就識得幾個大字罷了。只是因為和這位大姊相熟，知道她人品高潔，絕非濫殺無辜的惡人，所以才幫她喊一聲冤。」

「也就是說你沒有證據？」欽差的臉又陰沈下來。「吳大公子，你是在戲耍本官嗎？」

一旁縣令一看有機可乘，趕緊便火上澆油。「吳大公子，你實在是太過分了！這李秀娘乃月牙村裡的一個寡婦，平日連鎮上都不怎麼來的。你又是做大生意的人，何時和她扯上關係的？本官在這裡為官好些年，可從未聽說過你和哪個寡婦有過牽扯！難不成……你也是他們的同夥？」

去。

這話一出口，那些人看吳大公子的眼神就變了，連帶秀娘也被不少人異樣的目光掃來掃去。

吳大公子聽了，也臉色陡變。「邱大人您這話可不能亂說！在下祖祖輩輩在這裡做生意，從未做過任何作奸犯科的事，這個您心裡最清楚不過了。」

「那你如何解釋和她的關係，又為什麼要冒著天大的風險為他們伸冤？」縣令不死心地又問。

「在下說了，在下只是不願看到兩個無辜的好人被人冤枉，更不想眼睜睜看著兩個無辜稚兒失去了母親。」吳大公子道。

縣令冷哼。「說來說去，你還是沒有證據。」

「我有！」

話音才落，一個稚嫩卻清脆的嗓音忽地響起。

人群又自動往兩旁退去，大家卻發現——這次出現在眾人跟前的是兩個才丁點大的小娃娃。左邊的是位小姑娘，右邊的是小男孩，兩個人小臉蛋長得五、六分相似，一看就知道是姊弟。

他們手拉著手，大步走進門來，男孩大聲道：「我有證據證明我娘和溪叔叔不是江洋大盜！」

「靈兒，毓兒，你們怎麼來了？」見到兩個孩子，秀娘大吃一驚，立刻抬頭瞪向吳大公子那邊。

吳大公子攤手，無辜地聳聳肩，但馬上又察覺到兩道銳利的目光射向自己。他回頭看去，和溪哥打了個照面，立即一個激靈，趕緊別開頭。

明明看起來年紀差不多，可為什麼和這個人一比，他就覺得自己的道行淺了那麼多呢？

那邊縣令早已經將雙眼死鎖在靈兒、毓兒這對小孩子身上，心底邪惡地笑開了花。

「你這個小不點，還知道什麼是證據？該不是你娘之前告訴你，叫你背下來的？」

「那些話是我娘教我的沒錯，但娘只說過一遍，並沒有特地叫我背下來。」毓兒小手顫抖著，但依然高昂著小腦袋大聲道。

後面那幾個字可以忽略不計。縣令聽到前面半句就兩眼光芒大綻。「欽差大人，總督大人，你們都聽到了，果然是這個女人早就教好的。」

總督嘴角冷冷一扯，欽差也冷笑起來。「本官自然聽到了，但本官也聽到他後面說的話。」說著他便對毓兒招手。「小孩，你過來。」

毓兒小身板一僵，靈兒連忙拉上他。「弟弟你別怕，我一直陪著你。」

「嗯。」毓兒才點點頭，在姊姊的帶領下小步小步走到了欽差跟前五步遠處。

欽差居高臨下看著他，黑漆漆的臉上帶著一抹和善的笑，只是看起來卻分外古怪。「你說你有證據，你打算怎麼證明？本官可沒在你手上看到任何證據。」

「大人，這個證據就在他們出示的物證當中。」毓兒白嫩嫩的小手一指，正中堂上那一件血衣。

「哦？」欽差眉梢一挑。「這個怎麼證明？」

「很簡單啊！他們不是說這件血衣便是當初溪叔叔穿著殺了他們的家人，當時被他們奮力抵抗以致受傷流血染上的嗎？既然血衣上是溪叔叔的血，溪叔叔人就在這裡，你們驗一驗這血是不是溪叔叔的不就行了嗎？」

「喲，本官倒沒看出來，你小小年紀，知道得倒是不少。」欽差訝異地挑眉。「那你說說看，本官又該用什麼法子驗明兩人的血是不是一樣的呢？」

「只要把血衣上的血溶在水裡，然後再取一滴溪叔叔的血滴進去。如果融了，那就說明是溪叔叔的。如果不是，那就不是了呀！」毓兒一臉認真地道。

「好！」欽差頓時也兩眼放光。「正是這個理！本官一開始怎麼就沒想到呢？」

而後，他看向左右兩邊。「鄒大人，徐大人，你們以為？」

縣令的乾爹鄒大人眉頭一鎖，連忙對自家乾兒子使個眼色。縣令聽聞也是一驚——他怎麼就沒想到這一齣？

只是這時候，上頭的徐總督已經點頭。「這小孩說得似乎有幾分道理，那就試試吧！」

欽差再看向縣令。「彭大人，總督大人已經應了，你呢？」

「如果真能證明他們的清白，下官自然也求之不得。」縣令尷尬地賠笑，不住地對手下人擠眉弄眼。「你們幾個，去打一盆清水來，把血衣上的血給溶了。」

幾個人連忙去端上一盆清水來，衙役拿起血衣，將其中一角浸在盆中，很快清水就被鮮血染紅了。

縣令親手拿起棍子在裡頭攪了攪，才對屬下吩咐道：「去把那個人拎過來，放血！」

一刀下去，溪哥胳膊上又被割出一道長長的口子，霎時鮮血如注。一大股鮮血湧入盆中，卻沒有迅速散開溶在一起，反而大塊大塊地凝聚。

縣令一看臉就白了，連忙用棍子攪了又攪，然而他這樣並沒有使血液散開，反而加速它們的凝結速度。

「怎麼……怎麼會這樣？」他雙腿一軟，手裡的棍子啪嗒一聲掉進盆裡。

吳大公子見狀，不禁呵呵一笑。「恭喜彭大人，您親手還了兩位無辜百姓的清白。」

縣令雙唇哆嗦著，都不敢去看上頭自家乾爹還有徐總督的臉色。

「這個……說不定只是湊巧呢？這血衣放多久了，說不定血都壞了，自然是溶不了了。而且只是血不相溶而已，也不能說明他們就是清白的，對吧？」他結結巴巴地說著，但到最後自己都說服不了自己，只得作罷。

吳大公子便笑看著上頭那幾位。「現在血衣已經證明不是有力的證據了，不知欽差、巡撫、總督幾位大人怎麼看？」

事已至此，巡撫便知事情有變，聰明地閉嘴。欽差個性豪爽，當即又往桌上添了一道縫隙。「他奶奶的，原來這裡頭還真有冤情在！原告，你自己說，這件血衣怎麼回事？是不是你故意誣陷他們的？」

「小的不敢，小的說的都是實話啊！大人，小的不敢欺瞞大人您半句！」原本跪在一旁當布景板的原告身體一軟，連連磕頭告饒。

他自是將自己說得委屈無比，但身邊一雙稚嫩的眼睛卻已經看穿了一切。

「你是壞人！那天晚上，你們想欺負我娘，結果被溪叔叔趕走了，溪叔叔還打斷了你的腿！」毓兒突然大叫起來。「大人，他們都是壞人，您趕緊把他們抓起來呀！」

「沒有的事！你看錯了！」原告聽到這話，一顆心都快從嗓子眼裡蹦出來，他很想轉身就跑，但身體卻早不受控制癱軟如泥，他現在能做的也只有雙手捂臉，不讓兩個孩子看到他的臉。

可都到了這個地步，他這麼做無異於此地無銀三百兩。他越是逃避，其他人心裡就越是肯定。

欽差見狀，頓時氣得都站起來了。「好啊，敢情是你這個刁民居心不良，欺負別人寡婦未遂，就起了歹毒心思要害人性命？來人呀，把這個刁民給本官抓起來，嚴刑拷打！」

「不，大人，小的冤枉，小的冤枉啊！」原告嚇得渾身發抖，止不住地磕頭叫屈。

然而衙役們早已經將這些話聽膩了。原告叫得悽慘，他們卻像沒聽到一般，逕自上前把他給架起來。

前頭，兩塊寬兩寸、一人高的板子已然等在那裡。人一被按下去，板子就噼哩啪啦地下來了。

這人哪裡受得住，當即扯著嗓子大喊起來。「大人饒命！小的真的是冤枉的，小的是聽了縣令大人的話來狀告他們，一切都是縣令大人的安排，和小的無關啊！」

縣令一聽這話，心裡大叫不好，忙不迭扯著嗓子高喊：「大膽刁民！你調戲良家婦女在前，誣告清白百姓在後，現在竟還妄想誣衊本官？你果真是膽大包天！來人，把這刁民給本官打入大牢，細細審問清楚！」

衙役們立即聽明白他的意思，一個人當即上前捂住原告的嘴，而後就要將他往後拖拽。

上頭縣令的乾爹見了，無力地別開頭，恨不能現在就和他斷絕關係。

欽差彭大人見狀就笑了。「邱大人，你此舉所為何意？」

「這等刁民實在太可惡，竟然連下官都敢攀咬，這世上還有什麼是他幹不出來的？為免他胡說八道引起百姓恐慌，下官要將他帶下去，問個清楚！」縣令義憤填膺地道。

欽差聞言冷笑。「是不是胡說八道，本官和巡撫、總督心中自有思量。百姓們也都不是愚昧之人，不會因為隨便幾句話就恐慌起來。你放開他，讓他繼續說。」

「大人，這個……」縣令再度對自家乾爹送去求助的眼神。

可他乾爹現在都恨不能自己沒來過這裡，又豈會再任他把自己也給拖下水去？

於是，巡撫抬眼就對上頭的徐總督道：「總督大人，下官也認為此事疑點多多，不妨讓此人留下，將事情說個清楚。」

不想乾爹竟會這般落井下石，縣令都呆怔了。

巡撫立即回頭瞪他。「邱大人，原本看在你我曾經是舊識的分上，本官也不信你會做出這等欺壓良善的事來。但是現在，若果真證實如此，那本官也少不得要大義滅親，還清白百姓一個公道了。」

言外之意，就是他要壯士斷腕，犧牲他以保全自己了。

縣令雖不怎麼機智，但在官場上遊走這些年，又能攀上巡撫認作乾爹，那也是個精明油滑的人物。一聽這話，他心裡就涼了。

「是嗎？既然如此，那就讓他說個夠好了！」徐總督手一揮，衙役們便放開原告。

方才這些人的話原告全都聽在耳裡，也知道在這個地方，縣令才是最末等的，上頭還有這麼多人壓著呢！趕緊便跪到地上，竹筒倒豆子似的將自己知道的所有事情都給說了出來。

這些事情全部抖了出來，別說上頭幾位高官都聽得面色鐵青，就連外頭的百姓也唏噓不已，再看向秀娘和溪哥時，他們的眼神都變作憐憫和同情，連吳大公子都因為「見義勇為」而被他們稱讚了不少句。

風水輪流轉。

縣令耷拉下腦袋，心知已經回天乏術。外頭張大戶在見到靈兒、毓兒兩個小傢伙時，也立即明白大事不好，趕緊起身就想跑，奈何雙腳都沒站穩呢，六、七個人高馬大的漢子就將他們給團團圍了起來。

「張大戶，這不是來看戲的嗎？現在好戲都還沒落幕呢，您還是繼續坐著，等看完了再走吧！」一個人一馬當先擋在他跟前，大大咧咧地道。

張大戶抬眼看著他。「那個人給了你多少錢？我雙倍給你！」

「呵呵，張大戶您這話什麼意思？看您這麼驚慌的樣子，難不成裡頭那潑皮也是您花錢買的？」

「你！」張大戶雙眼圓瞪，種種不好的預感直衝上心頭。

兩人對峙沒多久，衙門裡頭就衝出來幾個拿著大刀的衙役。「張富貴，裡頭有人狀告你買凶殺人，你和我們走一趟吧！」

「幾位差爺，我冤枉啊！我可是本本分分的農戶，我哪有什麼理由買凶殺人？」張大戶趕緊扯著嗓子叫屈，一雙眼卻慌忙四顧，想要找到方便逃跑的線路。

然而那幾名壯漢早已經讓到一邊，將所有逃生的路口都堵得嚴嚴實實。衙役更是直接將鐵鏈一扔。「公堂裡頭好幾位青天大老爺在呢，你若是冤枉的，他們自會還你清白。你現在只管跟我們進去就是了。」

也不管張大戶如何叫嚷，硬是把他給拽了進去。此時，原本是原告的潑皮早已經把所有事情都交代得一清二楚。很快又有人去他的住處將張大戶和縣令給他的銀子搜羅出來。更有不少百姓出來作證，此人就是本地的一個潑皮，只是前些日子失蹤了，回來之後變得又黑又瘦，他們第一眼沒認出來。

由此，又牽扯出這潑皮以往的斑斑劣跡，其中自然也包括他們大晚上跑去秀娘家外頭鬧的事。隨後，就連他往日的酒友賭友們也都被捉過來，烏壓壓地跪了滿地。

事已至此，秀娘和溪哥已是認定清白，身上的枷鎖都被卸了，兩人領著兩個孩子站在一旁看熱鬧。

張大戶和邱縣令罪證確鑿，拿不出證據給自己翻身，耷拉著腦袋跪在下頭，聽著後頭的百姓你一言我一語，將他們過去做的那些好事都給捅出來。

這場面，真是精采得超乎他們想像！

秀娘摟著兩個孩子，看著眼前的張大戶和邱縣令，心裡並沒有因此升起半分快意。看看上頭三位大人，他們臉色各異，其中巡撫大人的眼神尤其詭異。表面上看，他似乎是對這些人的所作所為深惡痛絕，但那嘴角翹起的一絲得意又分明彰顯了他對自己一開始和縣令劃清界線的舉動暗自慶幸。

事情如果就這麼了結，似乎也太簡單了些。

第十一章

坐在主位上的欽差一拍驚堂木。「肅靜！」

嘰嘰喳喳的老百姓們立刻閉嘴，齊刷刷將目光投射過來。

欽差斂眉肅目，義正詞嚴地道：「事已至此，張富貴、邱雲天、武三兒，你們還有沒有什麼要說的？」

潑皮武三兒連連搖頭表示自己該說的都已經說完了。

張大戶心裡暗恨武三兒這麼禁不住事，也憎惡邱縣令居然把好好的事情給搞成這樣，但更恨的還是秀娘母子——如果他們能把這份聰明勁用在和自己一起過日子、生兒子上，那不是更好嗎？只是心裡這麼想，他嘴上卻是一個字都說不出來，低著頭一言不發。

只有縣令，在聽到欽差的話後，他緩緩抬起頭來，渙散的目光漸漸凝聚在鄒巡撫身上。

「乾爹，您果真不打算救乾兒子一條命了嗎？」

巡撫大人一臉正直地搖頭。「鄒大人，你身為一縣父母官，卻不知為百姓謀福祉，反而為了些許蠅頭小利，魚肉百姓，本官對你的所作所為十分不齒！不過看在我們相識一場的分上，本官會代你照料一家老小。」

這是在用他的家小，威脅他不許胡說八道嗎？

邱縣令冷笑。在官場廝混這麼多年，他又豈會不知牆倒眾人推的道理？一旦自己落馬，自己的家人必定也討不到半點好。而這個人，雖然以前對他這個乾兒子還不錯，但現在他都能當著這麼多人的面和自己斷絕關係，又怎會相信在自己下獄之後，這人能善待自己的妻兒？不趕盡殺絕就算好的！

「看來，鄒大人您是逼著下官將我們的過往都說出來了。」在這句話說出口之際，他就打定主意——要死一起死！能多拉一個人下來墊背，自己也算是值了！

聽到他這麼說，巡撫臉色大變。忙要開口，但縣令已經砰砰砰磕了好幾個響頭。「欽差大人，下官有幾件要事要稟，還望欽差大人看在下官誠心為國的分上，給下官一個寬大處理。」

「你給我閉嘴！不許胡說八道！」巡撫立時急得連形象都顧不上了，匆忙起身大叫。

然而縣令都已經決心和他同歸於盡，又哪會聽他的話？當下，他就抬起頭，一五一十將自己早年同巡撫之間的來往、兩人一起做的惡事、乃至巡撫私底下做的那些事情全都交代得明明白白。一時間，公堂上又掀起一大波高潮，比方才還要精采刺激得多。

外頭的百姓們聽得都傻了眼。到這個時候，事情的發展已經完全超出他們的預想，秀娘和溪哥這對主角反而成了陪襯。

兩個人連忙後退幾步，把主戰場讓給他們。不經意間，兩人互相交換一個眼神，卻都沒在對方眼中看到被這一連串巨大消息砸到後的驚詫。

秀娘心智一動，眼底不由帶上一絲笑意。溪哥還是那般酷酷不帶半點表情，但也輕咳一聲，慢慢轉開了頭。

那邊吳大公子見狀，心裡酸溜溜的，很不是滋味。為什麼他有一種感覺——似乎自己前前後後奔忙了這麼久，都是在為別人作嫁衣？

隨著縣令交代得越來越多，上頭欽差和總督的臉色也變得越發陰沈起來。

眼看許多事情都已經超出他們管轄的範疇，現在都不是他們所能判決的了。

「好了！」欽差連忙打斷縣令的滔滔不絕。「此事本官已經知道了，師爺，你可都記錄下來了？」

「回大人，都已經記下了。」

欽差頷首。「邱大人，若是還有什麼想說的，回頭本官再給你個機會詳說。」

「好！下官一定知無不言，言無不盡！」邱大人連連點頭。

欽差再看向巡撫。「那麼巡撫大人，你可還有什麼話要說？」

剛才聽到欽差問那些人時，他心裡還在得意地冷笑，可沒想到這話這麼快就用到自己身上。鄒巡撫滿嘴發苦，在心裡恨不能把姓邱的一家全都抽筋拔骨，扔到荒野裡餵狼。

他握緊拳頭，一臉憤然。「這人品行如何，相信欽差以及總督你們方才都親眼見識過了。這種人說的話能信嗎？他不過是想為自己減輕罪刑，所以胡亂攀咬罷了。」

「是不是胡亂攀咬，等我們查證過後就知道了。」欽差冷笑道。「只是既然邱大人都已經把話說到這個分兒上，本官想包庇你都不行。巡撫大人，還請你摘了這頂官帽，屈尊去大牢裡待幾天。下官即刻修書一封呈給聖上，此事如何判定，全看聖上的意思，你認為如何？」

巡撫面色一冷，看看總督那邊。總督一如既往穩坐泰山，就跟一尊佛似的。只是他的態度已經表達得很明確了——那就是不插手，不多嘴，公事公辦！

這可就糟了！

這總督他也曾打過幾次交道，知道這個人脾氣擰得很。他不愛交際，只管埋頭做事，在朝中也沒有幾個好友，但正是如此，他才會得聖上信任，被派來做這江南總督。現在，既然被欽差請了過來，他也親眼見到這邊的情形，回頭必定也會給京城寫信交代。言語中雖然不會有任何偏頗，可是……現在即便是實話實說，也已經對自己極不利了啊！

早知如此，自己就不該聽信姓邱的話，巴巴地往這個鬼地方跑。這下好了，不僅沒有把吳家的萬貫家財收入囊中，反而還把自己給搭進去，他懊悔死了！

然而事已至此，再後悔也沒有用。

欽差大聲吩咐來人將他們都給押入大牢，當堂宣佈秀娘和溪哥無罪。只是因為事關重大，那些人一時半會兒是無法判罪了，欽差便乾脆將他們全數關進牢房裡，只等京城來消息再行處置。

秀娘怎麼也沒想到，明明只是一個名不見經傳小鄉村裡的一點糾紛，到了現在，居然鬧到要上達天聽的地步。但不管怎麼說，只要那些人拿不出有力的證據來給自己翻身，那麼他們的下場必定會比她預想的還要淒慘得多，而且……

目光瞟過一臉志得意滿的欽差，以及面色稍霽的總督大人，她想這件事肯定不會再有翻盤的機會了。不然，一旦聖上責問下來，這兩位就擺脫不了一個失察、誣陷朝廷命官的罪名，革職查辦都算好的。

即便是為了保住自己的烏紗帽，他們也必定會搜集到足夠的證據，將這群人都給壓得死死的。這樣的話，她就放心了。

既然事情已定，邱縣令、張大戶等人都被戴上枷鎖押入大牢，看熱鬧的百姓們也都散了。欽差看秀娘和溪哥精神不佳，便命人去醫館請來大夫給他們查驗身體。

秀娘還好，只是因為幾天沒有吃飽飯、晚上也不能好好休息，以致身子有些虛弱。溪哥可就不那麼樂觀了。

年邁的老大夫給他細細診過，都不禁搖頭嘆息。「你身上傷口又多又深，這些天也沒有怎麼好好打理，失血過多，接下來只怕要養上兩、三個月才能好。幸好這兩天一直做了清理，還沒有紅腫化膿的跡象，不然恐怕兩隻胳膊都保不住了！」

聽到這話，溪哥便回頭看了秀娘一眼。然而秀娘卻正低頭和兩個孩子說著什麼，沒有理會他。

這一幕自然也落到吳大公子眼裡，他唇畔的笑意又苦澀了幾分。

鎮上醫館裡的藥比村子裡要好得多。老大夫很快替溪哥包紮完畢，又開了幾帖藥，再三叮囑溪哥要好好養著。

吳大公子見狀連忙叫石頭跟著大夫去醫館抓藥，順便把醫藥費給付了，便上前對秀娘道：「既然事情已經了結，這公堂咱們也不用待了。大姊，你們還是快隨我出去吧，我叫人準備酒菜給你們洗塵接風！」

「好。」秀娘淡淡看他一眼，點頭應允。正好她也有事要問他。等話出口，她猛然又想起溪哥的話，趕緊回頭看去。

溪哥一臉平靜。「去就去吧！」

秀娘亂跳的小心房才算是稍稍鎮定了一點點。

到了吳家，秀娘和溪哥分別被帶到不同的房間，秀娘好好洗漱了一通，換上一身乾淨的衣裳，吳大公子便又出現了。

看到那張笑咪咪的狐狸面孔，秀娘不禁冷笑。

吳大公子一見，連忙展開扇子擋在跟前。「大姊，妳先別生氣，我可以解釋。」

「解釋什麼？我把我的孩子託付給你，你就這樣堂而皇之把他們帶到眾人跟前，一旦出了什麼事，你打算怎麼交代？」秀娘冷聲問，她輕嗤。「也是，要真出了事，我肯定也性命不保，你根本不用對我交代。」

「大姊妳別這樣說呀，妳真是誤會我了。」吳大公子委屈得不得了。「那天妳入了獄，我就叫人去悄悄將靈兒、毓兒都給接了過來。只是小孩子嘛，妳也知道的，都是念著娘親的。好些天沒看到妳，他們也擔心焦急。這兩個孩子又聰明，我編的瞎話根本騙不過他們，那我只好實話實說了。結果後來兩個孩子又聽到我家下人說起你們馬上就要過堂，他們死活吵著要去看，我根本就攔不住啊！」

「嗯，也就是說你一個大男人，連兩個孩子都制不住？」秀娘頷首。

吳大公子一噎，霎時哭笑不得。「我知道大姊妳心裡有氣，但我真的是沒辦法。而且，難道妳的孩子妳自己還不知道嗎？靈兒機靈，毓兒聰明，小小年紀知道的東西可不少。那天我也不過在他們跟前隨口提了一句說有一件血衣是證據，他立即就脫口而出可以驗血，甚至還說出好幾種可以讓血相溶相凝的法子。要不是因為他這一句，我還想不出什麼好法子給你們洗脫罪名呢！」

說到這裡，他又忍不住對秀娘擠眉弄眼。「說起來，那幾種方法我以前從未聽說過，妳說他一個才丁點大的娃娃怎麼知道的？」

秀娘白他一眼。這人有話從不肯好好說，分明都已經懷疑到她身上了，卻還要換個法子說出來，就是拐彎抹角逼她親口承認是嗎？她偏不如他的意！

秀娘直接轉換話題。「不管怎麼說，此事多謝吳大公子您出手相助。我們幾個人都身無長物，現在說報答也是笑話，以後所能做的也不過多種些菜，讓您家的酒樓多賺些銀子，還請吳大公子不要因為銀子少就嫌棄。」

計劃落空，吳大公子臉色就跟被雷親到一般，反覆變幻了幾種顏色，他才又笑咪咪地點頭。「不嫌棄、不嫌棄。能認識大姊你們一家子，就已經是我此生之大幸，我哪裡還奢望更多？不過——我那天提的事情，妳真的不再考慮考慮？」

秀娘臉色一冷。「吳大公子！我們早說好的，既然這個賭約我贏了，你男子漢大丈夫，難道連願賭服輸都做不到嗎？」

「做是做得到，可就是還有些不甘心。」吳大公子小聲道。「妳的兩個孩子我也很喜歡，如果咱們做了一家人，我一定把他們當作親生兒女對待。」

「不用了。」秀娘冷聲拒絕。「我的孩子有親爹，雖然他已經戰死沙場，但親生父親是獨一無二的，沒有人能替代。」

「那個人也不行？」吳大公子突然問出一句。

秀娘一怔。「誰？」

吳大公子指指隔壁。「妳的溪哥啊。」

「吳大公子，請你放尊重點！」秀娘是真生氣了，沈下臉繞過他，徑直往外頭走去。

但到了門口，她的腳步猛然停下。只見房間門口，早收拾完的溪哥正站在那裡，身邊還站著兩個小傢伙。

以往這個人總是隨意在身上披一件衣裳，頭髮也只是往頭上一束就不管了。現在這樣突然收拾得乾淨整潔，下巴的鬍子也刮得乾乾淨淨，那滿身的粗獷去了大半，讓秀娘差點就認不出人來！

要不是那高大的身形，還有那雙深邃漆黑的眸子，她都不敢確定眼前這個輪廓中透出幾分俊朗的人，是自己已經認識許久的溪哥。

「娘！」兩個孩子見了她，連忙飛奔過來。

秀娘趕緊牽起他們，慢步走到溪哥跟前。「你收拾好了？」

溪哥點頭。

「那，我們回去吧！」

「好。」

兩人說好，便一齊轉身。

吳大公子追出來就看到這一幕，連忙大聲喊道：「大哥，大姊，時候不早了，你們就先別回去了吧！在這裡過上一夜，明天一早再回去不遲。」

「不用。」溪哥沈聲回絕。

吳大公子還不死心。「大哥你別忘了你身上還有傷呢！才剛包紮好，要是一路奔波回去，傷口裂了怎麼辦？」

「有她。」溪哥看向秀娘。

吳大公子差點被自己的口水給噎死。而秀娘，她居然也沒有拒絕，那就是默認了。

這兩個真是夠了！前腳才剛拒絕了他，轉頭這兩個人就當著自己的面秀起恩愛來。

吳大公子鬱悶死了。他咬牙切齒地道：「既然你們心意已決，那我也不多留了。我祝福你們恩恩愛愛，白頭偕老，請客的時候記得發給我一張帖子，我一定給你們送一份大禮去！」

秀娘大驚。「吳大公子，你又在瞎說什麼？」

「是啊，我最愛瞎說大實話了。」吳大公子恨恨道，雙眼挑釁地看著溪哥。

怎奈溪哥根本就懶得理他，當著他的面就大步朝外走去，留下一個後腦勺給他看。

秀娘見狀，也趕緊牽著孩子們跟上。

可憐的吳大公子上躥下跳忙碌了這些天，最終結局就是被他們集體拋棄。眼睜睜看著這幾個人漸行漸遠，只留下他一個人站在風中凌亂，一張臉上青白交錯，格外好看。

石頭站在一旁看得於心不忍。「公子，你這又是何必呢？這兩人不識好歹，以後咱們不理他們就是了，這個月亮鎮上，不知道多少人想和你交好卻找不到門道呢！」

「那些俗人能和他們相提並論嗎？」吳大公子沒好氣地道。

石頭搔搔腦袋。「那公子的打算？」

「去準備東西，到了他們的好日子，本公子一定要送一份讓他們一輩子都忘不了的大禮。」吳大公子桀桀笑道。

石頭一個激靈，心裡卻在暗嘆：公子啊公子，到頭來，誰讓誰一輩子都忘不了還說不定呢！現在就是你一個勁兒在拿熱臉貼別人的冷屁股，人家根本連理都不想理睬你！

因為溪哥有傷在身的緣故，秀娘在牢裡待了這些天，身子也格外虛弱，原本兩個時辰能走完的路程，這次他們走了將近三個時辰。當兩個人抵達月牙村的時候，天早已經黑透了。

正值月初，天空黑漆漆的，見不到半點光亮。村子裡的人家也黑洞洞的，竟連點油燈的都沒有幾家。一路走過來，整個村子都籠罩在一種詭異的氛圍裡。

幾個人摸索回秀娘母子三人的茅草屋，推門進去，才發現裡頭亂糟糟的，桌椅板凳全都砸爛了。不用說，肯定是張大戶的人幹的。

早料到會有這樣的狀況，秀娘只是皺了皺眉，就默默去將這些破爛全掃起來。溪哥站在門口，眼看著他們把屋子都收拾好了，才轉身離去。

秀娘眼角餘光瞥到，連忙丟下手頭的事情追出去。「你去哪兒？」

「回山上。」溪哥指指遠方黑漆漆的天空。

「已經很晚了。」

「沒關係。」

「那好吧！」看他一臉淡然，秀娘也不好再說什麼，便從床底下翻出一盞尚完好的乞賜風燈，點燃了遞過去。「路上小心。」

溪哥看看燈罩中跳躍的火苗，緩緩伸手接過，接著轉身大步走開。

秀娘靠著門框，看著昏黃的燈光伴著他高大的身影漸漸走遠，一顆心也漸漸變得空落落的。

「娘。」靈兒突然走到她身邊。

秀娘低下頭。「怎麼了？是不是累了？娘馬上去燒水，咱們洗了澡就睡。」

靈兒搖搖小腦袋。「妳和吳叔叔的話，我們都聽到了。」

「是嗎？」秀娘艱難地一笑。

靈兒點點頭，大大的眼睛眨了眨。「娘，我想讓溪叔叔當我爹。」

秀娘胸口立刻像是被什麼狠狠一撞。「靈兒，妳……妳說什麼？」

「我說，我想要爹。溪叔叔很好，我想讓他當我和弟弟的爹。」靈兒聲音越說越小，最終低下頭去。

秀娘將目光投向一旁的兒子。「毓兒，你也是這麼想的嗎？」

兒子睜大眼睛看著她。「有幾個晚上我都作夢，夢見爹回來了，他抱著我，讓我坐在他肩膀上。可是我低下頭的時候，卻發現爹長得和溪叔叔一模一樣。」

不用說了，她已經明白了。原來在不知不覺間，那個人已經把她的兩個孩子都收服了嗎？

秀娘勉強扯開一抹笑。「好，我知道了。」說完，便出去燒水了。

洗漱過後，母子三個一起躺上床去，卻是罕見的全都了無睡意。

兒子女兒翻來覆去，最終兩個小傢伙都坐起來。「娘，妳還沒告訴我們，妳要不要溪叔叔當我們的爹呀？」

「這個……不是娘能決定的呀！」秀娘低聲道。

溪哥雖然對他們很好，但是每次都好得恰到好處，從不越雷池半步。兩人即便是在牢房裡，也都保持著適當距離。他護著她，卻也僅只是護著而已。從認識到現在，他就沒有給過她半點表示，那張冷臉更是幾乎半點額外的表情都沒有。她又從哪裡去判斷他的心思？她又怎麼知道他是不是出於報恩的心態才會對他們這樣盡心竭力呢？

「那明天我去問他。」毓兒立刻便道。

靈兒也點著小腦袋。「我也去，我們就問溪叔叔願不願意當我們的爹！」

「不行！」秀娘立即否決。

「為什麼呀？」兩個小傢伙異口同聲地問。

還用說嗎？這種事情，本就羞於啟齒。現在由女人提出來更是……要是他應了還好，但要是不應，這好不容易建立起來的關係就徹底毀了，她以後還有什麼臉去見他？

一旦事情傳出去，村子裡的人都知道她一個寡婦家的耐不住寂寞，竟然主動去向男人求親，那就更糟糕了。自己被人指指點點還好說，可關鍵是兩個孩子……

「沒有為什麼，我說了你們有爹的，你們不需要別的爹。」秀娘冷聲道。

「可是，我爹長什麼樣，我根本就不知道呀！」毓兒小聲道。

靈兒也嘟起小嘴巴。「從小到大，我們只看到村子裡其他孩子都有爹，就我們沒有。我從來都沒有叫過一聲爹。」

「我也是。」毓兒的聲音帶上了哭腔。「而且村裡的小泥巴，他爹死了，他娘不又給他找了個爹嗎？為什麼我們就不行？」

這兩個孩子是雙生子，從小一起長大，心思也有些相連。現在一個哭了，另一個忍不住，也跟著掉下眼淚來。

秀娘聽得心都痛了，無奈地把兩個孩子擁在懷裡。「這件事是娘疏忽了，娘對不起你們。只是……你們給娘幾天時間好嗎？讓娘好好想一想。」

「幾天？」靈兒哽咽著問。

「三天吧！」秀娘想想道。

「好，就三天。三天後，要是娘妳不說，我們就自己去問溪叔叔。」

秀娘在心裡長嘆一聲。這年頭是流行逼婚嗎？先是里胥婆娘，然後是吳大公子，現在居然連自己的兒女都看不下去，非逼著她找個男人搭伙過日子？

倒是溪哥……想到那個不苟言笑的漢子，她心中一動，又猶豫起來。

這麼長時間相處下來，又被他救了這麼多次，若說對他沒有感覺那是胡扯。可是，那個男人至今身分不明，他的一舉一動、一言一行都明明白白昭示著他並非普通人。她現在就擔心，他在月牙村待不久，要是哪天他恢復記憶想到自己的家人，或者被他的家人找到了，那該怎麼辦？更糟糕的情況是——如果他已經成親，早有了妻兒，到時候他們母子幾個又該怎麼辦？她總不能讓孩子們空歡喜一場啊！

越想越多，越想越亂，她想得腦子都疼了，一直折騰到天邊露出一抹魚肚白才勉強瞇上眼。

很快天亮了，秀娘又早早起床來。

既然茅屋都已經被砸得差不多了，那麼外頭的菜園子也肯定不保。只是等親眼看到，秀娘還是心疼得不行。

這可是她花了好幾年的時間艱難開發出來的，裡頭的小菜更是她辛辛苦苦種出來的，只因為得罪了個張大戶，就被徹底毀了個乾淨。

「秀娘，妳回來啦！」隔壁蘭花突然探出頭來，趕緊跑過來。「昨晚我們等了半天，看你們一直沒回來，就以為你們是在鎮上留宿呢，沒想到你們還是回來了。」

秀娘淺淺一笑。「是啊，鎮上又不是我們的家，所以我們忙完就回來了。」

「哎，回來了也好。你們是回來得晚，沒有碰到那些人。」蘭花搖頭嘆息道。「妳不知道，昨天村裡人剛從鎮上回來，衙門裡就來人了，一個個凶神惡煞的，衝進張大戶家裡就又揪又罵的，把他們養的那些家丁全捆起來了，張大戶的那些小老婆全都嚇得半死，好多人捲著金銀首飾就跑了。他婆娘也帶著傻福哥要跑，結果被衙役抓住，一樣捆起來扔上車，拉回鎮上去了。」

「對了！他們還在村裡找了一回劉天和鍾剛，不過那兩人不知道是不是從哪兒接到消息，早八百年前就不見蹤影。那些衙役走之前還跟我們說，要是看到他們，就捉住送到鎮上衙門裡去，欽差大人重重有賞！哈哈，活該，那些惡棍都惡有惡報，大家都開心死了！」

秀娘陪笑著點頭。「的確是惡有惡報。」

「可不是嘛！」蘭花笑嘻嘻地指指鍾老太太家。「昨天全村人都高高興興的，就那老太太坐在屋子裡又哭又罵，還要拿著棍子打人家衙役，結果人家瞪她一眼，她就不敢動了。昨天晚上還坐在家門口又罵了半天。妳等著吧，一會兒她肯定又要來找妳麻煩！」

不用一會兒。看看前頭，鍾老太太已經扯著嗓門嘶嚎著往這邊過來了。

看到秀娘的身影，鍾老太太嗓音陡地拔高，跟割雞脖子一樣尖叫。「都是妳這個天殺的小娼婦！剋死了峰哥，現在竟然連我的剛哥都不放過！我們老鍾家是造了八輩子的孽啊，怎就收留了妳這個掃把星！當初我就不該可憐你們一家，更不該用十個銅板把妳買下來！我可憐的剛哥啊，你要是有個三長兩短，我怎麼活啊！咱們老鍾家這是要絕後了啊！都是這個小娼婦害的！」

一嚎三嘆，餘韻悠長，倒是比以往更多了幾分韻致。

秀娘和蘭花對視一眼，兩人雙雙翻了個白眼。

「這老太婆還真是不要臉。他們母子倆先設計妳，後面鍾剛又替張大戶當狗腿子，差點害了你們倆的命。他們做了這麼多壞事，她倒是一聲不吭。現在她兒子還只是被通緝呢，就跟有人要害她命似的，哭天喊地叫屈了！」蘭花沒好氣地吐槽。

秀娘淺笑。「她不就是這樣的人嗎？」

這世上只有他們母子是最純真、最善良的，不管他們做什麼都是對的。他們收留她在家裡做牛做馬是大發慈悲，他們想拿她換銀子是瞧得起她，就連鍾剛和張大戶狼狽為奸也是理所當然。反正他們就不能違逆這對母子半點，不然就是大錯特錯，就該天打雷劈。世上這樣的人不多，她何其有幸，就碰上這樣一對。

說話間，鍾老太太已經走到跟前，黑粗黑粗的手指頭直接就點上秀娘的鼻子，一張老臉上眼淚鼻涕都糊在一起。「李秀娘，妳給我等著！要是我的剛哥有個好歹，我讓你們一家子給我的剛哥陪葬！」

「是嗎？」秀娘輕笑，隨手拿起門口的鋤頭。

鍾老太太嗓音一噎，立刻嚇得不說話了。

秀娘再對蘭花淺淺一笑。「妳趕緊回去吧！現在張大戶家沒了，妳家少了一份進項，以後得多幫妳爹娘做點事才行。」

「我知道，早些天我就已經和我爹娘商量好了。反正我年紀也不小了，就在家幹幾年活兒，到時候說一戶人家，嫁出去也就行了。」蘭花點點頭，又瞪了眼鍾老太太，才回家去了。

見蘭花走了，鍾老太太張嘴又要罵——

秀娘立刻狠狠一鋤頭鏟在她腳跟前，把地皮都挖起一大塊。

「鍾家孀子，妳一大早過來我家幹什麼呀？有事直說，我聽著呢！」她一面笑咪咪地說著話，一面又在鍾老太太跟前狠狠鏟幾下，很快就鏟出一個小坑。

鍾老太太被她這股狠勁嚇得身體一僵，不由得又想到秀娘那天藏著剪刀要抹她脖子的事情，立即一個哆嗦，腳下不由自主地往後退去。

只是這樣未免顯得自己太懦弱了，她心裡還是有些不甘，便扯著嗓子又開始喊：「鄉親們快出來看啊，這忘恩負義的小娼婦要殺了我這老婆子啦！要出人命啦！快來個人救我啊！我要死啦！」

她喊了半天，結果四周半點動靜都沒有。

昨天全村人才去鎮上親眼目睹總督欽差等人審案，也知道鍾剛和張大戶勾結幹的那些事，一個個心裡對這兩母子只有鄙夷不屑，對秀娘孤兒寡母幾個更是滿心同情。現在聽到她這麼叫，哪個還有心思出來給她助陣？不來看她笑話，還是看在她年紀大了，怕這老太太一不小心給氣個好歹，還要算到他們頭上。

老太太這些年的所作所為他們都看在眼裡，知道不是個好糾纏的人，偏偏兒子又成了朝廷欽犯，現在是連個養老送終的人都沒了。秀娘這養子媳婦也已經和她徹底脫離關係，他們可不想弄個這樣的老太婆回去供著，所以任憑鍾老太太怎麼呼號，這些人就是不動一下。

鍾老太太嚎了半天，竟是一點用都沒有。倒是秀娘，她已經唇角含笑，在家門口刨出一個大坑。

這坑要是再大一點、再深一點，裝下一個她綽綽有餘！這小娼婦現在肯定恨死自己了吧？如今剛哥也不見蹤影，只怕她會把對剛哥的恨也轉嫁到自己身上來。她還不知道什麼時候和鎮上的吳大公子勾搭上了，要是她弄死了自己，又有吳大公子幫著，肯定村子裡的人也不敢放一個屁……

想到這一層，鍾老太太一個激靈，趕緊踮著小腳跑了。

乾嚎了半天，敢情還是怕死？

秀娘輕嗤，隨手把坑給填了，扔了鋤頭回去，兩個孩子也已經醒過來了。

「娘，別忘了昨晚上咱們說的話唷！」毓兒揉著眼睛，還不忘提醒她。

秀娘無力。「知道了，現在咱們還是想想怎麼把家裡收拾整齊吧！」

昨晚他們也不過隨便收拾了一下，勉強能過夜罷了。現在天亮了，他們也沒別的事做，自然是要把前前後後都整理好，然後重新開始。

只要想到頭上張大戶和鍾家這兩座大山都已經被掀翻了，她就覺得無比輕鬆，也幹勁十足。憑著自己手頭那點銀子，還有和吳大公子的契約，她相信以後的日子一定會越過越好，即便現在眼前還是一片虛空。

孩子們連忙點頭，母子三個一起清理起屋子。

「咦，娘，妳看這個！」正收拾著，靈兒突然提著一個東西送到秀娘跟前。

秀娘眼神一凝。「這是妳溪叔叔的藥。」

「是啊！溪叔叔昨天沒帶上山去呢！」靈兒道。

毓兒一聽，小臉立刻皺緊。「溪叔叔受了好重好重的傷，沒喝藥怎麼行？我每次病了都要喝好久的藥呢！溪叔叔現在肯定難受死了，我要給他送上去。」

「等一等！」秀娘連忙把小傢伙給按住。

兒子急得小臉都紅了。「娘，溪叔叔在等著藥喝呢！」

他等著才怪！秀娘心裡暗罵。那個人她還不知道嗎？對什麼都不上心，對自己的身子也一樣。在大牢裡那麼糟糕的環境下，居然還拒絕她替他清理傷口，一口一句無所謂。現在已經出來了，也讓大夫看過上藥了，這藥他會熬了喝才怪！給他送上去，只怕他轉頭就扔進山裡餵野獸了。

哎，真不知道那個人前面那些年都怎麼過的，就憑一副好身體硬抗，他也算是命大。

秀娘低嘆口氣。「我沒說不給他喝藥。他那裡不是什麼都缺嗎？一會兒我把藥給熬好了，你直接送上去讓他喝。」

東西都送到嘴邊了，還有兩個孩子盯著，她就不信他還敢不喝下肚去。

「哦，原來是這樣啊！」毓兒明白了，頓時笑逐顏開。「娘，妳真好。」

「沒你好，你這個小白眼狼！」秀娘咬牙切齒地在兒子額頭上戳了一把。

一會兒，秀娘做好早飯後，就順手替溪哥把藥給熬好了。吃過飯，靈兒、毓兒就提著裝藥的小罐子蹦蹦跳跳地往山上去了。

秀娘便留下繼續整理被折騰得一塌糊塗的菜園子，心裡也一邊在考慮著該續種些什麼菜好。才剛計劃到一半，兩個孩子就噘著小嘴回來了。

「這是怎麼了？」秀娘便問。

「娘，鍾家奶奶跑到山上，罵溪叔叔去了。」毓兒憤憤道。

自從和鍾家脫離關係後，孩子們也都順口不再管鍾老太太叫奶奶。只是輩分擺在那裡，孩子們便只在前頭加了鍾家兩個字，繼續將她當長輩敬著。奈何那老太太不自重，非得一再刷新自己形象的下限，秀娘也頗為無力。

現在聽說她新一輪的作為，秀娘還是又愣了一把。「她去找你們溪叔叔？找他幹什麼？」

「她說，溪叔叔是壞人。要不是因為溪叔叔突然出現，娘肯定早已經嫁到張大戶家裡吃香喝辣去了，她和小叔也能安樂富足地生活，說不定連兒媳婦都有了，但就是因為溪叔叔害得他們母子離散，她孫子都抱不上，所以她要溪叔叔賠！」

「賠什麼？」

「賠她一百兩銀子，就當以後子孫給她養老送終的錢。」

我的天！這神邏輯……

秀娘張口結舌，真覺得這鍾老太太是個妙人，永遠都能做出超脫她想像的事情來。明明是他們母子自己心思不正，最終惡有惡報，關溪哥什麼事？不過……轉念想想，如果沒有溪哥，他們母子說不定早在逃進山裡那天就被抓回去，強行嫁給張大戶。鍾老太太母子也就心安理得地收了那十兩銀子，日子似乎也能安樂富足起來。

這麼說的話，她去找溪哥似乎也是說得過去。但是，她怎麼開得了口去要一百兩銀子的？她當是一百斤大白菜呢！

「那溪叔叔怎麼應付她的？」秀娘突然對這個很感興趣。

「沒有啊！」兩個孩子齊齊搖頭。

「沒有？」

「是啊！溪叔叔根本就沒理她。她罵她的，溪叔叔做自己的。」

秀娘再度無力地扶額。她怎麼忘了，那男人就是個不愛說話的，就連和她都不怎麼開口，更何況是別人？在大牢裡蹲了七、八天，他總共說不到十句話，其中七、八句還是和她說的。外頭那些人，一人都分不到一個字。現在輪到鍾老太太，情況肯定也差不多。

只是，怕就怕鍾老太太那沒眼力見的，看他這樣還以為他是慫了，越發變本加厲，要是再惹出點什麼來，那可就難辦了。

秀娘幾乎都能想像到接下來會發生什麼事。

果然接下來幾天，鍾老太太就盯上了溪哥。每日天一亮她就拄著一根棍子上山去，一邊走一邊罵，見到溪哥後就罵得更響亮了，反正翻來覆去就是那幾句話，並一再強調要溪哥賠她一百兩銀子養老，不然她就不放過他！

罵渴了，她就喝一口溪水；餓了，就搶溪哥撿到的野果、烤好的野味大口大口吃；累了，更是隨意往溪哥親手搭的屋子裡一躺，繼續破口大罵。

溪哥竟然也忍了，照舊她罵她的，他做他的，只當耳邊多了隻蒼蠅，竟是連一個眼神都懶得奉上。

聽著孩子們天天把山上的情形描述給她聽，秀娘都不禁對溪哥的定力嘆為觀止。鍾老太太，那可是個大殺器啊，他竟然就這麼忍了！

無力地搖頭，她所能做的也只有每天替他熬好藥叫孩子送上去，幫他把傷早點養好。至於鍾老太太那精神上的折磨……那就只能他自己化解了。

這一天，她揹著背簍在山裡尋找野菜。雖然已經去鎮上買了些蘿蔔、白菜的種子回來種，但這年頭的菜終究還是少了些，想從這上頭翻花樣還是太過艱難。要想讓吳大公子的酒樓做出與眾不同來，還是得推陳出新才行，所以秀娘決心從增加蔬菜的種類上入手。

這大山就是一個莫大的寶藏。許多野菜經過數代的改良過後，都成了後來人們飯桌上的常備菜。她雖然在短時間內做不到最好，但比現在市面上的菜要強些還是沒問題的。

真沒想到，到了這個地方五年，自己終於又有機會重操舊業，一切還是託了吳大公子的福！

秀娘微微一笑，將一株野芋頭連土一起挖起，小心放進背簍裡。今天她是特地順著小溪在尋找，現在背簍裡已經裝了茭白、蒲草等物，再加上這些野芋頭，今天的任務就已經完成得差不多了。

回去把它們都種在屋後的小河邊，過不了多久，它們就會蓬蓬勃勃地生長起來，到時候就是一大盤一大盤的美味了。

抹抹頭上的汗，秀娘含笑地抬起頭，不想就聽到上頭一連串尖利的叫罵聲傳來——

「你這個瘟神、掃把星！你還我兒子、還我兒子！都是你，你為什麼要來這裡？你要害死我兒子、害死我了你知不知道？你不還我兒子就給我銀子，一百兩銀子，一文錢都不能少！不然，不然我就去官府告你，告你……告你心思不正，非禮我這個老婆子！」

秀娘腳下一個踉蹌，好不容易收集的一背簍寶貝差點就全倒出去了。

這鍾老太太還要不要點老臉了？居然連這種話都能說出口！

但溪哥還是那般穩如泰山，竟是半點反應都沒有。

鍾老太太頓了頓，頓時更氣急敗壞地大叫。「你還不說話？你啞巴啊你！不對，你才不是啞巴！就是那個小娼婦教你的，她叫你不給我錢的對不對？我就知道，那小娼婦心毒得很，她害死了自己男人還不夠，還勾引我的剛哥。看我剛哥不要她，她就去勾搭張大戶，還要害死我的剛哥！可憐我的剛哥啊，就被這個毒婦給害了！留下我這個孤老婆子，每天盼星星盼月亮，就盼著老天爺能開開眼，一道雷下來，劈死這個小娼婦給我的剛哥報仇雪恨！」

「不許罵我娘！我娘不是壞人，妳才是！」

忽地一聲大叫傳入耳中，秀娘猛一驚。

是毓兒！不好，這孩子又被刺激到了！這個孩子十分纖弱敏感，平時一聲不吭，但一旦喜歡上誰，那就是把誰給放在心底，不容許別人說他半個不字。雖然這些年聽多了鍾老太太對她的辱罵，他的接受能力也有些提高，但每當別人說得過分了，他還是會忍不住。上次被磕破頭就是因為這個，而現在……

心口霎時一緊，她趕緊往上跑幾步，就看到鍾老太太一臉氣急敗壞地揮著棍子要打毓兒。

溪哥一把將孩子給攬到身後，高大的身軀成了擋在他跟前的一座大山。鍾老太太的楞棍就毫不留情地落在他身上，一面打，還一面罵罵咧咧。「我打死你！打死你！你死了，就沒人跟我們作對，我的剛哥就能回來了！」

「妳不要打溪叔叔，溪叔叔是好人！」毓兒從溪哥後頭探出小腦袋說一句。

鍾老太太瞅準機會，又一棍子揮過去。「小不死的，我先打死你！」

「毓兒！」秀娘看在眼裡，整個人都繃緊了，忙不迭飛奔出去，一把將鍾老太太給推到一邊。「不許碰我的孩子！」

鍾老太太一屁股坐到地上，正要爬起來，就看到秀娘手裡的鐮刀，立即雙腿一軟，乾脆就坐在地上，繼續用她的這第一百零八招。

「哎喲，殺人啦！這小娼婦和她的姦夫要合起夥來殺了我呀！」

秀娘恨得咬牙切齒。「妳說我要殺了妳是不是？好，現在我就給妳一個痛快！」說著話，就舉起鐮刀。

鍾老太太嚇得臉都白了，立刻一骨碌翻身爬起來，飛也似的往山下跑。

秀娘哪肯讓她就這樣一走了之，三步併作兩步追上去，一把將她的去路堵得死死的。「罵呀、打呀，妳倒是繼續啊！我們這對姦夫淫婦都在呢，妳想罵什麼儘管罵，我們都聽著，只要是真的，我們絕對認！」

「妳……」鍾老太太瞪大眼看著她，知道秀娘是玩真的，心裡也開始發怵了。

這些天她之所以沒去找秀娘，就是怕了她那副要和她同歸於盡的架勢。而溪哥呢，雖然長得人高馬大，卻是個不聲不響的，不管她怎麼罵、怎麼打，都不吭一聲。就算被她搶了吃喝也都默默忍了，雖然聽人說過他如何如何凶猛，但自己卻沒親眼見過，而且這個人天天都在喝藥，可見身子正虛弱著呢，她就打著打著打出了自信，一天比一天更變本加厲地過來找他麻煩。

其實說白了，就是給自己心裡的苦悶找點發洩，順便免費尋點吃吃喝喝。要是哪天溪哥真的扛不住給她一百兩銀子，那就更好了。

時間長了，她都已經習慣這樣的日子。只是秀娘這兩個小蘿蔔頭煩人，時不時就蹦出來膈應她。靈兒還好些，這毓兒就像個小尾巴似的，幾乎一天到晚黏在溪哥屁股後頭。她罵溪哥，他要反駁；她罵秀娘，他就更要反駁，她已經看他不順眼很久了。

正巧秀娘不在，這溪哥又跟個鋸了嘴的葫蘆一樣，趁這個機會不打他還等什麼時候？可沒想到，她棍子才舉起來，溪哥竟然一改之前的逆來順受，直接就把這小崽子給保護起來了！緊接著，秀娘又出來了。

這兩個人是商量好的吧？一瞬間，鍾老太太覺得自己委屈得很，她被欺負了！

「你們……你們兩個人，年輕力壯的，合夥來欺負我一個老婆子，你們的心太壞了！你們的腸子都是黑的！」她越想越委屈，最後眼淚忍不住流下來了。「我上輩子是造了什麼孽唷！辛辛苦苦拉拔大兩個不是親生的孩子，還張羅他們成親，結果一個去了邊關就死了，連把米都沒孝敬過我；一個轉臉六親不認，害了我的兒子，還要聯合姦夫殺了我！這年頭好人沒活路了啊，姦夫淫婦要害人，老天爺也不睜眼，由著他們作惡多端啊！我的命好苦啊！」

這一字一句，聽得秀娘額頭上黑線直往下掉。

顛倒黑白，信口胡謅，這事也就這位老太太幹得出來了，而且還是信手拈來！

看看溪哥，他還是那麼一副冷臉，就跟什麼都沒聽到一般，只是一動不動地站在那裡。

看他們沒有反應，鍾老太太頓時嚎得就更起勁了。「姦夫淫婦，你們倆不得好死！你們要殺我是不是？好啊，殺啊！以後我的剛哥當了大官回來，肯定會為我報仇，等我下了陰曹地府，我也要跟閻王爺告妳的狀，叫妳被打入十八層地獄，永世不得翻身！你們倆都一樣，全都不得好死！你們這對姦夫淫婦，你們注定死無全屍！」

「妳閉嘴！我和他什麼事都沒有！」秀娘不耐煩地打斷她。

一口一個姦夫淫婦，她自己說著不嫌噁心，她聽著還嫌噁心！

鍾老太太本來就是色厲內荏，一個勁兒這麼叫喚，也只是想喚來山裡的人給壯膽而已。可是，既然上次她在村子裡嘶嚎就沒人肯理她，現在大家都已經習慣她天天在溪哥這裡找事了，又有誰會主動跑過來？頂多遠遠的看熱鬧就罷了！

鍾老太太一聽這話，立刻又拔高嗓子。「還什麼事都沒？當初是誰見到個男人就走不動路，死活和他在山上待了好幾天？又是誰整天往山上送吃的，對人比對自己婆婆和小叔子還上心？就連那野男人生病了，還一天三頓地熬藥送上來，以前我生病了也沒見妳這麼用心伺候過！都已經做到這個地步了，妳還好意思說你們沒什麼？誰信啊？我呸！姦夫淫婦！」

「姦夫淫婦？」秀娘輕笑。「妳就認定我們是姦夫淫婦了對不對？我不嫁給您老看，還真是對不起您這些日子的關照了。」

話落，她大步走到溪哥身邊，一手拉上他粗糙的大掌。「今天我就在這裡告訴妳，我李秀娘，嫁定這個男人了！以後，我們就是名正言順的夫妻，您老就是我們的大媒人！」

「妳！」鍾老太太雙眼猛一瞪，到嘴邊的話說不出來了。

話一出口，秀娘也嚇了一跳，卻不想身邊的孩子已經歡快地跳了起來。

「太好了！溪叔叔要當我爹了！我有爹啦！我馬上就要有爹了！」

鍾老太太一聽，立刻氣不打一處來，舉著枴棍就往毓兒身上抽。「小兔崽子，你還想要爹？你爹早就死在戰場上了，屍體都被野狼給叼走了！你這輩子就是個沒爹的孩子，你命中注定的！」

豈料，她這一棍子就愣是沒有打下去。

鍾老太太抬起頭，便見到溪哥不知道什麼時候走過來，有力的手掌輕輕一捏，就把棍子給牢牢握在手裡，叫她半分動彈不得。

「你你你……你敢和我動手？」鍾老太太不可置信地低呼。

這些天打罵溪哥早已經成了習慣，她更習慣了溪哥的默默順從，現在看他竟然膽敢反抗，她的怒火立即就從肚子裡竄上來，竟然比看到秀娘母子反抗她時更加怒不可遏。

溪哥五指收緊，手裡的棍子立刻碎成粉末。大手一張，枴棍的粉末便隨風飛揚起來。

「走，不然我不客氣了。」薄唇微啟，他只吐出一句話。

鍾老太太見狀，頓時嚇得腿都軟了。

「媽呀！」身體一個激靈，她連枴杖都顧不上，一扭身，飛也似的往山下跑去。這穩健的步伐、這矯捷的身姿，哪有半點需要被人奉養的模樣？

「好哇！」一見狀，毓兒又歡快地拍起手來。「溪叔叔最厲害了，你把她給趕走了！」

溪哥低下頭，竟然罕見地對他點點頭。毓兒見狀，立時更開心地歡蹦亂跳起來。

可是秀娘就尷尬了。剛才自己就跟吃錯藥似的，也不知道是被鍾老太太哪句話給刺激到了，竟然脫口就說出那句話。這對鍾老太太的殺傷力是夠大，可是現在，自己又該怎麼圓場？

手足無措之時，卻見溪哥轉身帶著毓兒往回走去。過了一會兒，他就從茅屋裡走出來，一手拿著那張虎皮，另一隻手裡還提著一只巨大的籠子，裡頭裝了不下五十隻野兔野雞野鳥等物。

「你這是幹什麼？」秀娘不解地問。

溪哥一臉認真地看著她。「要成親，不得花錢辦酒席嗎？」

啊？秀娘一愣。

「我就隨口一說，你還當真了？」

「當著孩子的面，妳也說謊？」溪哥聲音陡地一沈。

秀娘的心都跟著一顫。「我……」

這個時候，毓兒突然一溜煙朝前衝去。「姊姊、姊姊，娘說話算話啦！咱們馬上就有爹了！」

「真的？」靈兒連背上的小背簍都沒取下來，就拉上秀娘的手。「娘，我馬上就能叫溪叔叔爹嗎？」

這個……看著孩子閃爍著希冀的雙眼，秀娘怎麼都搖不動這個頭了。

偏偏毓兒緊接著又往她滿是羞愧的心口上狠狠補了一刀。「這個姊姊妳就別問啦！從小到大，娘什麼時候騙過我們？」

「是啊！娘從來都說話算話，從不騙我們的。」靈兒點點小腦袋，緊接著又笑容滿面。姊弟倆手拉著手，高興得又蹦又跳。

秀娘看在眼裡，心裡更羞愧難受得不行，那拒絕的話更是一個字都吐不出來了。

溪哥見狀，便將虎皮交到她手裡，再一手提上毓兒坐在自己肩上，另一手抱上靈兒。

「走，我送你們下山。」

「好呀、好呀！」

既然都已經認定溪哥是自己未來的爹了，兩個孩子也不再那麼拘束，紛紛緊抱著溪哥，樂不可支。

溪哥大步朝前走了幾步，才回過頭來對秀娘一挑眉。「還不走？」

「娘，妳快過來呀！」

「對呀，娘，妳快跟上我們，走丟了妳可別哭。」

兩個孩子嘰嘰喳喳地附和，小臉上的笑容比天邊的晚霞還要燦爛。

秀娘咬咬唇，好不容易才抬腳跟上。

第十二章

等到了山下村子，她才發現事情簡直比她想像的還要糟糕得多。那鍾老太太竟然進了村子就一路哀嚎，已經把她和溪哥的事情告訴每一個人，現在他們還能聽到她的嘶嚎在村子上空飄蕩，如斯淒厲，叫人想忽略都忽略不掉。

這也導致村人看到他們四個一道親親熱熱地下山，眼神也不見多怪異，甚至有幾個人還透出幾分讚賞來。

靈兒、毓兒兩個孩子更是不得了，就那麼穩穩地坐在溪哥身上，他們見到一個村子裡的孩子就大聲說一遍。「我們有爹了！以後你們再也不能欺負我們了，再欺負我們，我們就叫我們爹來打你們。」

秀娘羞得滿面通紅，只能埋頭疾走。

好不容易到了家門口，兩個孩子還捨不得和溪哥分開，依然牢牢掛在他身上。

秀娘好說歹說，才把兩個小傢伙給扒拉下來，旋即冷冷看了眼溪哥。「你跟我進來，我有話要和你說。」

溪哥點點頭，大大方方跟了進去。

關上門，秀娘立刻把他劈頭蓋臉一頓罵。「孩子們不懂事亂鬧，你怎麼也由著他們？」

「我記得，這件事是妳最先提出來的。」溪哥淡聲道。

秀娘一噎。「可是……可是你就答應得這麼爽快嗎？」
「我不討厭妳。」
秀娘又一愣，心頭浮現一絲淡淡的失落。「只是不討厭嗎？」
溪哥便想了想。「靈兒、毓兒很乖，我喜歡。」
秀娘咬唇。「除此之外呢？」
「之外？」溪哥不解。
秀娘突然好想撲過去咬他。「比如說，你連自己是什麼人都不知道，更不知道自己的過去，難道你就不擔心，其實你早已經成親了嗎？」
「沒有。」
「沒有？」
「我沒有成親。」真是難得，溪哥今天居然說這麼多話，比往常一、兩個字直接打發她的情況要好太多了，竟然還知道要言簡意賅地解釋。
秀娘都被感動到驚愕了。「你這麼確定？」
溪哥頷首。「我不喜歡女人。」
呃……
「我就是個女人。」她無力道。
「妳和她們不一樣。」
「有什麼不一樣？」

「不知道，反正就是不一樣。」溪哥道，幽黑的眸子又直直盯上她。過了一會兒，又吐出一句。「我不討厭妳。」

「不討厭，那就能娶了嗎？那你娶媳婦的標準還真是低。」秀娘不爽地小聲道。即便是小聲說話，也被溪哥給聽到了。

「不低。」他一本正經地道。「這麼多人，我只看妳不討厭。」

是嗎？秀娘的心頭忍不住一陣亂跳。是不是按他的意思，自己是特別的？

好吧，她必須承認，自己雖然已經脫離少女的身分很多年了，但也終究是個貨真價實的女人。既然是女人，那肯定就是愛聽甜言蜜語的……就當這句話是他說的甜言蜜語吧！反正她是聽得心頭小鹿亂撞了。

即便如此，她也早不是那等為了愛情什麼都不顧的小丫頭，心底殘存的一絲理智讓她再次向他確認。「你確定，你沒有娶妻，以後不會哪一天有個女人跑過來，以你的妻子自居，把我們母子三個一起趕出去？」

「不會。」溪哥斬釘截鐵地道。

「那好。」秀娘點點頭。「既然這樣，我嫁給你。」

「只是——」但馬上，她又補充一句。「我還有幾件事，要提前和你說明。你要是能接受，我們就成親。你要是接受不了，那也無所謂。要是不嫌棄的話，你永遠都是孩子們的溪叔叔。」

秀娘暗道，至於他們……那就老死不相往來好了。

「妳說。」溪哥點頭。

「第一，娶了我，你要做好沒有自己親生孩子的準備。」秀娘沈聲道。

溪哥眼神一黯。

秀娘看在眼裡，心口狠狠一揪，但咬咬牙，還是繼續說下去。「我生靈兒、毓兒時大出血，好不容易才撿回一條命。當時大夫就說我的身子怕是廢了，以後再也不能生養。再加上生孩子後也沒有養好，所以……」

「好。」

簡單一個字，就如一劑強心針打入她的身體。秀娘猛地抬起頭，就見溪哥對她肯定地點頭，一字一句道：「妳的孩子，就是我的孩子。」

秀娘心裡一酸，眼眶立刻就濕了。「你先不要答應得這麼爽快，還是仔細考慮清楚吧！我知道你們男人都是最重子嗣的，誰不想有個親生孩子來延續自己的血脈，等百年之後也能有子孫後輩在墳前祭奠？」

「毓兒就是我的親生兒子，他會祭奠我。」

「你……」秀娘連忙別開頭，手忙腳亂地擦去眼角滾落的淚珠。

溪哥看著她哭得一抽一抽的肩膀，眉心微微一擰，語氣卻十分誠懇。「我說真的。」

在這一點上，秀娘是相信他的。至少就目前來看，他是真心這麼想，可以後呢？

自己在現代時，多少夫妻年輕的時候信誓旦旦說要一起白頭偕老。可一等過了四十歲，男人的父性就上來了，死活想有個孩子，而這個時候，女人的身體早已過了生育孩子的最佳年齡。幾經折騰，結果自己的身體搞垮了，男人卻輕易在外面找個年輕漂亮的女人來取代她的地位。最終結果就是，男人嬌妻幼子，一家人其樂融融，女人卻只能孤身一人，了此殘生。

雖說溪哥現在人品是好，但誰又能保證二十年後他還是這樣？想當初，那個人不一樣和自己有過濃情密意的時候？但到最後，就因為婆婆的幾句慫恿，他就變了。當著小三的面對她凶相畢露，還口口聲聲說只是想要個孩子而已，要她體諒他。

她也想體諒他啊，但誰又來體諒她？生不出孩子難道她不著急嗎？要知道，男女天生不平等，她那些年受到的來自四面八方的壓力比他還要大得多！

溫熱的手掌突然捧起她的臉，粗糙的手指從她臉頰上輕輕拂過，帶來一陣火辣辣的刺痛感。

「別哭了。」他道。

秀娘一怔，連忙推開他，胡亂擦去臉上的濕跡。「口說無憑，回頭我們去里胥那裡立一張字據。什麼時候你要是想要親生的孩子，就和我直說，我放你自由。但是和我在一起的時候，你必須對我一心一意。不然，要是讓我知道你對不起我，我一定不饒你！」

這個小女人，個頭才到他的肩膀高，因為長年吃不飽穿不暖，身體也瘦削得厲害，他隨隨便便一手就能把人給提起來扔得遠遠的。但就是這麼一個女人，她就站在他跟前，拳頭握得緊緊的，紅彤彤、淚盈盈的眸子也睜得圓溜，瞬也不瞬地盯著他，一本正經的模樣竟是那麼的……可愛，溪哥自覺胸腔裡那顆硬邦邦的心都不自覺變得柔軟起來。

只是，看著她煞有介事的樣子，他也明白，如果自己現在做出任何異樣的舉動，她肯定會生氣。

所以，現在他所能做的就是板起臉，定定地點頭。「好，聽妳的。」

秀娘鬆了口氣。「第二，關於你的身分……既然你什麼都忘了，那我就只好去官府給你報一個流民的身分了。這個倒是簡單，不過是花幾個錢的事，只是你的名字……」

「妳不都給我取好了嗎？」溪哥又道。

秀娘疑惑地抬頭。

「溪哥，妳取的。」溪哥提醒她。

「你還真打算就叫這個？」

「這個名字不錯。」溪哥酷酷道。

「好吧！」既然他喜歡，那還省了她不少事。秀娘點頭。「那姓呢？給你取個什麼姓才好？」

她飛快轉動腦筋，想著那天是在溪邊撿到他的，當時溪邊有什麼？好像只有石頭？

然而溪哥卻懶得煩，徑直便道：「不用想了，跟妳姓就是了。」

我的天！

秀娘驚愕地張大嘴。「你和我開玩笑的吧？」

溪哥斂眉。「我從不和人開玩笑。」

「可是，那你知不知道，你要是跟我姓了，那你就是入贅了！」

「那又怎麼樣？」

那又怎麼樣？他居然這麼問？

秀娘又想扶額了。「難道你不知道，除非是窮急的人家，否則是不會把兒子給別人家做上門女婿的，那是一個家族的恥辱，更是做男人的恥辱。」

雖然她覺得這個說法挺扯淡的，然奈何這是千百年來的傳統。而且以她的認知來看，溪哥這麼人高馬大的漢子，肯定不會願意被人嘲笑是上門女婿、吃女人軟飯的。

「無所謂。」

溪哥不鹹不淡的回應瞬間打碎了她的想法。

「你真的確定嗎？」秀娘幾乎都不敢相信自己的耳朵。

這個男人是不是沒有聽清她剛才說的那些？

然而，溪哥就是毫不猶豫地點頭。「我都聽清楚了，我確定。」

秀娘深吸口氣。「還有最後一點，也是最重要的一項，既然你現在記不得以前的事，那我們就當作你是孤兒一個，什麼親戚都沒有。正好我也只有靈兒、毓兒兩個，成親之後，我們就一家四口一起，耕田種地，男耕女織，自己過我們的日子，你覺得呢？」

聽她說到「一家四口」四個字，溪哥眼神一暖，緩緩點頭。「好。」

「那麼，」秀娘又一頓，神色漸漸肅穆起來。「如果哪一天你突然想起以前的事，或是你的家人找來了，你想認他們，可以，這門親戚我也認。但是，如果你要和他們一道走，那你就一個人走吧，我和我的孩子是不會和你一道走的。」

溪哥眉梢一挑。

秀娘定定地點頭。「沒錯，我們不會走。這裡就是我們的家，我們一輩子都要在這裡過。簡簡單單，快快樂樂，雖然日子苦些累些，但我們甘之如飴。」

溪哥抿唇盯著她不語。秀娘也昂首，鼓起全身的勇氣和他對視。

對著那雙寫滿堅持的眼，溪哥先妥協了。

「好。」無奈地低頭，他的聲音也沒有之前那麼洪亮了。

秀娘卻異常開心。「那我們就這樣說定了！現在，我們就去找里胥，讓他做個見證，把方才定下的一切寫好。我手頭還有些錢，咱們再託他去衙門裡給你弄個身分。這些都弄好了，明天早上咱們就上街去，把虎皮這些東西都賣了，然後置辦成親要用的東西，你覺得怎麼樣？」

她都已經計劃得這麼周詳了，他還能說什麼？

溪哥只能點頭。「都聽妳的。」

秀娘這才露出一抹愉悅的笑來。「謝謝你，我知道我的幾個條件都很苛刻，但沒辦法，我就是這麼自私的人，我也不想欺瞞你。」

「不，妳不自私。」溪哥搖頭道。

秀娘自嘲一笑。「或許在你眼裡就沒有自私自利的人吧！」

既然已經把一切都說開了，她現在的心情格外好，便主動拉上他的手。「走，咱們趕緊出去，兩個孩子肯定已經在外頭等急了。」

方才的淡漠疏離和現在的親熱形成鮮明對比，溪哥不禁一怔，看著兩人握在一起的手，身體又不受控制地僵硬起來。

秀娘現在卻比他放得開，愣是拖著木頭似的他到門口，她一手拉開門，兩個娃娃立刻就蹦了過來，四隻亮晶晶的大眼睛在她和溪哥之間來回梭巡。

靈兒脆生生地問：「娘，妳和溪叔叔說好啦？」

「說好了。明天咱們上街去，請菜市場外頭的瞎子爺爺給算個黃道吉日，然後溪叔叔就是你們名正言順的爹了！」秀娘高聲宣佈。

兩個娃娃頓時又歡呼雀躍起來。

安撫好孩子們，秀娘便哄著他們去蘭花家待一會兒，自己拉著溪哥一道往里胥家去了。

鍾老太太從山上嚎到山下，從村西頭嚎到東頭，現在回到自家的磚房門口依然在哭喊叫罵。這麼高密度、高頻率的轟炸下，里胥夫妻倆自然也知道了。過沒一會兒，又見秀娘和溪哥雙雙出現在自家門口，再聽秀娘的話，里胥的臉都綠了。

「秀娘妹子，妳真考慮好了？要知道這個人妳也沒認識多久，他到底是什麼人，大家都還沒弄清楚。妳要真想嫁，鎮上的秀才家不是更合適嗎？我現在就可以去替妳說親！」

「不用了，我就嫁給他。」秀娘搖頭道。「他是什麼人，你們不清楚，但我知道，靈兒、毓兒也喜歡他。我們都知道他不會傷害我們，這就夠了。」

「妳是已經打定主意了？」里胥還不死心。

秀娘定定地點頭。「打定主意了。郭大哥，旁的你就不用再說了，我拜託你的這些事，就勞你多費些心。」

「好吧、好吧！」里胥心知秀娘是個說一不二的性子。就像那次和鍾家決裂，只要她下定決心了，那就一定說到做到。既然如今自己說不動她，那就只好順著她說的去做。

筆墨紙硯準備齊全，他照秀娘說的寫了兩張字條，一式三份，逐一唸給他們聽，確認無誤，便拿來印泥讓他們按手印。

眼看這兩個人都毫不猶豫地把手印給按下去，里胥心裡酸甜苦辣什麼滋味都有，想再勸勸秀娘，但東西都已經弄好，說再多的話都沒用了。

將字條給他們一人一份，餘下的一份他自己揣好了，便瞪向溪哥。「秀娘妹子是位好姑娘，靈兒、毓兒也是兩個好孩子，你不許欺負他們。我知道你力氣大、會功夫，但我們村子裡的男人也都不是好惹的，這些你可給我記牢了。」

溪哥淡淡瞥了他一眼，就轉開頭去，話都懶得和他說，但就這一眼，讓里胥心肝猛一個哆嗦。

我的媽呀！以前沒和他打過交道，他還不覺得，現在近距離看上一眼，他才發覺這個男人的眼神冷得就跟刀子似的，看得他渾身都涼颼颼的，嚇死人了！也虧得秀娘膽子夠大，居然還能狠下心來嫁給他！

但馬上他就知道，秀娘的膽子還不止這麼大點。

一切都準備好了，秀娘將東西捧在手裡又看了一遍，才疊好放進袖子裡，便又對溪哥展顏一笑。「都弄好了，我們走吧！」

「嗯。」溪哥點點頭，自從進里胥家總算是說了第一個字。

秀娘便笑逐顏開，又拉上他的手，兩人手拉著手出去了。

第二天一早，秀娘和溪哥一道去鎮上，將手裡的東西換成銀子。野雞、野兔這些都好說，秀娘早知道價錢，但那張虎皮，竟是賣出四十兩銀子的天價！

四個白花花的銀元寶到手，溪哥隨手就塞進秀娘手裡。

秀娘雙手不由一抖。「這麼多錢……」

「我們的。」溪哥道。

秀娘微微一怔，便笑著點頭。「沒錯，是我們的。」

很快他們就是夫妻了。夫妻一體，到時候這銀子遲早還是要交到她手上來的，所以遲交早交，不都是一個交嗎？

儘管心裡這麼想著，秀娘心裡還是甜滋滋的，也越來越覺得踏實。兩人隨後又找了街頭的算命瞎子算了一卦，將婚期定在十天後的十五。

雖然時間有些緊，但既然兩個人都沒有什麼親戚，其實要準備的事情也不多。

秀娘和溪哥那天賣了虎皮，便去布莊又挑了幾疋細棉布和一些家用物什。回去之後，秀娘便叫蘭花和蘭花娘來，三個人日趕夜趕，好不容易給四個人做了一身新衣裳，還有床上大紅的鋪蓋。雖然布料差了些，但上頭的一針一線全都是她們的心血，是其他什麼都比不上的。

在他們忙碌的時候，溪哥也沒有閒著，從鎮上回來後的第三天，他就從山上扛下一張硬實的大床。再過幾天，他又扛下一組漂亮的衣櫃，秀娘簡直看呆了。直到這個時候，原本覺得秀娘瘋了的姑娘們也紛紛對她投來豔羨的目光。

蘭花和他們來往得深入些，也不禁圍著新床和新衣櫃轉個不停，在只上了一層清漆的支架上摸了又摸。「嘖嘖，秀娘姊，妳家溪哥還會些什麼？妳快給我說說！」

「這個我也不知道呢！」秀娘淺淺笑道。「不過，以後日子還長著呢，妳總能都知道的。」

「瞧瞧妳這顯擺的樣！」蘭花悄悄戳她一把。「這還沒成親呢，就得瑟成這樣。是，我知道妳家溪哥強，會功夫，對你們好，會造屋子，還做得一手好木匠活，我看這活計比鄰村的王木匠還做得好。和他在一起過，至少你們以後的日子有保障了，我也為妳高興。」

她顯擺了嗎？她得瑟了嗎？

秀娘一愣，稍稍回憶一下自己這些天的反應，似乎還真是！她甚至發現，這些天自己都有些不像自己了。

不過蘭花只是隨口一說。話出口了，她便又壓低嗓音，有些扭捏地道：「秀娘姊，咱們商量件事。」

「什麼？」

「以後，等我成親的時候，也讓溪大哥給我打一套家具做嫁妝，好不好？我付錢！」

「這個容易。錢不錢的就別提了，這麼多年，你們一家人幫我的也不少。」秀娘點頭道。

蘭花一臉驚訝。「妳都不問問他就代他答應了？」

「不用問，他肯定會答應。」秀娘道。

蘭花微微愣了下，馬上又掩著嘴笑了起來。「秀娘姊，真好呢！原先我還怕妳和溪大哥認識不久就成親，怕你們以後處不好。不過現在看來，倒是我多想了。」

秀娘聽著，臉頰微微發燙，卻也禁不住微微笑了起來。

十天轉瞬即逝，在秀娘和溪哥兩個人的加班加點下，新房漂漂亮亮地佈置起來了。簡陋的茅屋也早請村裡人來幫忙休整過，至少不透風也不漏雨了。

到了正日子這天，茅屋屋簷下掛上兩只通紅的燈籠，門口用染紅的粗布搭起一個大大的棚子，紅彤彤的分外喜慶。

棚子外頭，村子裡不少女人在里胥婆娘的號召下主動跑來幫忙打下手。里胥婆娘介紹來的廚子光著膀子，甩著勺子忙得熱火朝天。不多一會兒，伴著誘人的香味，一盤一盤的好菜就送上桌。

平日村子裡也常有人家辦喜事，但一桌十道菜，能有一、兩道肉就不錯了。畢竟都是窮苦人家，土地裡刨食的，誰有那麼多錢買肉？然而今天秀娘家，一桌十道菜，竟有足足四道都是肉菜，而且還不是簡單的水燉肥肉，而是一碟清蒸泉水魚、一碟炒盤鱔、一碟熗炒五花肉，以及一大碗的燉排骨。不只賣相好，分量更是十足，村裡人都吃得滿嘴流油，叫好聲都被塞回嗓子眼。

「哈哈，你不知道，那些之前沒來隨禮的人啊，也都趕忙包了幾個銅板的紅包過來，嘴裡說著什麼鄉里鄉親的，有個好事該互相照應。可那眼睛早滴溜溜地跟著送上桌的肉轉悠去了。而且剛才我過來的時候還看到好多鄰村的人都跑來了！」里胥婆娘坐在秀娘跟前，一面看著人給她開臉，一面八卦著外頭的盛況。

秀娘抿著笑，卻豎著耳朵聽得仔細。

里胥婆娘嘻嘻哈哈地說了半天，才沈下臉道：「不過妹子，也不是嫂子說妳，你們本來也沒幾個錢，結果辦個喜事這麼鋪張，回頭還不知道要賠多少錢呢！這些過來吃酒的人裡頭，隨的分子肯定還不夠他們吃下肚去的那幾口肉，更別提還有人偷偷往回帶了！」

「沒事，他說了，原本那張虎皮就是別人送上門來的，是不義之財，我們不該拿在手上。而且一輩子就這麼一件大事，當然要好好辦，越熱鬧越好，只要大家吃得高興，我們也就高興了。至於錢，以後我們還能賺。」秀娘低聲道。

當然，溪哥不可能說這麼多。但從他簡單的幾個字裡，秀娘精確地拓展出這段話。

「妳呀！算了！」里胥婆娘無力地搖頭。「今天是你們的好日子，我就不說什麼了。等明天算帳的時候，我看你們還笑不笑得出來。」

秀娘只是笑著不再說話。

很快，外頭就聽到一串噼哩啪啦的鞭炮聲響起，里胥兒子棟哥兒拉著毓兒跑進來。「新郎官來接人啦！新娘子趕緊出去呀！」

直到這個時候，秀娘似乎才反應過來自己是要嫁人了，立時就緊張起來。

里胥婆娘看在眼裡，連忙笑咪咪地攙著她站起來。「走吧，我扶妳出去，免得新郎官等急了，一會兒跑進來找我要人了！」

「他才不會。」秀娘小聲道。

「喲，這就開始為丈夫說話了？」里胥婆娘打趣道。秀娘立即低頭不語。

周圍的姑娘媳婦們都一陣噴笑，連忙給秀娘蓋上蓋頭，簇擁著她出去。

在里胥婆娘和蘭花的攙扶下，秀娘一步一步踏出里胥家的大門，就清楚聽到外頭清脆的鞭炮聲，以及小孩子嘻嘻哈哈圍著新郎官唱童謠的聲音。

再往前走幾步，她突然就停下腳步。雖然看不到，但心裡有一個聲音告訴她——他就在那裡。

果然，周圍立刻就爆發出一陣響亮的笑聲，夾雜著許多人的大呼小叫。

里胥好不容易讓人安靜下來，便板起臉，背著手走到溪哥跟前，一本正經地教訓道：「現在，秀娘已經成了我的乾妹子，以後就是我們老郭家的人了。今天她從我們老郭家出嫁，跟了你，你一定要好好對她，不許欺負她，聽到沒有？」

「嗯。」一身紅衣的溪哥點點頭，第一次對他吭聲了。

里胥突然激動得不行，但轉念又一想——自己這是在激動個什麼勁？對自己妹夫，自己應該擺足大舅子的架勢才對。他便又板著臉，學著溪哥酷酷的樣子點點頭。「你的話，我聽到了，村子裡的人也都聽到了，以後大家都會幫我看著你。」

語畢，這才轉開頭，趕緊偷偷撩起衣襬把手心裡的冷汗給擦乾。

那邊人群裡又爆炸開來，尤其是村子裡血氣方剛的男人們，他們吃飽喝足了，更兼知道溪哥和秀娘用來請客的肉，是溪哥打死一頭老虎之後用虎皮換來的，一個個對溪哥是又嫉妒又羨慕。

看著他高壯的身板，就有人大聲喊出來。「反正路就這麼近，牽著媳婦回去太沒意思了，揹著也太對不起你這滿身的腱子肉，你就把人給抱回去吧！」

「對，抱回去！」

「抱回去！」

其他人紛紛回應。

秀娘一聽，立時哭笑不得。

然而溪哥聽了，卻是不置可否。「好。」

他上前來，將手裡的紅布一端塞進秀娘手裡，繼而一手攬上她的腰，輕輕往上一托，便將秀娘給牢牢抱在懷裡。

「好！」如此俐落漂亮的舉動，看得人們連連叫好。

年輕人們見狀，心裡又不高興了，連忙互相交換一個眼神，接連上前去給溪哥製造前進的障礙，卻都被溪哥給輕鬆化解。

至於溪哥懷抱裡的秀娘，那依然是被好好抱著，半點都沒影響到。

這一計失敗，年輕人們趕緊又絞盡腦汁開始想法子。

殊不知，至此之後，凡是村子裡的男女成親，只要是距離不太遠的，男方都會被要求將女方給拖回家去。而且沿途被人設置各種障礙，花樣百出，簡直令人叫苦不迭。漸漸的，這竟然還發展成月牙村乃至整個月亮鎮的風俗傳統。當然，今天設計這些的年輕人之後也一大半都栽在這上頭。

多少年之後，不少年輕人在成親當日都會對發明這個玩意兒的溪哥破口大罵。溪哥和秀娘這對新人，就以這樣的方式留存在月亮鎮的傳說中，比後來他們在外頭打出來的名頭還要讓人耳熟能詳。當然，這都是後話了。

現在，溪哥抱著秀娘，輕巧地越過這些人設置的障礙，一路高歌猛進，迅速回到秀娘家的茅草房門口。

眼看接下來就是拜堂成親的重頭戲了，卻不想這個時候，鍾老太太又拄著枴杖闖了過來，指著一對新人破口大罵。「這是我老鍾家的屋子，也是我老鍾家的地，不給外姓人住，你們趕緊給我滾！現在就滾！」

嬉鬧的人群立刻安靜下來。溪哥也沈下臉，目光冷冷地看著鍾老太太。

秀娘一驚，想要跳下來，豈料溪哥將她抱得緊緊的，根本不許她動分毫。

里胥一看不好，也忙不迭上前來拉扯著鍾老太太。「嬸娘，妳這是幹什麼？這房子、這地妳不是都已經給秀娘妹子了嗎？白紙黑字寫得一清二楚，都已經在官府裡備過案了，這大好日子妳怎麼又來說起這個？走走走，咱們吃喜酒去，這裡有不少好菜呢！」

「是，我當初是答應不要錢，把房子和地給她，可那是看她一個女人家的不容易，兩個孩子也是我家峰哥的種，我就發發慈悲可憐她一把。可是現在，她都要帶著兩個小崽子改嫁了，難道以後她還指望帶著男人一起賴在我們老鍾家的房子裡？這也忒不要臉了！」鍾老太太說得唾沫橫飛，末了鼓著眼睛瞪著臉色鐵青的溪哥。「你們趕緊給我滾，離我家房子遠遠的，一桌一椅都不許拿走。」

這老太婆實在是太無恥了！

村子裡的人見狀，都不禁倒抽一口涼氣。誰不知道，現在秀娘家的茅屋裡頭可是放著一套簇新的床和櫃子，床上的被褥也都是上好的細棉布做的，又貼身又吸汗，也是他們花費許多心血才準備齊全的。這老太太就紅口白牙的一說，這些東西就都歸她了？她也真好意思！

里胥和他婆娘聽了，也都冷下臉。里胥正想上前，此時溪哥淡淡掃過來一眼，他立刻定住腳步。

「說吧，妳要多少。」

他鎮定地開口，低沈的聲音讓秀娘心裡猛一跳——他生氣了！

鍾老太太一聽，卻是喜上眉梢，渾濁的老眼中精光四溢。「本來這塊地、這屋子都是我們老鍾家祖祖輩輩傳下來的產業，千金不換的。但既然現在你們都已經住下了，我想把你們趕走也難，那乾脆我老婆子就再做一件好事，你們給我一百兩銀子，以後這地方就是你們的了，我以後都不再管了！」

這個數目一出口，人群中又傳來一陣陣倒吸涼氣的聲音。

溪哥面色不變，只冷冷吐出一句。「太多了。」

鍾老太太眼睛一瞪。「你不是捉了一隻老虎，一張虎皮都賣了四十兩銀子嗎？一百兩銀子，也就兩、三張虎皮的事，你再去山上捉幾隻不就行了？」
這老太婆實在是欺人太甚！
話說至此，秀娘都怒了。她難道不知道，和老虎搏鬥那簡直就是自尋死路嗎？那張虎皮是溪哥費盡千辛萬苦才剝下來的，那四十兩銀子差點搭上了他的命！這老太婆卻一張口就捉兩、三隻？她當老虎是山裡的野雞、野兔，想抓幾隻就能抓幾隻？她自己怎麼不去抓抓看？
身體剛一動，溪哥立即輕輕在她後背上拍了一把，竟又是讓她稍安勿躁？
秀娘的心立即鎮定下來。隨即她就聽見溪哥道：「二十兩。」
「不行！至少……至少也要個五十兩，不能再少了。」鍾老太太張開五指。
「二十兩。」溪哥就這三個字。
鍾老太太當然不願意，嘴巴一癟，雙腿一軟就又要往地上滾。但才剛做出預備動作，溪哥長腿一踢，硬生生把她從地上給提了起來！
「二十兩。」他道，小腿上稍稍一使力，鍾老太太頓時就搖晃起來。只要他力氣再大一點，她肯定就會被踢出去！
鍾老太太終於知道怕了，趕緊點頭。「二十兩就二十兩！就當我們老鍾家繼續做善事了！」然後又抹起淚來。「只是可憐我的峰哥啊，年紀輕輕就死了，現在竟連兒子都要管別人叫爹——呀！」
冷不防的，溪哥將腿一收，她重重落到地上。
「滾。」

簡單一個字入耳，她渾身發冷，心猛地一蹦，立即待都不敢多待，一骨碌爬起來，拔腿就跑。

人群裡立時爆出一陣大笑，只有里胥和他婆娘笑不出來。

里胥愁眉苦臉地道：「你們手裡一共就四十兩銀子，置辦東西、擺酒席就用了二十兩，現在就剩下二十兩，全給她了，你們以後怎麼辦？要我說，那老太太就是故意來訛詐你們的，你們一文錢都不用給她，就算到公堂上，咱們也有理，根本不怕她！」

「破財消災。」溪哥淡然道。

「你都這麼說了，那也只能這樣了。」里胥嘆了口氣，連忙又張羅著讓客人們熱鬧起來。

還好接下來的事情還算順利。

溪哥終於放下秀娘，兩人當著村人的面拜堂，茅屋門口立刻又噼哩啪啦地響起了鞭炮聲。

里胥臉上也恢復了一點喜色，忙扯著嗓子喊道：「新人入洞房！」

「等等！」

可誰承想，話音才落，遠處又出現一大批人。

不過，和一身灰撲撲、髒兮兮的鍾老太太不一樣，這新出現的一撥人，中間赫然是一頂華麗的轎子，前頭還有一個人騎著一匹膘肥體健的黑馬走在前頭，緊跟在他身後，是四個手拿大刀的衙役，衙役後面是一頂四人抬的轎子，轎子後頭還有七、八個扛著大刀且威風凜凜的衙役。

光看這排場、這架勢，就知道來的人身分絕對不簡單。

就見前頭騎馬的人翻身下馬，揚聲喊道：「欽差大人到此，閒雜人等迴避。」

村民們一聽，眼中都現出惶恐來。不用人指揮，就連忙退到兩旁，跪地大叫青天大老爺。

里胥和他媳婦也跪下了，回頭一看秀娘和溪哥，兩個人卻跟兩根柱子似的站在那裡一動不動，里胥連忙伸手來拉他們。

那邊立刻就道：「今天既然是兩位的好日子，那你們就不用跪了，免得壞了這份喜氣。」

里胥這才收回手，卻忍不住抬眼往那邊看了眼。這一看不打緊，仔細一看，這前頭領路的人，不就是之前在公堂上幫秀娘和溪哥脫罪的吳大公子嗎？

溪哥和秀娘早認出吳大公子的身分。只是秀娘頭上蓋著蓋頭，不方便行動。溪哥又是個冷性子，即便認出他的身分，也只是淡淡瞧他一眼就轉開眼去。

一如既往地被他無視後，吳大公子嘴角燦爛的笑有些掛不住，但他一向是個能屈能伸的人。所以很快，他就又揚起更燦爛的笑靨走上前來。「恭喜恭喜！兩位喜結連理，這麼好的事怎麼沒人通知我一聲呢？虧得我家小廝那天偶然聽人說了一嘴，不然這麼大的日子就要被我給錯過了，我可是說過，等你們大喜的時候要送你們一份大禮的！」

也就是說，他一直在盯著他們的動靜呢，所以今天能及時趕到也是理所當然。

溪哥薄唇微抿，依然對他進行冷處理。

此時，後頭的彭欽差也已經下了轎子，來到一身紅裝的溪哥和秀娘跟前，他也滿面微笑。「那天在公堂上我就看出你們互有情意，今天你們喜結連理，簡直是天作之合，很好、很好！原本本官過來時想最後來看看你們的，現在看來你們過得很好，那本官就放心了。」

「那件事有結果了？」溪哥終於開口，卻是直奔主題。

欽差點頭。「聖上有旨，此事牽連甚廣，須細細詳查。那些案犯也需要再仔細審理一遍，所以明日本官就要帶著他們一道回京城去了。」

原來如此。秀娘暗暗點頭，心裡也吁了口氣。

那幾尊瘟神總算要離開這個地方了。到了京城，有皇帝的介入，免不了又會有派系競爭，更會有人落井下石。到最後，上頭的人不好說，但他們這些底層的墊腳石最好的結果也只能是流放，而一旦有人心狠點，他們的命就保不住了。

秀娘暗想：其實從自己的角度來說，她是更希望他們一命嗚呼。不是她殘忍，而是如果她不對他們殘忍，誰知道有朝一日一旦發生點什麼，這些人會不會反撲？為絕後患，還是直接將他們處置了更好！

溪哥也將頭一點。「一路順風。」

「借你吉言，本官自會一路順風。」欽差似乎也看出溪哥的敷衍，他連忙伸長脖子看看四周。「對了，你家的小子呢？本官記得，他似乎是叫毓哥兒？」

被點到名字的毓兒立刻和姊姊手拉著手走出來。

欽差招招手。「過來，到本官跟前來。」

毓兒猶豫了一會兒，求助地看向秀娘和溪哥這邊。秀娘頭上還蓋著蓋頭，他看不到表情。不過看到溪哥點頭了，他便抿抿小嘴，大步走到欽差跟前。

欽差笑得一臉慈祥，伸出黝黑的手掌在毓兒頭上摸了摸。「你這孩子聰明伶俐，本官很喜歡你。你現在讀書了嗎？認不認識字？」

「沒讀過書，認得字，娘教我的。」毓兒老實回答。

「嗯。」欽差含笑點頭。「認得字是好事。你這麼聰明，不讀書可惜了。這樣吧，回頭我就給白鹿書院的山長寫一封信，以後你要是考上了秀才，就去那裡讀書吧！只管報上我的名號，他就知道你是誰了。」

天哪！四周的村民們都驚呆了。

里胥夫妻更是目瞪口呆。白鹿書院，其他人或許不熟悉，但他們兩口子卻是知道得格外清楚——那可是這裡最好的書院之一。自辦學以來，一百多年出了兩位狀元、四位榜眼、九名探花！天下學子，無不以能進白鹿書院讀書為榮。就連他們的棟哥兒也一直在為這個目標努力。而秀娘家的毓哥兒，現在竟然不費吹灰之力就得到了這麼好的機會？他們都忍不住要嫉妒他們家了。

豈料，聽欽差這麼說，溪哥卻直接拒絕。「不用。」

里胥夫妻倆趕緊對他使眼色，拚命暗示他別放過這麼好的機會。不然，把這個機會給他們家棟哥兒都行啊，否則也太浪費了。

欽差似乎早料到他會這麼說，只是淡淡一笑。「寫信是本官的事，至於去不去、用不用這個名額，那就是你們自己的事了。」說罷，又摸摸毓兒的頭，才放他離開。

吳大公子一看機會來了，連忙對後頭的小廝一揮手。「把東西都抬上來。」隨即幾個小廝便抬著兩個到人膝蓋高的大箱子過來，放在溪哥和秀娘跟前。

「打開！」

啪的一聲，兩只箱子打開了，又引來村民們的聲聲驚呼。其中一只箱子裡裝著幾疋顏色鮮豔的布料，那質地一看就知道是好東西；另一只箱子裡則滿滿的都是書，有幾本書頁都泛黃了，可見已經放了很久。

將鄉親們豔羨的目光收入眼底，吳大公子笑咪咪地昂首道：「前些日子和二位打交道，在下對你們便生了結交之心。但我知道，你們二位都不是那等貪慕虛榮的人，所以在下也沒拿那些金銀俗物過來污你們的眼。這裡幾疋布，是做一個見面禮，給你們一家子都做幾件新衣服吧！至於這箱子裡的書，那都是從我家書樓裡淘出來的，是我家祖上看過的。橫豎放在我家也是給蟲蟻蛀，那還不如送來給毓兒和靈兒看。」

花裡胡哨說得倒是好聽，這也是他的一貫風格，把自己說得善良無辜得很，那麼不管接下來的劇情怎麼發展，他已經占據了道德的至高點。看看周圍，村裡人看著他的目光裡都已經帶上讚賞。

不過溪哥根本不上當，只冷硬問道：「你的目的？」

吳大公子嘴角又往下一垮。「今天不是你們的好日子嗎？你好歹給我個笑臉啊！不然，客氣點也行啊！這麼硬邦邦的，不知道的還以為你不歡迎我呢！」

溪哥淡淡看了他一眼，別開頭去。

那眼底明顯的嫌棄，別人或許沒看出來，吳大公子卻是看得清清楚楚，他頓時覺得自己又被狠狠傷害了。

石頭站在一旁將一切看得清清楚楚，也在心裡哀嘆一聲：公子你分明就是自找的！人家從一開始就沒表示喜歡過你，今天也是你主動湊上來的，你還指望別人怎麼對你好？他沒直接趕你走就已經不錯了，而且，就算他這麼嫌棄你，你不一樣還會留下來嗎？

看吧，轉瞬的工夫，平易近人的笑意便又回到吳大公子臉上，甚至還腆著臉又往溪哥跟前湊了湊。

「其實我的目的很簡單。你們家的兩個孩子又聰明又聽話，簡直就是我理想孩子的樣子，所以我就想著，反正以後咱們兩家的來往也不會少，那乾脆咱們認個乾親算了，這一箱子書就是我這個乾爹送給孩子的見面禮。」

而後，他又學欽差的樣子對靈兒、毓兒招招手。「孩子，快過來，敬乾爹一杯茶，以後咱們就是一家人了。」

「不用了。」溪哥冷聲道，這次是當著所有人的面嚴詞地拒絕了他。

然而吳大公子臉皮有城牆厚，聽到就跟沒聽見一樣，又笑咪咪地看向欽差那邊。「既然彭大人也在，就請您乾脆給我們做個見證，您看如何？」

「這個主意倒是不錯。」欽差彭大人含笑點頭。「他們兩個都是踏踏實實的好人，把孩子也教得好，以後要是能和吳大公子你多來往，也可以讓孩子們開闊開闊眼界。」

說完這些，他才對溪哥道：「這也不是一件壞事，你就同意了吧！」

溪哥定定看了他一眼，才扭開頭，逕自牽著秀娘進屋去了。

彭大人立即和吳大公子對視一眼，兩人雙雙點頭。「他同意了！」便連忙吩咐人。「快去準備茶水，搬椅子，準備筆墨紙硯。」

吳大公子這個乾親可是認得轟轟烈烈。

茶水是秀娘家裡待客現成的，桌椅板凳也好說，筆墨紙硯吳大公子自己帶了，很快就將一切準備妥當。兩個孩子稀裡糊塗的，就被吳大公子給哄著和他認了乾親。就連周圍看熱鬧的村民都因為是這事的有力證人，被吳大公子一人賞了十個銅板。

於是，除了新房裡的秀娘和溪哥，以及兩個暈頭暈腦的孩子，其他人都對這事樂見其成。

既然過來的目的已經達成，吳大公子和欽差也不多待，隔著門板和溪哥、秀娘道了一聲別，就各自上馬的上馬、上轎的上轎，一如來時風風光光地離開了。

也因為這兩個人的出現，將這門本就熱鬧的婚事更往上拔高一個檔次，不少人都在猜測，以後這一家子怕是要飛黃騰達了。

但是溪哥和秀娘可不這麼想。終於一天的熱鬧完畢，夜幕降臨，送走了所有客人，秀娘也揭了蓋頭，洗掉臉上的脂粉坐在床頭收拾。

當溪哥走進來時，看到的就是她背對著自己，微微垂頭的模樣。

量身做的大紅嫁衣描繪出她的身段，一段白皙的脖子露在外頭。紅白對比，分外顯眼，看得他眼睛都熱了，忍不住加快腳步。

那邊秀娘聽到聲音也回過頭來，看著一樣一身大紅喜氣洋洋的溪哥，不禁微微咧開嘴。「客人都送走了？」

溪哥點頭。

秀娘臉頰微紅，悄悄往旁讓了讓。「坐吧！」

溪哥便走過來在她旁邊坐下，一時靜默無言。

好一會兒，秀娘才低低的、像是嘆息似的道：「咱們真的成親了。」

「嗯。」溪哥還是那般惜字如金。

「相公。」秀娘突然輕輕喚了一聲。

暖暖且透著馨香的氣息迎面拂來，瞬間滲透四肢百骸，溪哥覺得他剛才在酒桌上似乎喝多了，之前還不覺得，但現在酒勁上來了，讓他有些醺醺然。

「相公？」見他不答應，秀娘又叫了一聲。

「嗯……嗯？」溪哥覺得自己是真的喝多了，腦子裡空蕩蕩的，腳下開始飄飄然，雙腳都跟踩在雲朵上一樣，軟綿綿的極不真實。

然而眼前這一張透著淺淺酡紅的面孔卻又是那麼真實，他看著她瞬也不瞬地看著自己，看著她對自己溫柔地笑著，看著她輕輕張開點了口脂的唇，對著他的耳朵說道：「我都改口叫你了，你是不是也該叫我呢？」

「喔，秀……娘子。」磕磕巴巴的，他都不知道自己是怎麼叫出來的，但他卻能清楚地察覺到，在叫出口後，自己的耳朵就開始發燒了。

「嗯，相公。」聽到他的呼喚，秀娘雙眼大亮，紅唇主動送了過來。

溪哥只覺圍繞著自己的香氣更濃，也忍不住微瞇起眼，慢慢將頭送了過去。

哐！就在這個時候，一聲響亮的開門聲打斷了屋內旖旎的氣氛。兩個孩子大叫著衝進來，直奔他們這邊而來，硬生生擠到他們中間，把他們給分開了。

靈兒、毓兒一邊一個，牢牢抱住溪哥的胳膊，兩個人齊聲甜甜叫道：「爹——」

溪哥立即又愣在那裡。

秀娘連忙推他一把。「沒聽到孩子都在叫你嗎？」

「喔，欸……欸！」溪哥才反應過來，傻傻應了聲。

秀娘又忍不住噗哧一聲笑了出來。

兩個孩子卻是喜出望外，連忙雙雙撲進溪哥懷裡，朗聲叫道：「爹爹爹！」

「欸欸欸！」溪哥忙不迭再應。

秀娘見狀，又笑得肚子疼。

可這一大兩小卻分外投入。靈兒、毓兒小臉都快笑成一朵花了，小小的身體也彷彿長在溪哥身上一樣，就死死黏著他不放。那一聲接著一聲的爹，就跟喊不膩似的，叫了還叫。

而溪哥今晚也跟吃錯了藥似的，竟然孩子們叫一聲他就答應一聲，秀娘自己都聽得嘴巴發乾。而且，更讓她難以接受的是這兩個小混蛋，才剛有了爹呢，居然就直接無視她這個親娘了。

忍無可忍，她一手一個把小傢伙給扯開。「天晚了，趕緊去洗澡，睡覺了。」

「今晚我要和爹一起睡。」毓兒立刻扯著嗓子高喊。

靈兒也連連點頭。「我也要，我和弟弟一人睡一邊！」

秀娘白眼一翻。「好啊，今晚上你們三個一起睡，我去隔壁你們蘭花姊姊家借宿一宿好了。」

「啊，娘不要！」兩個興奮過度的小娃娃這才反應過來，連忙雙雙過來拉著秀娘，笑嘻嘻地不停往外掏好話。

秀娘這才勉強點頭，分別在兩個小傢伙臉頰上掐了一把。「看在你們認錯，態度端正的分上，我今天就饒了你們。趕緊洗澡去。」

「好！」兩個小娃娃連忙答應著，手拉著手去幫秀娘做事。

外頭灶上的火還沒完全熄滅，一層紅紅的炭鋪在下頭，將滿鍋的水都燒得熱熱的。

秀娘拿瓢往盆裡舀了半盆，正要抬回屋子去時，一雙大手就從旁伸來，穩穩地將盆給接了過去。

秀娘驚愕地抬頭，就看到溪哥酷酷黑黑的臉。

「我來。」他道。

秀娘點點頭，忙又舀了一瓢涼水，將盆裡的水兌得溫度適宜，便招呼孩子過來洗澡。

「我要爹幫我洗。」毓兒立刻就道。

秀娘臉一沈，靈兒趕緊拉上秀娘的手。「娘，讓爹替弟弟洗，妳替我洗。弟弟長大了，以後都不能再讓娘幫他洗澡了。」

毓兒連忙點頭。

秀娘撇撇唇。「也好，以後還省了我的事。」

毓兒一聽，趕緊就低著小腦袋往屋裡竄。等進了門，他立刻又發出一聲歡呼，直把秀娘氣得夠嗆。

溪哥笨手笨腳地替毓兒洗完澡，秀娘也替靈兒洗完，隨後兩人簡單洗漱過後，四個人便一道躺在床上。

原本嘎吱作響的簡易小床被一張大型雙人床代替，位置也寬裕許多。兩個小傢伙又堅持插在秀娘和溪哥中間，姊弟倆在硬實的床面上來回翻滾，高興得不得了。

秀娘又忍不住拉下臉。「該睡覺了！」

「我知道啊，可是我睡不著。」毓兒抬起小腦袋笑咪咪地說著，又忍不住往溪哥那邊看過去一眼。「我有爹了呢！我真的有爹了，現在我還和爹睡在一起……只要一想到這個我就好高興，我都睡不著了。」

靈兒也點著腦袋。「我也睡不著。我好怕一閉上眼，爹就不見了，那我肯定會哭死的。」

然後，他們就齊刷刷盯著溪哥移不開眼了。

秀娘氣得一口氣差點沒提上來。這兩個小混蛋，她好想把他們和他們的爹一起給扔出去算了！

關鍵時刻，還是溪哥緩緩轉過臉來。

「睡覺。」簡單兩個字，立即換來孩子們的爽利回應。

「好！」異口同聲的回答，兩個小傢伙果然並排躺好，雙雙閉上眼。

秀娘一看，頓時都被氣笑了。這兩個小混蛋果然高興得傻了。千盼萬盼，好不容易盼來個爹，那就跟珍寶一樣捧在手心裡，其他什麼都顧不上了。其實也是因為這麼多年一直看到村子裡的孩子都有爹、他們卻沒有，還因此被人嘲笑導致的結果吧？

說起來也是她不好，都沒有注意到這一點。孩子們又太懂事了，從來沒有和她提過一個字。如果不是因為溪哥出現了，他們只怕還會繼續那麼隱忍下去。

這樣一想，今天晚上，就讓他們放肆一回好了。不過過了今晚，兩個小鬼可就別指望她再這麼寬大為懷了。

吹燈躺好，她卻發現自己的腦筋也格外活躍，半點睡意都沒有。

這可怎麼辦？

按理說，今天是他們的好日子，今晚就是洞房花燭夜，可是兩個孩子死活要黏著他們，這小小的茅屋裡也沒有多餘的房間。別說房間了，連多一張床都放不下，這樣的情形下，又讓他們如何洞房？

而且她記得，從頭至尾，溪哥也沒有表現出半分不滿……或者說，是對洞房花燭夜的渴望。那個人不會連洞房花燭夜是幹什麼的都不知道吧？

雖然覺得不大可能，但當這個想法浮現在腦海的時候，秀娘還是忍不住笑了。這個時候，她突然察覺到一雙眼似乎正幽幽盯著她。

不經意回頭，她的心便猛地一跳。

是他！

「你……」不知怎的，明明之前還調戲他調戲得很大膽放肆，但等到現在，在一片漆黑中對上他黑得發亮的雙眼，她竟然又羞怯了。

「睡不著？」溪哥突然主動開口，低沈的嗓音在夜色中平添一分喑啞。

秀娘心頭又不由一動，點了點頭。

一隻大掌便越過孩子們按在她額頭上，陣陣暖意立即透過他的手心傳到她全身各處，秀娘立刻覺得渾身上下都暖洋洋的。

「睡吧！」耳邊又聽到這個低沈好聽的聲音。「有我。」

「嗯。」秀娘聽話地閉上眼，很快就察覺到一陣睡意來襲。

唇角微微勾起，她慢慢伸出手去，掌心貼在那隻放在自己額頭上的大掌上。

手掌隨即又是一僵，下意識就想收回，但秀娘怎會讓他得逞？

五指收緊，牢牢將他給鎖定在自己的掌心裡。

那隻手於是不動了。過了一會兒，才慢慢恢復活力，卻是直接轉個面，霸道反攻！

「呀！」秀娘低呼一聲，就發現自己的手反被他給抓在手心裡。

「睡覺。」那個男人又道，這次卻少了幾分溫情，多了幾分霸氣。說完，也不等秀娘什麼反應，就自己閉上眼睡了。

秀娘一怔，也放鬆心神，任由自己墜入沈沈的睡夢中。

一覺睡醒，外頭天光已經大亮。

秀娘只覺得一隻胳膊痠軟得不行，麻得都快不像是自己的手了。

怎麼回事？

愣愣抬頭，才發現上頭那隻依然和溪哥緊緊握在一起的手腕，昨晚上的記憶全都湧入腦海。

臉上微微有些發紅，她連忙抽回手，起身打算下床。不想才剛有點動作，溪哥就睜開了眼，幽深的眸子中發射出兩道懾人的冷芒，直直朝秀娘這邊掃來。秀娘被看得透心涼，整個人也一個激靈，好不容易抽回來的手趕緊就垂放下去。

等掃到秀娘的輪廓，溪哥眼中一絲亮光閃過，冷意轉眼間就消失無蹤。

俐落地坐起身，他沈聲問：「要起來嗎？」

秀娘點頭。「外頭還有好多東西沒收拾呢！向鄰居借來的桌椅板凳那些也要還回去，還有菜園子我也好幾天沒打理了。」

「嗯。」溪哥點頭，翻身下床，再對她伸出手。

看見伸到自己跟前的手掌，秀娘不由想到自己和他交握一整晚的事，似乎因為這裡頭傳遞過來的溫暖，讓她一整晚都睡得特別香，似乎還作了一個很美很美的夢，只是現在她想不起來了。

不過她也不是矯情的人，既然都已經成親了，這個男人就是她的，那當然也該物盡其用才是。這樣一想，她便大大方方將手放進他的掌心裡。溪哥立刻一把牢牢握住，牽引著她跨過兩個還睡得香甜的孩子，兩人雙雙在地上會合。

雙腳穩穩落地，秀娘抬頭對他一笑。「今天打算穿哪件衣服？」

溪哥平靜的面龐又出現一絲皸裂。

「衣服？」他道，眼底滿是迷茫。

秀娘心情大好，一把拉著他到一邊的衣櫃旁。她打開上頭的櫃子，將一套藏藍色粗布做的衣裳交到他手上。「我做給你的，穿上吧！」

溪哥捧著衣服的雙手不經意地抖了兩下，看秀娘的眼神似乎變得柔軟了些。

秀娘卻隨手將他往旁一推。「衣服自己穿，我就不伺候你了。」她自己也翻出一套洗得發白的衣裳換上了。

打水簡單洗漱一下，兩個人就開始收拾外頭一堆一堆的東西。直到現在，秀娘也才終於真正認識到有個男人在的好處——

那些死沈的桌子，她和蘭花兩個人還得搖搖晃晃地抬起，溪哥一手一個，跟拎小雞似的拎起來就走。板凳更不用說，四個一組，秀娘摞好了，往他胳膊上一放，他就穩穩地抬起來了，走路也不見半點晃悠。秀娘想替他分擔一點，還被他拒絕了，只讓她在前頭帶路。

借來的七、八張桌子以及配套的椅子，不到一刻鐘的工夫就還得差不多了。秀娘還清楚記得村人看到他們一起過來還東西時那驚訝的眼神。當然，那些人一開始的目光都放在不苟言笑的溪哥以及牢牢附在他身上的桌椅上，等東西都放下了，這家的女人便笑咪咪地對秀娘使個眼色。「秀娘妹子，妳真是有福了，找了個憐惜妳的好男人呢！」

秀娘低低一笑，垂眸不語。

將東西都還完，兩個人一起回到茅屋門口，立刻就看到兩個孩子驚叫著飛撲過來，一個抱著溪哥，一個抱著秀娘，死都不肯撒手。

秀娘被這情形給嚇壞了。「怎麼了這是？」

「剛才我和弟弟起來，結果發現爹不見了，就連娘也不見了！」靈兒大聲道。

毓兒眼睛還濕漉漉的，雙手攀在秀娘的腿上半天不放開。「爹，你不要丟下我們！娘，我們錯了，以後我們再也不會只顧著爹不要妳了，妳和爹我們都要！」

這兩個孩子……是不是想得太多了點？

秀娘和溪哥對視一眼，兩人都在眼中看到了無奈。

溪哥彎腰將靈兒抱進懷裡。秀娘也抱起毓兒，輕輕擦去兒子眼角的淚花。「傻孩子，娘不要誰都不會不要你們啊！你們可是娘的寶貝。」

「真的嗎？」毓兒打著嗝問。

秀娘點頭。「當然了！你們爹也是，他最疼你們了，怎麼可能丟下你們不管？」

「嗯，我知道爹肯定不會，可我就是怕。」靈兒也道，雙手跟藤蔓似的纏上溪哥的脖子不放。

溪哥對這麼親密的行為不大適應，眉峰微微蹙了起來，但還是在兩個孩子殷切的目光下點了點頭。

兩個孩子這才放下心來，忙又在秀娘和溪哥身上膩了半天，姊弟倆又各自換了對象膩歪了一番，才跳下來，小手拉著小手，毓兒拉上溪哥，靈兒拉上秀娘，兩個孩子齊聲說道：「爹，娘，以後咱們就是一家人了，去哪兒都要一起，你們別丟下我們，去哪兒都別丟下。」

「好！」秀娘連忙摸摸他們的小腦袋。「今天早上是我們疏忽了，以後不會再有這樣的事情發生了。」

「嗯！」兩個孩子一道點頭，又齊刷刷把目光轉向溪哥那邊。

溪哥僵了一會兒，也僵硬地把頭一點。「以後不會了。」

孩子們終於又笑逐顏開。

正當一家人其樂融融的時候，一串格格不入的咒罵聲卻傳來，生生將好不容易才營造起來的溫馨氛圍破壞殆盡。

不用去看，他們就知道又是鍾老太太來了。

秀娘連忙示意孩子們進屋去。這老太婆每次嘴裡都不乾不淨的，她可不想孩子們被帶壞了。

但鍾老太太一看，瞬間就亢奮地扯著嗓子大叫起來。「你們想跑？你們想跑去哪裡？別忘了你們還欠我二十兩銀子！昨天我不和你們計較，是看在你們好日子的分上。今天你們必須把錢還我，你們自己親口說的，昨天的客人都是證人，你們別想抵賴，不然我就告你們上公堂，讓縣老爺還我一個公道！」

還縣老爺？您老人家難道不知道，現在月亮鎮的縣老爺已經被裝進囚車裡、拉去京城受審了嗎？新的縣老爺至少還得三個月才能上任，這老太太威脅人好歹也有點常識好不好？

秀娘沒好氣地撇撇嘴。「您老放心，二十兩銀子早就準備好了。」

她回屋子裡，一會兒拿出一個小布包。打開了，裡頭就放著兩個銀錠子。

鍾老太太立刻就跟看到破雞蛋的蒼蠅一樣，眼睛死死黏了上去，枯瘦的雙手伸過來就想接，嘴裡卻還說著：「你們家也沒個秤，誰知道是不是足兩的？回去我得好好量量，要是差了一星半點，回頭我還得找你們。」

豈料，秀娘忽地將手一收，讓她撲了個空。

鍾老太太焦急得很，扯著嗓子又想喊。秀娘連忙就打斷她。「鍾家嬸子，這銀子說了是妳的，那就是妳的。不過咱們最好一手交錢一手交貨，妳覺得呢？」

「貨？妳要什麼貨？我手裡現在什麼都沒有，我的剛哥都被你們給逼走了，家裡就剩下我一個孤老婆子，我連飯都快吃不起了，妳還指望我給妳什麼？我什麼都沒有！」鍾老太太眼睛一瞪，面露防備。

秀娘淺笑。「妳放心，不是別的。我只是想和您老把一切交割清楚。拿了這二十兩銀子，從今往後我們就路歸路、橋歸橋，老死不相往來，以後鍾家的事情和我們無關，我們一家的任何事情也都和你們沒有關係。文書我都寫好了，您老只要在上頭按個手印，這二十兩銀子就是您老的！」

說著，她就掏出一張早寫好的紙，展開來放在鍾老太太跟前。

鍾老太太下意識就要點頭。但眼珠子一轉，她眼底的防備更濃了幾分。「誰知道妳這上面寫的是什麼？別欺負我不識字，所以故意寫張欠條，誣賴我反欠妳的錢！」

「我對天發誓，這張紙絕對不會是欠條。」秀娘淡聲道。「不信的話，妳去請里胥過來，他識字，可以唸給妳聽。」

「哼，誰不知道妳剛和里胥成乾兄妹了？他當然是幫妳的，我才不上這個當！」

「那要不然，妳覺得找誰合適，妳去找過來？」秀娘攤開手。「反正銀子就在這裡，妳只要找人來，確定這上頭的話沒錯，按了手印就能拿走。我們屋子裡剛添置這麼多東西，一時半會兒肯定走不了，這個您老人家儘管放心。」

鍾老太太聽了，心思就忍不住活絡起來。這丫頭的話是沒錯。他們才剛成親呢，這些天可是在屋子裡放了不少好東西，尤其是那一張床一組櫃子，她聽村裡人說過，木材是好東西，做工更好，抬去鎮上也能賣差不多一兩銀子。還有裡頭那些鋪蓋什麼的，都是簇新的，他們要搬走，一、兩天也搬不完。

而且，她哪裡認識什麼讀書人？月牙村外的就更不知道了。況且找了外人，難道自己不要給點辛苦費、茶水費什麼的？她的錢可寶貝著呢，有大用處的！再說，秀娘是她從小看著長大的，那丫頭什麼性子她還不知道嗎？軟得跟團泥似的，以前就隨便她揉搓。這兩年因為孩子的關係稍稍硬了點，但只要不牽扯到孩子，一樣軟乎得很。就像昨天，她只是隨便去鬧一鬧，她不就老老實實答應給她錢了？今天她才過來，他們就已經把錢給準備好了。

可見這死丫頭心裡還是怕自己的。這樣的話，她也就沒那個膽子坑騙自己。就算她真吃了熊心豹子膽，難道自己是好欺負的？只要自己喊幾聲在地上打幾個滾，她就不信這女人真敢擔上逼死人命的罪名！

越想她越覺得秀娘說的是真的，鍾老太太就沈下心來，瞇著眼睛盯著秀娘看了半晌，才勉為其難地道：「算了，看在咱們在一個屋簷下吃了十幾年飯的分上，我就不讓妳在別人跟前丟人了。這樣吧，妳只要對天發一個毒誓，說妳只要說了半句假話，就天打雷劈，這兩個小崽子也不得好死，我就按手印。」

眼看著她的手指向兩個孩子，秀娘的眸色就陰沈下來。

溪哥臉色一黯，卻被秀娘給按住了。

「好，我發誓。」她道，一手高舉，義正詞嚴地大聲道：「我李秀娘在這裡對天發誓，這張字條上寫明給鍾劉氏二十兩銀子作為謝禮，並非坑害她。如有半句假話，我甘受天打雷劈，還有……靈兒、毓兒，我的孩子，也都不得好死！」

艱難地說完最後一句話，她便放下手，目光冷冷地看著鍾老太太。

鍾老太太總算是滿意了，雙手捋起袖子。「印泥呢？拿來呀！這個還要我提醒你們？」

秀娘對靈兒使個眼色，兩個孩子連忙飛奔回茅屋，拿了一只小巧的印泥盒來。

鍾老太太得意洋洋地在紙條上按下手印，就對秀娘伸出手。「手印我按了，錢拿來！」

秀娘接過紙條，便將銀子遞給她。

鍾老太太趕緊包好，揣進懷裡一溜煙地跑了，唯恐秀娘突然反悔又把銀子給搶走。

秀娘冷眼看著她走遠了，才將紙條捧起來掃了眼，唇角勾起一抹冷笑。「靈兒，毓兒。」

「娘！」兩個孩子連忙跑過來。

秀娘將紙條摺幾摺，放到女兒新衣裳的小兜裡。「妳和弟弟去大舅舅家一趟，把這個給大舅舅。」

「喔。」靈兒點點頭，滴溜溜的大眼睛卻還留戀地在秀娘和溪哥身上掃來掃去。

秀娘摸摸她的頭。「妳趕緊去，去了就回來。爹和娘去做早飯，等你們回來咱們就能開飯了。」

「好。」靈兒這才點頭，趕緊和毓兒手拉著手往里胥家那邊飛奔而去。

等兩個孩子走遠了，溪哥略有些陰沈的眸子才轉向秀娘，卻是靜默無語。

秀娘看著他。「你覺得我為人很陰險嗎？」

溪哥搖頭。「她是自作自受。」

秀娘淺笑。「這是她不知饜足的下場。反正，這麼做我不後悔。」

「嗯，妳做得對。」溪哥便道。

秀娘猛一愣，但看著他一本正經的面龐，心裡忽地一暖，面上又綻開笑靨。「謝謝你。」

溪哥眉頭微皺，似乎很不喜歡她這麼客套的話。

秀娘自然也發現了，便又低低一笑，一把握住他的手掌。「走吧，咱們做飯去。你肯定也餓了吧？」

細膩柔軟的感覺再次來襲，溪哥只覺自己整個人都綿軟下來。頓時哪還生氣下去？整個人都乖乖地任她牽著往廚房去了。

夫妻倆一個生火，一個煮粥，很快就熬出一鍋濃濃的白粥。

秀娘看看坐在灶邊、生火生得一臉認真的溪哥，看著他被火光映得紅彤彤的高大身軀，唇角不由自主地高高彎起。

昨天辦喜事，東西準備得很充足。村裡人連吃帶拿的，仍還給他們剩下不少。秀娘將剩下的鱔魚熱了，並在雜菜湯裡下了半顆白菜，早飯就做好了。

這時候，兩個小娃娃也回來了。

「爹，娘！」一進門，靈兒就甜甜地叫道。

毓兒也不甘示弱，連忙就將手裡的油紙包高高舉起。「爹、娘，你們看，這是舅舅給的！」

秀娘一看，原來是一包滷羊肉，趕緊接過來，切成片，再用盤子裝了放上桌。一家四口一人一碗粥，大快朵頤了一番。

吃完飯，兩個小傢伙還不捨得離開秀娘和溪哥二人。秀娘無奈，乾脆讓他們倆在門口大聲背自己之前教他們的詩文，她則和溪哥將屋子裡外都收拾了一通，順便又把光禿禿的菜園子也整頓出來。

有溪哥這個壯勞力在，原本秀娘一個人得做兩、三天的事情，不到天黑就全都做完了。

秀娘對此深表滿意，也越來越覺得自己嫁給這個男人是很正確的選擇。

轉眼夜幕降臨，村子裡一家接著一家熄了燈。

秀娘一家接連折騰了兩天，也都困倦得不行，簡單洗漱過就躺下了。

——未完，待續，請看文創風443《夫婿找上門》2

2016年9月出版

夫婿找上門

文創風 442～444

這世道，雖說寡婦難為，
可若撿到一個好男人回家當夫婿，
再憑著她這雙會蒔花弄草、種菜養果的好手，
日子還不經營得有滋有味？

筆鋒溫潤似玉，情思明媚若春／微雨燕

她一穿越就成農家寡婦，還附帶兩支拖油瓶在身旁，
上有婆婆要逼嫁，下有小叔在覬覦，
唉，這世道可真艱難唷！
可自從她救了這來歷不明的男子「溪哥」，風水就輪流轉了——
他自願做上門女婿，她又有發家致富的本領，
兩人攜手合作便能讓一家四口過上好日子。
無奈好景不常，堂堂郡主親臨便攪亂了一切，
更令她詫異的是，這枕邊人原來竟是名震西北的小將軍！
照常理說，從鄉里寡婦晉升為小將軍夫人應是喜事，
可她偏偏只想帶著孩子在村中過自己的日子。
如今兩人是道不同不相為謀，
既然能做半年開心的夫妻，和離時應該也能好聚好散吧？

流浪貓狗介紹所

為流浪貓狗加油 和貓寶貝 狗寶貝

廝守終生(一定要終生喔！)的幸福機會

對人來說，貓寶貝狗寶貝只是生活的一部分，但妳(你)對牠們來說，卻是生活的全部，領養前請一定要考慮清楚——

▲ 愛黏人的小蜜糖 Miffy

性　　別：女生
品　　種：米克斯虎斑
年　　紀：約6或7個月大
個　　性：活潑、親人，喜愛磨蹭人
健康狀況：未結紮、已打四合一疫苗
目前住所：桃園市龜山區

本期資料來源：台灣認養地圖

『Miffy』的故事：

我與Miffy的相遇是在五月某個涼風徐徐的傍晚。

那天好不容易準時下班回家，打算去超市採買鮮食，準備施展廚藝大快朵頤一番，忽地發現一隻小小的身影在周圍的人行道與店家閒逛，完全不怕生的牠趁客人進門的瞬間溜進超市與店家，帶著好奇心一步一腳印地探索這陌生的世界。只見一臉無奈的店員不斷將Miffy請出店外，免得影響到店裡消費的客人。附近都是車水馬龍的道路，我生怕牠遭受意外，將牠抱起送到超市隔壁的動物醫院檢查是否有植入晶片。很遺憾的是，Miffy身上並沒有晶片；但牠身體健康，個性又不怕生，讓人無法確定Miffy到底有沒有主人。

後來等了好一陣子，都沒有主人與我聯繫，只好先將Miffy從動物醫院接回照顧。活潑好動的牠，有極好的彈跳力。喜歡玩鬥貓棒、追著雷射筆的光點跑，也喜歡藏在窗簾後面跟我玩躲貓貓。Miffy充滿了活力與朝氣，每天一早看到牠心情都會非常地好呢！但我的工作十分忙碌，經常到國外出差，無法好好照顧黏人親人的Miffy，所以希望能尋找一位可以好好陪伴牠成長的主人。

Miffy對人十分依賴，是一隻非常可愛的小淘氣，希望牠能成為你／妳的家人，為你／妳帶來歡樂、幸福與感動～～歡迎來信 gortexlin@gmail.com (林先生)，主旨註明「我想認養Miffy」。

認養資格：

1. 認養者須年滿20歲，有獨立經濟能力，並獲得家人、同住室友或房東的同意。
2. 須同意簽認養寵物切結書。
3. 同意送養人日後之追蹤探訪，對待Miffy不離不棄。

來信請說明：

a. 個人基本資料：姓名、性別、年齡、家庭狀況、職業與經濟來源等。
b. 想認養Miffy的理由。
c. 過去養寵物的經驗，及簡介一下您的飼養環境。
d. 若未來有當兵、結婚、懷孕、畢業、出國或搬家等計劃，將如何安置Miffy？

文創風
442

夫婿找上門 1

國家圖書館出版品預行編目資料

夫婿找上門 / 微雨燕著. --
初版. -- 臺北市 : 狗屋, 2016.09
冊 ; 公分. --（文創風）
ISBN 978-986-328-631-8（第1冊 : 平裝）. --

857.7 105013198

著作者 微雨燕
編輯 黃鈺菁
校對 黃薇霓 周貝桂
發行所 狗屋出版社有限公司
地址 台北市104中山區龍江路71巷15號1樓
電話 02-2776-5889～0
發行字號 局版台業字845號
法律顧問 蕭雄淋律師
總經銷 知遠文化事業有限公司
電話 02-2664-8800
初版 2016年9月
國際書碼 ISBN-13 978-986-328-631-8
原著書名 **《贤夫抵良田》**，由北京黑岩信息技術有限公司授權出版

定價250元
狗屋劃撥帳號：19001626
網址：love.doghouse.com.tw E-mail：love@doghouse.com.tw